漱石の家計簿

お金で読み解く生活と作品

山本芳明
Yoshiaki Yamamoto

教育評論社

はじめに

本書は、夏目漱石の文学活動を経済的な視点から捉え直し、あわせて、死後に生じた経済的効果と文化資産としての動向を明らかにすることを目的としている。その点からいえば、拙著『カネと文学　日本近代文学の経済史』（新潮選書、平25・3刊）の続編にあたるといえるだろう。そこでも述べたように、文学を経済活動として捉えることは重要ではあるが、同時に敬遠されがちなテーマである。しかし、私は、市場社会で活動せざるを得ない文学者の姿を考察することで新たに見えてくることの意義は大きいと考えている。

『カネと文学』執筆時の私の関心は、確固たる定収入もなく十分な資産ももっていない小説家たちの経済的な苦闘と成功の軌跡を明らかにすることにあった。そのため、『カネと文学』では、朝日新聞社から多額の月給・賞与をもらっていたことから、漱石を専業作家ではなく兼業作家であると分類し、他の小説家とは別格として、主たる対象からはずしていた。それよりも、いわゆる、貧乏文士の文学活動が経済的成功を収めるまでの軌跡を丹念にたどることで、日本近代文学史、受容史、文学市場史、出版ビジネス史、小説家の生活史などを新しい視点から論ずることができると考えていたのである。

その成果については、拙著をお読みになった方のご判断にゆだねることにしたいが、書き上げてから気になったのは、貧乏文士たちと同時代の金持たちとの接点がほとんど見つからないということだった。文士が高額所得者でない以上、これは当然のことかもしれない。しかし、同じ時空間を共有して活動を展開していながら、両者の関係は徹底して稀薄なのである。例えば、昭和二〇年以前、金持が貧乏文士のパトロンとして積極的に活動したという事例はほとんどないし、近代文学に描かれる世界は低中所得者の生活世界が中心で、金持はステレオタイプとして描かれることが多かった。

日本近代文学を中心に研究していると、金持が何をしていたのかわからなくなってしまう。近代日本の歴史・文化・社会・文学の全体像を考えるうえで、この状態は望ましいものとはいえないというのが私の密かに感じたことだった。そこで、注目したのが夏目漱石だったのである。

実際のところ、漱石を取りあげることになったのは、「あとがき」に述べるような、ちょっとした切っ掛けからなのだが、考察を始めてみると、絶好の対象であることがわかってきた。文豪と称されるだけあって、漱石は貧乏文士とは比較にならないほどの高額所得者だった。漱石は三井・三菱批判をよく口にしていたが、彼自身も金持だったのである。金持との接点も存在していた。

しかし、漱石が中流階層を軸に作品世界を構築してきたためなのか、あるいは漱石が権門富貴をあからさまに嫌っていたためなのか、はたまた文豪のイメージにそぐわないからなのか、今まで彼が金持であることを前提にした研究はほとんどされてこなかった。漱石が小説家として、いくら稼いで、いくら使っていたのかなど、明確になっていない基本的なことは多い。本書が取りあげているのは、漱石と没後の夏目家の経済的な活動である。どのような活動があったのか、どのような意識や欲望が働いていたのか、また、他の金持たちと比較した場合、どのように意味づけられるのかを追求している。

そのために、本書では、明治期から昭和戦前期にかけての金持——高額所得者層の社会的・文化的活動に関するさまざまな分野からの研究を参照することになった。社会学、社会史、経済史、経営史、芸能史、美術市場史、建築史、庭園史、宝飾史などの諸成果と漱石を相互参照したところに本書の特色の一つがある。

また、漱石の作品は、漱石の死後に商品としての価値を上昇させた。貧乏文士から見れば、途方もない巨額の印税を、遺族が——といっても、中心人物は妻鏡子だが——どう使ったのかということも追求するべき課題となっている。これは、近代日本の文化資産としての漱石がどのように形成され、運用されたのかを考えるうえで重要な視点である。

なお、本書は漱石の死後三〇年間、夏目家が保持していた著作権が消滅する前後で、擱筆している。著作権の消滅は、漱石と彼の作品に関わる利害関係者《ステークホルダー》たちに新しい条件を与えることになったからである。

装丁＝花村広

漱石の家計簿——お金で読み解く生活と作品◎目次

はじめに……1

序　章　〈経済人《ホモ・エコノミクス》〉としての小説家
1　金銭が小説家を解放した！……12
2　漱石は「御大名」？……15
3　漱石は「金持」が嫌いだった！……20
4　漱石は市場をどう見ていたのか？……26

第一章　漱石の収支計算書
1　漱石の原稿料収入……40
2　漱石の印税収入(1)……44
3　漱石の印税収入(2)……48
4　漱石の家計簿……61
5　〈経済人〉としての漱石……71

第二章　文化人としての「金持」

1　「金持」は数寄者だった！……84
2　漱石と「金持」の文化的接点をさぐる(1)……95
3　漱石と「金持」の文化的接点をさぐる(2)……104
4　漱石と二人の近代数寄者……112

第三章　表象としての「金持」

1　漱石と市場社会……126
2　描かれた「金持」(1)――『虞美人草』『坑夫』『三四郎』……129
3　描かれた「金持」(2)――『それから』『彼岸過迄』……134
4　描かれた「金持」(3)――『門』『行人』『こゝろ』『道草』『明暗』……141
5　市場原理を超越する人々……147

第四章　漱石は市場原理を越えられたのか？

1　漱石は自らをこう語った………156
2　好意を金銭に換算するな！………163
3　芸術家と市場の関係とは何か？………171
4　天才の証しとは何か？………182

第五章　夏目家、「印税成金」となる

1　夏目家の当主は誰なのか？………194
2　急増する印税収入………200
3　夏目家の経済力………212
4　岩波書店の収支計算………221
5　漱石の顕彰運動………226

第六章　夏目鏡子の収支計算書

1　鏡子のライフスタイル………242

2　夏目家のアキレス腱……248
3　夏目家の経済危機(1)……253
4　夏目家の経済危機(2)……262
5　ライフスタイルはどう変わったのか？……269

第七章　夏目家と岩波書店

1　高まる緊張……286
2　ビジネスとしての漱石……292
3　全集問題の勃発……300
4　商標となった漱石(1)……307
5　商標となった漱石(2)……312
6　漱石、売れる「高級」作家となる……318

あとがき……330

【凡例】

1、夏目漱石のテクストの引用は『漱石全集』全二八巻（岩波書店、平5・12〜9・12刊）による。なお、可読性を考慮して、ルビ・句読点を補う場合もある。また「東京朝日新聞」に発表されたものは掲載紙名を省略し、発表年月日のみを注記した。

2、漱石に関する回想や同時代評の引用で、『漱石全集月報 昭和三年版 昭和十年版』（岩波書店、昭51・4刊）、『漱石全集』別巻（岩波書店、平8・2刊）、『夏目漱石研究資料集成』全一〇巻別巻一（日本図書センター、平3・5刊）に収録されているものは、これらの著作によった。

3、寺田寅彦の日記・書簡の引用は『寺田寅彦全集』第一八〜三〇巻（岩波書店、平10・7〜11・8刊）による。なお、可読性を考慮して、ルビ・句読点を補う場合もある。

4、野上弥生子の日記の引用は、『野上彌生子全集　第Ⅱ期』第一〜一〇巻（岩波書店、昭61・11〜63・1刊）による。なお、可読性を考慮して、ルビ・句読点を補う場合もある。

5、資料については、原則として旧字体の漢字を新字体に改め、仮名遣いは原文のままとし、ルビについては適宜省略した。ただし、可読性を考慮して、ルビ・句読点を補う場合もある。また、注が必要であると判断した場合には、「（注：　）」という形式で注記している。なお、明らかに誤植や脱字などと判断されるものについては「ママ」を付した。

6、引用文に付された圏点（傍点）・傍線は原文に付されたものである。

序　章　〈経済人《ホモ・エコノミクス》〉としての小説家

1　金銭が小説家を解放した！

日本近代文学において、経済行為として文学活動を語ることはタブーといってもよかった。金銭を優先させれば、文学者としての堕落につながるのである。したがって、〈清貧〉を誇りとする私小説家が文学的に高く評価される傾向にある。「時流におもねらず、自己を貫いた私小説家の気高さを見よ！」というわけである。もっとも、威勢のいいかけ声で現実が簡単に乗り切れるわけではなかった。「最後の文士」といわれた高見順が嘆息するように、小説家は生活のために意に染まない「家計小説」を書かざるを得なかった。(1)

こうした現実的な問題は重要だが、近代社会における小説の経済的効果の大きさにも注目するべきである。小説家が若者たちにとって憧れの職業となり、彼らの発言が社会的に注目されるようになったのは、彼らの経済力が向上したからに他ならない。そのことを指摘したのは、フランスの小説家エミール・ゾラだった。

ゾラは「文学における金銭」（「ヨーロッパ通報」一八八〇・三、引用は『文学論集 1865-1896』「ゾラ・セレクション」第8巻、藤原書店、平19・3刊）で、小説家が一九世紀になって、国王や大貴族などのパトロンに「保護される者」――「珍鳥」から、「世紀の知的指導者」へと大きく変貌したことを指摘した。ゾラはこう述べている。

（前略）ルイ十四世治下の作家の状況を、今日の作家のそれと少し比較してみるがよい。どちらに個性の十全にして欠けるところのない肯定が、どちらに真の威厳が、より大きな労働量、つまりより多くのゆとりがあり、より多くの尊敬を受ける生活があるだろうか。もちろん、今日の作家の方にある。ところでこの威厳、この尊敬、このゆとり、自分の人格と自分の思想の肯定を、作家は何に負っているのであろうか。疑いもなく金銭にである。金銭、すなわち自分の作品によって正当に得られた収入が、あらゆる屈辱的な庇護から彼を解放し、かつての宮廷づき大道芸人やかつての控えの間の道化を、自由な市民、すなわち己のみにしか依存しない人間としたのである。金銭があればこそ、作家はパンを失うことを恐れずに、すべてを言うことができたし、国王や神さえも例外とせずに、すべてを検討の対象とし得たのである。金銭が作家を解放し、金銭が現代文学を創出したのである。

ゾラの指摘は、近代的なジャーナリズムとともに成立し発展した文学市場において、小説が高い商品性を獲得したことに基づいていた。小説家は経済力を獲得することで、社会的地位の向上を果したのである。「金銭が作家を解放し、金銭が現代文学を創出したのである」という、ゾラの高らかな宣言は、彼自身の体験によって裏付けられていた。彼はベストセラー作家だったのである。(2)

もちろん、経済的な成功は副作用も生んだ。小説家は経済力を得た代償に、好むと好まざるとに拘わらず、市場の中の商品生産者として活動せざるを得なくなった。彼らの、自由なはずの文学活動はジャーナリズムの動向や消費者である読者の欲望に左右されることになった。近代社会において、小説家が純粋に文学活動をすることは不可能なのである。作品を発表すれば、市場での評価に必ずさらされるのだ。

日本近代文学の場合、最初に述べたように、そのことは無視される傾向にある。もちろん、市場社会において、人間関係も含めて、全ての関係は、必然的に金銭によって取り引きされ、金銭に換算されてしまうので、それを拒否することは不可能である。拒否すれば、私小説家がしばしば描くように〈清貧〉に暮すしかない。では、小説家はどうすればいいのだろうか。ゾラの、「初心者」に対するアドバイスはこうだ。

（前略）金銭をうやまいなさい。詩人を気取って、金銭に毒づくような子供じみたまねをしてはならない。すべてを言い得るために自由であらねばならない我われ作家にとって、金銭は勇気であり威厳である。金銭があればこそ我われは、世紀の知的指導者、つまり唯一可能な貴族たり得るのである。君の時代を人類史で最も偉大な時代の一つとして受け入れ、将来を固く信じなさい。ジャーナリズムの逸脱や低俗文学の金儲け主義など、不可避的な結果にこだわってはならない。（後略）（同前）

小説家が文学至上主義の旗を掲げたり、文学的良心に苛まれるなど、もってのほかというわけだ。つまり、ゾラは、小説家といえども、経済的な合理性をめざし、自己の利益を追求する点では、〈経済人《ホモ・エコノミクス》〉の一員であることを自覚して活動するべきだと主張しているのである。ゾラのアドバイスが日本で好まれないことはすぐに察しがつく。(3) ただ、日本近代文学の場合、ゾラの忠告が実質的に意味を持ち始めるのは、昭和二〇年代後半に文壇黄金時代が始まってからだった。(4) それ以前に、ゾラの忠告に値するほど経済的成功を維持できた小説家は大変少なかったのだ。

例外の一人が夏目漱石である。周知のように、漱石は『吾輩は猫である』をはじめ、『坊っちゃん』など、現在でもよく読まれる作品を発表した屈指のベストセラー作家である。

しかし、漱石の文学活動が経済的な視点から検証されることはほとんどなかった。漱石がベストセラー作家であり、新聞の売れ行きに直結するはずの新聞小説家であることを考えれば、不自然というしかないのだが、無理からぬ事情が存在していたのである。

2　漱石は「御大名」？

まず、何といっても、漱石が権力や金力による支配を嫌っていて、そのことを作中においても、実人生でもしばしば表明していたことがあげられる。しかも、その姿は大変魅力的だった。弟子の和辻哲郎はこう述べていた。「漱石は『吾輩は猫である』のなかで、金持の実業家やそれに近づいて行くものを痛烈にやつつけてゐる。また西園寺首相の招待を断わつて新聞を賑はせた。さういふことから私たちは漱石が権門富貴に近づくことをいさぎよしとしない人であるやうに思ひ込んでゐた。またそれが私たちにとつて漱石の魅力の一つであつた」（「漱石の人物」「新潮」昭25・12）。

あるいは、経済学者であり、慶應義塾塾長だった小泉信三は「漱石はモラリストで」「人間の誠実を尊び、虚偽と不正を憎む人であって、古い言葉で言えば、仁者であり義人であったことが作品に表われていて」、「名誉がほしいとか、金を余計とろうとするとかいう風潮に対して、敢然として異を立てた人である。」（「漱石の道徳的勇気」『わが文芸談』新潮社、昭41・9刊）と語っている。

和辻が言及したのは、明治四〇年六月、朝日新聞入社直後に発生した事件である。時の首相西園寺公望が「我国小説に関する御高話拝聴旁《かたがた》粗飯差上度候」と書状を送って、「現今知名の小説家二十名」（「首相の文士招待と漱石氏の虞美人草」「東京朝日新聞」明40・6・15朝刊）を私邸に招待しようとした。選ばれた漱石は敢然と断わったのである。報道によれば、漱石の辞退した理由は六月二三日から掲載が始まる『虞美人草』執筆のためだった。漱石は西園寺が「俳句の造詣深」いことを知っていたので、「辞退の返簡」を「杜鵑厠《ほととぎすかわや》なかばに出かねたり」という「一句」で結んだ。

報道は「返簡」・「書簡」とあるが、実際に送ったのは葉書だった。夏目鏡子の『漱石の思ひ出』（改造社、昭3・11刊）によれば、その場にいあわせた義弟の鈴木禎次は止めようとした。「相手は西園寺侯ではあり、葉書とはあんまりひどいぢやないかとか何とか言つて居りましたが、本人一向平気なもので、ナーニこれで用が足りるんだから沢山だよとか何とか申して、それを投函して了ひました」（「二九　朝日入社」以下、『漱石の思ひ出』より引用する場合は、節数と節題のみを記す）。

鈴木が止めようとしたのは、句の内容にも問題があったからではないだろうか。この句は明らかに「杜鵑ノ初音ヲ厠デ聞ケバ禍アリ」（藤井乙男編『諺語大辞典』有朋堂、明43・3初刊、引用は昭5・7刊の第21版による）という俗信を踏まえたものだからだ。漱石は首相の招待を不吉かつ尾籠な表象に強引に連結させて、揶揄していた。一国の首相に対して、はなはだ礼を失した句になっていたのである。(5)

朝日の記事では、この点についてのコメントはないが、理解できた読者は少なくなかったはずである。鏡子は「後でこれを何とかかんとか世間では噂して、或る人は痛快だと言ひ、ある人はすねてゐるとか言つて居たやうですが、夏目にして見れば、時の宰相に招ばれたからといつて、それを一ぱし名誉か何かのやうに心得てる方々が面白くもなかつたのではありませうが、何はともあれ第一番に面倒くさかつたに違ひありますまい。」（二九　朝日入社）と回想している。(6)

漱石の反権威主義を語るエピソードは他にもあるが、有名なものとしては、明治四四年二月に起こった博士号辞退をめぐる事件があげられるだろう。和辻が「漱石が権門富貴に近づくことをいさぎよしとしない人である」と思うのも当然なのである。

また、家族の描く漱石の姿は、和辻が抱いたイメージを補強するような〈清貧〉なものだった。例えば、長女松岡筆子は漱石を「庶民」の一人としている。「父の顔が千円札に登場するといいます。なんだかピンときません。というのも生前の父の暮らしぶりがお札と縁の深いものだったとは思えないからです」、「倖《さいわ》い父は物書きである以前から教師という定職を持っていましたから、破れ障子の裏長屋よりはましな暮らしをしておりましたが、小説家になってかなり名が売れてからも持ち家を買う余裕などなく、一生借家住いでした」（「お札と縁遠かった漱石」「文藝春秋」昭56・9）。その生活を「父が絶えず懐具合を気にし、母が楽でない家計をやりくりしていたのは事実で、我が家の生活は極く庶民的だった言えましょう。」と総括して、この文章をこう締めくくっていた。

高額紙幣と云っても貨幣価値が下落し、すっかり使い出が無くなってしまった千円札に特に父が選ばれたということは、お札とは縁遠い一生を送っただけに、父にとっては案外ふさわしいことかもしれません。

長男純一の回想も同じ趣旨だった。「父も母もわれわれに貧乏たらしい感じを与えなかった。困りはしなくとも、金はなかったのだが、子供たちに貧乏のような思いをさせなかったのは、父も母も同じようなことを考えていたからだろう」（「父の周辺」「図書」昭45・7）。

では、妻鏡子は漱石をどう描いているだろうか。漱石は「金には執着の少」（「二六 『猫』の出版」）い人物だった。彼は『吾輩は猫である』から「いくら金が入つて来るのだか知」らなかった。しかし、さすがの彼も増刷が続くので、印税の処置を鏡子にたずねる。鏡子から質屋に預けたものを出すのに使うといわれて、初めて家計の苦しさに気づくことになった。「ひどくびつくりして、二の句がつげなかつたやう」だったという。

鏡子によれば、漱石は「金のない無いといふことは自分でもよく知つて居り、子供は増えるしか丶りはか丶るし、もつとどうにかしなければならないなど丶口には言つても、果してどれ程になつてゐるのか、根が御大名ですから、買ふ本は買ひ、たべるものだつて仮令私たちは沢庵ばかりかじつて居ようと、ともかく頭を使ふ人にはと、それ程まづいものを食べさしてゐるわけではないので、そんなに家計が逼迫してゐたのだとは其時迄気付かずに居たのです」（同前）。

特に問題だったのは、漱石が「買ふ本は買」っていたことだった。吉田凞生は自伝的な小説『道草』（大4・6・3～9・14）で、「百二三十円」（十二）の月収があるにも拘わらず、主人公健三たちが苦しい生活を送っている最大の理由は洋書の購入にあると指摘している。吉田によれば、「健三が良心的な学者として、書物に金を費せば費すほど、それは家族の生活を圧迫することになる」（「『道草』――作中人物の職業と収入」「別冊国文学　夏目漱石必携」昭55・2）のである。[7]

鏡子の描く漱石は〈経済人〉からもっとも遠い「御大名」――おっとりしていて、経済観念に乏しい人物だった。しかも、漱石の「御大名」ぶりは後年になっても変わらなかったという。夏目家に経済的に余裕が出てきた大正三年に、漱石は、所持していた株を岩波茂雄に貸すことで「三千円」の資金を提供した。その際に、正式な「契約」を結ぶことを主張して実行したのは、「呑気な」漱石ではなく鏡子だった（「五三　自費出版」）。

それどころか、漱石は家計を鏡子に一切ゆだねており、「自分で持つてると何か買ひたくなつて困るといふので、一切お金は自分が持たないで、お小遣を私が入れておく外、少し入用のもので高いものなどになると、これは小遣以外だよなどと断つて買つて居たもの」（同前）だったという。

こうした人物が「権門富貴」に近づくことをいやがり、あるいは近づこうとする人物や、「権門富貴」を持て囃す社会的風潮を批判し嫌悪するのも当然ということになる。また、和辻や小泉が一読者として指摘したように、作中から批判や嫌悪感を読み取るのも容易だった。

3　漱石は「金持」が嫌いだった！

例えば、『吾輩は猫である』第四章で、主人の珍野苦沙弥は「僕は実業家は学校時代から大嫌だ。金さへ取れゝば何でもする、昔で云へば素町人だからな」（「ホトトギス」明38・6）と放言する。「素町人」とは「ただの町人」の意で、ここでは商業に従事することから町人を卑しめた表現として使われている。しかし、四民平等となった明治の社会では、経済活動は士族であろうと、平民だろうと、誰にとってもキャリア形成の有力なルートだったはずだ。したがって、それを嫌悪する苦沙弥の発言は大変反動的である。(8)

しかし、読者は友人鈴木の応答によって苦沙弥の側に寄り添ってしまうだろう。

「まさか――さう許りも云へんがね、少しは下品な所もあるのさ、兎に角金と情死をする覚悟でなければ遣り通せないから――所が其金と云ふ奴が曲者で――今もある実業家の所へ行つて聞いて来たんだが、金を作るにも三角術を使はなくちやいけないと云ふのさ――義理をかく、人情をかく、恥をかく是で三角になるさうだ面白いぢやないかアハ、、、」

また、読者の多くは、続く美学者迷亭の発言を痛快に感ずることだろう。迷亭は鈴木の用件が実業家金田の娘富子と理学者水島寒月の結婚に関することだと知った途端に、金田を罵倒し始める。寒月と富子を結婚させることは、「智識に対する報酬」として金銭を与えることとなって、「智識の威厳を損する訳になる」。「金田某は何だい紙幣に眼鼻をつけた丈の人間ぢやないか、奇警なる語を以て形容するならば彼は一個の活動紙幣に過ぎんのである。活動紙幣の娘なら活動切手位な所だらう」。迷亭は、「活動図書館」である寒月に「あんな釣り合はない女性は駄目だ。僕が不承知だ、百獣の中で尤も聡明なる大象と、尤も貪婪なる小豚と結婚する様なものだ。」と言い放った。

漱石は、迷亭に〈経済人〉を、いわば〈人に非ず〉と宣告させ、金銭によって換算できない関係や存在があると主張させたのである。漱石は市場原理が万能であるなどとは認めていなかった。この後の作品でも、「権門富貴」に対する批判や嫌悪感を、あるいは金銭によって換算されることへの違和感をたびたび表明している。直接的に表明しているのは、「二百十日」（「中央公論」明39・

10）や「野分」（「ホトトギス」明40・1）だろう。
「二百十日」では、「無暗に人を圧迫する」「華族とか金持ち」（一）を眼の仇にする「圭さん」という人物が登場する。「圭さん」によれば、彼らは「奇麗な顔をして、下卑た事ばかりやつて」いて、「下卑た根性を社会全体に蔓延させ」て「大変な害毒」（三）を流している。「文明の皮を厚く被《かぶ》つ」た「二十世紀」の「桀紂《けっちゅう》」、「悪人」であり、「金力や威力で、たよりのない同胞を苦しめ」、「社会の悪徳を公然商買にし」「道楽にして居る奴等」なのである。「圭さん」は、「仏国革命」が起こったのも「自然の理窟」であり、「文明の革命」をして、彼らを「どうしても叩きつけなければ」（四）いけないと主張している。
漱石は「野分」において白井道也に「現代の青年に告ぐ」という演説をさせているが、後半が「金持」批判となっている。(9)

「金は労力の報酬である。だから労力を余計にすれば金が余計にとれる。こゝ迄は世間も公平である。（否是すらも不公平な事がある。相場師抔《など》は労力なしに金を攫《つか》んでゐる）然し一歩進めて考へて見るが好い。高等な労力に高等な報酬が伴ふであらうか——諸君どう思ひます——返事がなければ説明しなければならん。報酬なるものは眼前の利害に尤も影響の多い事情丈で極められるのである。だから今の世でも教師の報酬は小商人《こあきんど》の報酬よりも少ないのである。眼前以上の遠い所高い所に労力を費やすものは、いかに将来の為めにならうとも、国家の為めにならうとも、人類の為めにならうとも報酬は愈《いよいよ》減ずるのである。だによつて労力の高下では報酬の多寡はきまらない。金銭の分配は支配されて居らん。従つて金のあるものが高尚な労力をしたとは限らない。換言すれば金があるから人間が高尚だとは云へない。金を目安にして人物の価値をきめる訳には行かない」（十一）

しかし、「金を目安にして人物の価値をきめる」のが「今の世」なのである。白井は社会的な発言力を強める「金持ち」に対して、「金以上の趣味とか文学とか人生とか社会とか云ふ問題に関しては金持ちの方が学者に恐れ入つて来なければならん。今、学者と金持の間に葛藤が起るとする。単に金銭問題ならば学者は初手から無能力である。然しそれが人生問題であり、道徳問題であり、社会問題である以上は彼等金持は最初から口を開く権能のないものと覚悟をして絶対的に学者の前に服従しなければならん。」と指摘した。演説の最後を、「金持」が「金の主である丈で、他の徳、芸の主でない」以上、「彼等は是非共学者文学者の云ふ事に耳を傾けねばならぬ時期がくる。耳を傾けねば社会上の地位が保てぬ時期がくる」と警告している。

白井道也は、「金持」に、「趣味」・「文学」・「人生」・「社会」などについて語る資格はないと断言しているのである。これは漱石の持論といってもよかった。漱石はロンドン留学中の明治三四年四月以降に書かれた「断片八」で、こう述べていた。

㈠　金の有力なるを知りし事
㈡　金の有力なるを知ると同時に金あることが勢力を得し事
㈢　其金あるもの、多数は無学無智野鄙なる事
㈣　無学不徳義にても金あれば世に勢力を有するに至る事を事実に示したる故国民は窮屈なる徳義を棄て只《ただ》金をとりて威張らんとするに至りし事
㈤　自由主義は秩序を壊乱せる事
㈥　其結果愚なるもの無教育なるもの齢《よわい》するに足らざるもの不徳義のものをも士大夫の社会に入れたる事
㈦　昔時は金の力を以て社会的の地位は高まらざりし事御用達は一個の賤業にして金ある為め尊敬は受けざりし事
㈧　猿が手を持つから始めて「クライブ」に終る教育の恐るべき事

英語を習つて英書より受くるcultureを得る迄には読みこなせず。去りとて英書以外のカルチユアー（漢籍和書より来る）は毛頭なし。かゝる人は善悪をも弁ぜず、徳義の何物たるをも解せず、只其道々にて器械的に国家の用に立つのみ。毫も国民の品位を高むるに足らざるのみか、器械的に役立つと同時に、一方には国家を打ち崩しつゝあり

青柳達雄が指摘しているように、「当時在英した一部の日本人」（「漱石と英国——文学と政治・経

済のはざま――」（「藝林」平14・10）に対する批判だろう。ただし、留学先のイギリスでの日本人の行状である以上、彼らの金銭至上主義はイギリス社会の影響下で発揮されているはずである。イギリス社会が「金あるもの」が権力を握りやすい構造になっていて、多くのイギリス国民が「徳義を棄て只金」を得ようとする傾向にあるために、日本人もそれを見習っていると考えるべきだろう。「金あるもの」が、「徳義」のある人物と「齢するに足らざる」――同列にとてもできない「無学無智野鄙」・「無学不徳義」の人物であるにも拘わらず、「士大夫」の地位、すなわち政治や社会を指導するような立場を獲得しているのは、日本だけのことではないだろう。

これが、日本人留学生たちの、あるいはイギリス社会の〈真実〉の姿だったのかどうかは問題ではない。漱石にそう見えたということが重要である。ただ、漱石の反動性は気にかかる。漱石は経済力をもてば、どのような出自の人物であっても、階級や慣習などの制約を突破して社会的地位を向上できる可能性を否定しようとしていた。また、「金」があるものが必ず、「徳義」のない「無学無智野鄙」な人物であるという前提も問題だろう。[10]

これは「金持」に対する一種の偏見、いってみれば、〈金持嫌悪〉といってもよいように思われる。偏見はロンドン留学によって形成されたわけではなさそうだ。黒須純一郎が指摘しているように、留学前から「金権支配への嫌悪」（「社会評論家漱石」『日常生活の漱石』中央大学出版部、平20・12刊）は表明されていた。明治二二年八月三日付の正岡子規宛書簡がその好例である。[11]

そう考えた時に、多くの論者が注目しているのは、明治二一年一月に漱石が夏目家に復籍した時に起こった出来事である。このとき、実父直克《なおかつ》は養父だった塩原昌之助の要求に応じて、漱石の養育料として二四〇円を支払っていた。漱石は金銭取引の対象になって、自分の市場価格を否応なく知らされたのである。(12)〈金持嫌悪〉の原点はこの体験にあったのではないだろうか。留学体験によって、漱石の〈金持嫌悪〉は一層強烈なものになったと考えた方がよいだろう。

ただし、漱石は〈金持嫌悪〉に取りつかれて、市場社会そのものを闇雲に否定していたというわけでなかった。

4　漱石は市場をどう見ていたのか?

例えば、漱石は明治三五年三月一五日付、岳父中根重一宛書簡では、「断片八」とは一味違った考察を披露している。

国運の進歩の財源にあるは申迄《もうすまで》も無之候《これなくそうら》へば、御申越《おもうしこし》の如く財政整理と外国貿易とは目下の急務と存候《ぞんじそうろう》。同時に国運の進歩は此財源を如何に使用するかに帰着致候《きちゃくいたしそうろう》。只己のみを考ふる数多の人間に万金を与へ候とも、只財産の不平均より国歩の艱難を生ずる虞《おそれ》あるのみと存候。欧洲今日文明の失敗は明かに貧富の懸隔甚しきに基因致候。此不平均は幾多有為の人材を年々餓死せしめ凍死せしめ、若《も》しくは無教育に終らしめ、却つて平凡なる金持をして愚なる

> 主張を実行せしめる傾なくやと存候。幸ひにして平凡なるものも今日の教育を受くれば一応の分別生じ、且《かつ》耶蘇教の随〔惰〕性と仏国革命の殷鑑遠からざるより、是等庸凡なる金持共も利己一遍に流れず、他の為め人の為に尽力致候形跡有之候《これありそうろう》は、今日失敗の社会の寿命を幾分か長くする事と存候。日本にて之と同様の境遇に向ひ候はゞ（現に向ひつゝあると存候）、かの土方人足の智識文字の発達する未来に於ては由々しき大事と存候。カールマークスの所論の如きは単に純粋の理窟としても、欠点有之べくとは存候へども、今日の世界に此説出づるは当然の事と存候。小生は固《もと》より政治経済の事に暗く候へども、一寸気焔が吐き度《たく》なり候間《あいだ》斯様《かよう》な事を申上候。「夏目が知りもせぬに」抔《など》と御笑被下間敷候《おわらいくだされまじくそうろう》

冒頭に、「国運の進歩の財源にある」と述べているように、国家の発展と経済力の上昇との連動が指摘されていることが注目される。漱石は苦沙弥ほど反動的ではなかったことになる。しかし、富の配分の公平さが「国歩」——国の運命を左右するとも論じていた。漱石は市場社会の発展とともに必然的に発生する経済的格差の拡大がヨーロッパの社会問題となっていることに気がついていた。貧困層の将来性のある人材が教育を受けられず、窮死する可能性が高い一方で、「平凡なる金持」の意向にそった当を得ない政策が実施されるアンバランスが発生しているというのである。ただし、漱石はそれを是正する試みが実施されていることも認識していた。ヨーロッパ社会では近代教育、キリスト教の信仰及び「仏国革命」再来への恐怖が安全装置として機能して、「庸

凡なる金持共」も自制して、慈善事業に励んでいるというのである。その結果、早晩破綻するはずのヨーロッパ社会が延命すると、漱石は予想している。漱石の持論では、「金持」は「金持」であるために「庸凡」――すぐれたところなどないはずだが、自己保身のためとはいえ、社会状況に対応して「庸凡」ではなくなっていたことになる。

漱石は日本も、将来的には、ヨーロッパ社会と同じ道を歩むことを想定して、教育を受けた「土方人足」による、日本版「仏国革命」を予想し、「カールマークスの所論」の出現の必然性にも言及している。資本主義の破綻を予想したのも、マルクスからの影響かもしれないが、漱石は『資本論』そのものを実際には読んでいなかったと思われる。架蔵された『資本論』には読解した痕跡がまったくないことが報告されているからである。(13)

なお、興味深いのは、書簡の最後で、漱石が「但《ただ》欲しきは時と金に御座候《ござそうろう》。日本へ帰りて語学教師抔に追つかはれ候ては思索の暇も読書のひまも無之かと心配致候。時々は金を十万円拾つて図書館を立て其中で著書をする夢を見る抔愚につかぬ事に御座候」と述べていることだろう。〈金持嫌悪〉の漱石といえども、市場社会において「ひま」――時間を獲得するためには「金」が必要であることを認めざるを得なかったのである。それが市場社会の〈現実〉である。〈現実〉を無視するほど、漱石は〈夢想家〉ではなかったということだろう。それにしても、「十万円」を得れば、漱石は嫌悪する「金持」になってしまうことになるのだが、漱石はその矛盾をどう考えていたのだろうか。この問題は第四章で考察するつもりである。

さて、小説家になる前の漱石が市場社会を批判する余り、市場の〈現実〉を無視したわけではないことは確認できた。漱石は帰朝後の明治三八年一月に「吾輩は猫である」を発表して、小説家として活動を開始する。その結果、自分が市場の中で経済活動を行っている商品生産者であることを実感する機会を得たはずである。「御大名」の漱石がそんな実感をもつはずはないと思われるかもしれないが、興味深い文章が存在する。明治三九年に書かれた「断片三五B」の中の「○需用供給。」である。

この文章は、文学作品を対象として、市場原理を考察したものである。「断片三五B」では、八項目後に、「野分」の白井道也の演説に反映されたと思われる文章が出てくるので、「野分」を構想している時期[14]からそれほど前に書かれたとは思われない。漱石は「野分」で市場社会を批判したわけだが、その前に市場社会の原理を考察していたのである。アンチ市場原理の漱石はどのような分析をしたのだろうか。まず、全文を引用しておこう[15]。

○需用供給。　ヨキ作品ヲ出シタル人ガ、ヨキ地位ト報酬ヲ得ベキガ正当デアル。然ルニ大多数ノ読者ハ趣味ガ低イ。従ツテ趣味ノ低イ者ガヨク売レル。従ツテ趣味ノ低イ者ヲ本屋ガ歓迎スル。従ツテ高級ナ作品ヲ出ス者ハ餓死スル訳ニナル。作品ノ価値ト報酬ガ反比例スルト云フ妙ナ現象ニナル。

之ヲ正ス器械的ナ方法。高尚ナ作品ヲ喜ブ読者ハ少数デアル。然モ作者ハ大多数ノ読者ヲ有スル低級芸術家ヨリモ多クノ報酬ヲ得ねバナラン。従ツテ自己ノ作品ハ作品固有ノ価値ヲ付サネバナラン。即チ普通ノ著書ガ一円ナラ五六円デウルノガ至当デアル。然シイクラ自分丈ガ高クシテモ買手ガナケレバ仕方ガナイ。コヽニ於テ「アルタネーチーヴ」ガ起ル。少数ノ趣味のある人ガ普通ヨリ数倍高イ本ヲ買フ余力ガアルカ又ハ是等ノ人ガ金ヲ得ルニ便宜ナ地位ニ立タネバナラヌ。換言スレバ金持チガ趣味ノアル人デアルカ又ハ趣味ノアル人ガ金ヲ得ナケレバナラヌ。

(一)金持チガ趣味ガナイ。(二)金持チガ趣味ガアルト仮定シテモ画や彫刻ト違ツテ本ハ数デコナス者デアル。金持ノ専有スル者デナイ。画や彫刻ハタヾ一ツシカナイ。ダカラ金持チガ専有スルコトガ出来ル。然シ本ハサウ云フ者デナイ。金持ガ保護シテモ只一部シカ買ハナイ。ダカラ著書〔者〕ハ左程難有味ヲ感ゼヌ。

之ヲ逆ニ云ヘバ金ヲ得ル方ノ人ハ労力ノ高下深浅ニ比例シテ所得アルニアラズ。従ツテ金持チハ立派ナ労力ヲシタト云フ訳ニアラズ。即チ金持ハ金ヲ得べカラザルニ得タ〔原〕トカモ知レナイコトトナル

漱石が市場における需要と供給の関係によって、商品価格が決定され、生産者に「報酬」が支払われるメカニズムの存在を認めている一方で、そのメカニズムによって決定された価格や「報酬」を「正当」なものだとは認めていないことが読み取れるだろう。漱石は、作品の内容の「高

級」さや「高尚」さに比例して、作者に「報酬」が支払われるべきだと考えている。「ヨキ作品ヲ出シタル人ガ、ヨキ地位ト報酬ヲ得ベキガ正当デアル」。

しかし、「需用供給」のメカニズムでは、「報酬」の多寡は商品の売れ行きによって決定されるので、漱石によれば、売れる商品は多数の購買者の「趣味」にあった「低級」なものとなる。したがって、「趣味ノ低イ」購買者に迎合しない「高級ナ作品ヲ出ス者ハ餓死スル」しかない、「作品ノ価値ト報酬ガ反比例スル」というのが漱石の結論である。

興味深いことに、漱石はその結論を検証するために、「高級ナ作品」にふさわしい高価格をつけた場合の、「需用供給」のシミュレーションを行っている。当然のことながら、高価格の商品を購入できるのは「金持」である。

シミュレーション1は、「金持チガ趣味ガナイ。」という身も蓋もない結論である。つまり、「金持」である以上、「趣味ノ低イ者」なので、購入するはずがないのである。最後に述べられている〈金持嫌悪〉の表明から見て、当然の結果といえるだろう。しかし、漱石は論理的な可能性を無視できなかった。シミュレーション2は、「高級ナ作品」の価値を理解できる「金持」が存在した場合である。

しかし、この場合でも、作者は報われない。唯一のオリジナルを所有できる「画や彫刻」とは違って、[16]印刷物は結局、複製品でしかない。「本ハ数デコナス者」なのである。つまり、漱石は、近代小説が大量生産・大量消費を前提として成立していることを認識していたのである。「金持」

といえども一部を購入するだけなので、販売部数が急増するわけではない。したがって、「作品ノ価値ト報酬ガ反比例スル」という結論は変わらないことになる。

説得的な指摘がある一方で、疑問がいくつもわいてくる。例えば、「金持チガ趣味ガナイ」というのは適切な前提なのだろうか。「金持」であれば、卓越した経済力によって、文化的な活動をすることができたはずである。近代日本の「金持」に〈文化〉はなかったのだろうか。

あるいは、漱石は「趣味ノ低イ者ガヨク売レル」、「高尚ナ作品ヲ喜ブ読者ハ少数デアル」とあるように、「報酬」の多寡と連動させて、小説家や作品のランクづけをしていた。「作品ノ価値ト報酬ガ反比例スル」とは正しい前提なのだろうか。

そして、何よりも気になるのは、漱石は教師や朝日新聞社の社員という職業によって経済的に保証されているものの、明治三八年一月に小説を発表し始めてから大正五年一二月に死ぬまで、小説家として市場の中で活動していたことである。漱石の文学活動は「報酬」をともなう経済活動であったはずだ。漱石は鏡子のいうように「御大名」のままだったのだろうか。

そもそも、漱石はいくら稼いでいたのだろうか。本当にお金に縁遠い生活だったのだろうか。〈金持嫌悪〉はいつまで続いていたのだろうか。「○需用供給。」での考察を修正したことはなかったのだろうか。………

本書では、こうした疑問を解き明かすために、これまで軽視されがちだった経済的な視点から漱石の文学活動を見直していきたい。どのような経済的〈真実〉が見えてくるのか、論者とともにお付き合いいただけると幸いである。

なお、本書は二部構成になっている。第一章から第四章では、生前の漱石の活動を考察する。第五章から第七章では、漱石の死後に生じた現象や問題を扱っていく。漱石の作品の商品的価値は死後に格段に上昇した。その結果、どのような事態が発生したのかを追跡するつもりである。

第一章では、漱石が小説家としていくら稼いだのかを明らかにしたい。

□注

（1）拙稿「『純文学』と『家計小説』」（隔月刊「文学」平26・5）を参照されたい。高見は日記に「中間小説の仕事をしないと、生計がなりたたない」（昭35・2・15）と述べていた。そして中間小説を「家計小説」（昭38・6・14）と命名している。

（2）宮下志朗「文学マーケット――バルザックからゾラへ」（宮下志朗他編『いま、なぜゾラか――ゾラ入門』藤原書店、平14・10刊）によれば、パリの下層労働者の悲惨な生活を描いた『居酒屋』（一八七七）は出版後、半月で一万三〇〇〇部が完売して、その年に三八刷まで達し、翌年にゾラはパリ郊外に別荘を購入していた。

（3）典型的な例は、丸山健二の「金なんてどうにかなるもんだよ」（「一冊の本」平12・6）である。丸山はこの文章を「名誉と金が芸術家の魂を破壊する主因であることは自明の理と言えよう」と始めている。

（4）拙稿「『純文学』と『家計小説』」、拙著『カネと文学　日本近代文学の経済史』第六章第三節「小説家、『現代の英雄』となる」以下を参照されたい。

（5）坪内稔典は『俳人漱石』（岩波新書、平15・5刊、引用は平26・7刊の第9刷による）で、「この句は反権力、反骨の小説家漱石を象徴する俳句として有名にな」ったが、「風流な時鳥に俗の厠を取り合わせた」「きわめて俳句的な発想」で、「話題にすべき出来栄えではない」と指摘している。また、「明治四十二年一月に文部大臣小松原英太郎が、やはり小説家などを招いて、文芸奨励についての懇談会を開いた」時に、漱石が「フロックコートを着て」、森鷗外・幸田露伴・上田敏らとともに出席したことから見て、「都合さえつけば西園寺公の会にも出た、ということではないでしょうか。」と述べている。

（6）和辻は「痛快」に感じたと思われるが、漱石ほどの人物が一国の首相にそこまで礼を失する「返簡」をする必要はなかったともいえる。「すねてゐる」と感ずる人々の心理について、長谷川如是閑はこう分析していた。「大学教授を嫌つたり、博士号を馬鹿にしたりするのは」、漱石のように「偉大なる力を持つた人には何の必要のない反抗」（「初めて逢つた漱石君」「大阪朝日新聞」大5・12・18朝刊）である。漱石の言動は「江戸趣味の特徴」が現われたもので、「江戸ッ児の町人」が「封建的階級制度に対する反抗」として、「腕力の反抗」ができないために「智的屈辱」を相手に与えていたことの再現になっている。「江戸的遺伝性」を理解できない人からは「殊更らしい」――わざとらしいと思われてしまうのであると。

（7）健三たちの家計は、同時代の常識からすると不可解なものだった。石原千秋は『道草』の注釈の中で、「『中等社会の家事経済』（『女学世界』明治三十五年一月）という文章では、『紳士』の生計は月収百円でも苦しいだろうが、都会における『中等社会』の標準は月収五十円程度だとしている。いずれにせよ、健三の月収は『中等社会』の倍以上で、『紳士』の体面を保てる程度だったことがわかる。なお、日露戦争後の諸物価の高騰で、明治四十年頃には、五十円では苦しく、百円程度が中流家庭の家計のモデルとなって来る」(『漱石全集』第10巻)と指摘している。石原は明治三五年における月給五〇円の家計のモデルを二つ紹介しているが、家族構成は「夫婦に隠居二人子供三人」、または「夫婦に老人一人子供三人下女一人」の七人家族である。同時代の常識からすれば、下女を入れて六人家族で月収「百二三十円」の健三一家が生活費に窮するのは不可解な現象なのである。

(8)　実業家を「素町人」呼ばわりするのは、福沢諭吉に対する批判でもあった。福沢は、例えば、「素町人の地位取て代はる可し」(「時事新報」明19・10・1)で、「文明の世界に於て、商売は身を立て国を立るの根本」であって、「商人の商業を推して人事の頂上に位せしむるも亦当然のこと」であると指摘した。「士人」、「後進の学者少年」は「商売社会に侵入して一歩にても其領分を押領し、従前の素町人を旧領地より放逐して」、「商売社会の地位」を向上させるべきだと説いていた(引用は『福沢諭吉全集』第11巻、岩波書店、昭35・8刊による)。

(9)　道也は演説の前半で、明治の青年たちが「先例のない社会に生れた」以上、「内部から湧き出」た「理想」に基づいて、自分の「道」を進んでいくべきであることを訴えていた。前半がいわば「自己本位」のすすめ、後半が金権批判となる構成は後の講演「私の個人主義」の原型といっていいだろう。

(10)　また、「御用達」──御用商人を「一個の賤業」としているのは、岩崎や三井などの政商を嫌悪する漱石らしい批判だが、「金の力を以て社会的の地位は高まら」なかった「昔時」が存在していたことを想定しているのも問題だろう。「御用達」は、恐らく、どの時代にも存在していたし、彼らを「賤業」視するのは、結局、封建的な商人蔑視と同じになってしまう。

(11)　漱石は子規に、七月二三日から八月二日にかけての興津(静岡市清水区)での避暑の体験を報告している。そこで、「縉紳先生」(官位や身分が高い人)を優遇し、「貧乏書生」である自分を邪険に扱う宿屋の主人たちの態度から「金銭程世ノ中に尊きはあらじと楼下ニテ握リ睾丸をしながら名論を発明仕り候」と述べていた。

(12) 漱石に大きな影響を与えたことは、自伝的小説『道草』に、この事件と、新たに元養父からの金銭援助が要請された顛末が描かれていることからも確認できる。

(13) 川並秀雄が「漱石とマルクスの『資本論』」(「大阪商業大学論集」昭42・6)で、漱石の蔵書には「何一つ書き入れもなければ、アンダーライン一つ引いてもいなかった」ことを指摘し、「マルクス学を生涯の目標とした河上肇博士でさえ、マルクスの『資本論』と取り組み始めたのは、大正八年頃だから、流石の漱石も、『資本論』には、ついてゆけなかったとしても、無理からぬように思われる。」と述べている。なお、竹内真澄は漱石が当時読んでいた「社会学文献から間接的にマルクス評を得た」として、B・キッドの『西洋文明の諸原理』(一九〇二)の可能性を指摘している(「上からと下から」『諭吉の愉快と漱石の憂鬱』花伝社、平25・11刊)。

(14) 「野分」は、荒正人の『増補改訂　漱石研究年表』(集英社、昭59・6刊)によれば、明治三九年一二月一〇日に起稿され、二一日に脱稿している。

(15) 「〇需用供給。」に続く項目は無題であるが、明らかに関連していると思われるので、続けて紹介したい。

〇

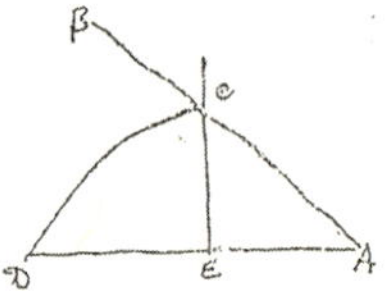

ABは頭脳ト労力ノ高サナリ
ACDハ此頭脳ト労力ニ対スル報酬ヲ示ス線ナリ。

AC迄ハ頭脳ノ高サニ比例シテ金ノ報酬ガ増スナリ。

Cヲ越スト頭脳ガノ〔原〕Bノ方ニ高クナルニ従ツテ報酬ハDノ方ヘ下落シテ行クナリ。

尤モ成功シテ尤モ公平ナル取扱ヲ社会ヨリ受クル人ハ頭脳ガ(C)ノ所ニアル人ナリ

右図を「○需用供給。」に対応させるためには、左図のように修正する必要がある。

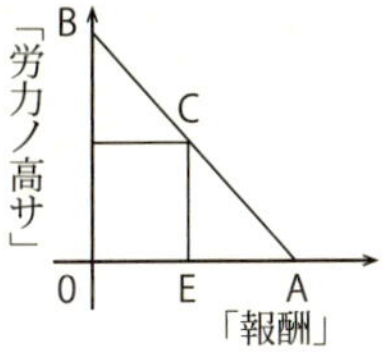

(16)　ただし、美術商の高橋芳郎の指摘に基づけば、漱石の見方は美術品の商品価値決定のメカニズムの現実を捉えてはいなかった。高橋は「一般的なイメージでは、作品点数が少ないほうが希少価値が高まると考えがちなものです。ところが、実際はその逆で、作品点数が少なすぎると取引される機会が少ないために、逆に商業的価値が下がる傾向にあります。」（「ピカソ」『「値段」で読み解く魅惑のフランス近代絵画』幻冬舎メディアコンサルティング、平29・4刊）と述べている。

第一章　漱石の収支計算書

1　漱石の原稿料収入

漱石の小説家としての活動は、「ホトトギス」明治三八年一月号に「吾輩は猫である」を発表したことから始まった。漱石の原稿料収入を推計してみよう。

推計に用いたのは、夏目鏡子と高浜虚子の回想である。鏡子の『漱石の思ひ出』によれば、「『猫』で最初に頂いた原稿料は、しめて十二三円位のものだつた」（「二四　『猫』の話」）、「『カーライル博物館』が全体で八円だつたのを覚えて居ります。それからホトトギスが始めは多くて一枚五十銭位だつたのが、後では一円に上がりました。新小説がやはり一円位、中央公論が一円二三十銭見当だつた」（「二六　『猫』の出版」）。

ただし、「ホトトギス」は高浜虚子の回想（「漱石氏と私」六　「ホトトギス」大6・9）によれば、一ページ一円だった。漱石の虚子宛書簡（明39・4・30付）に原稿料の金額が記述されていて、「ホトトギス」明治三九年四月号に掲載された「吾輩は猫である」（十）と「坊っちゃん」のページ数と金額が一致していることが確認できる。

〈表1〉（四一頁）では、虚子の回想の金額を採用して、「ホトトギス」は一ページ一円、「中央公論」と春陽堂から刊行された「新小説」は鏡子の回想の金額を採用して、それぞれ一円二〇銭、一円で計算した。四百字に換算した枚数も記載した。

〈表 1〉原稿料

発表年月		作品名及び掲載誌名	原稿料	原稿枚数
明治38年	1月	「吾輩は猫である」「ホトトギス」	〈11円50銭〉	約29枚
		「倫敦塔」「帝国文学」	—	約42枚
		「カーライル博物館」「学鐙」	「八円」(1枚約42銭1厘)	約19枚
	2月	「吾輩は猫である」(続編)「ホトトギス」	〈39円50銭〉	約100枚
	4月	「幻影の盾」　同上	36円	約57枚
		「吾輩は猫である」(三)　同上	〈33円50銭〉	約85枚
	5月	「琴のそら音」「七人」	〈20円〉(1枚約30銭3厘)	約66枚
	6月	「吾輩は猫である」(四)「ホトトギス」	25円50銭	約65枚
	7月	「吾輩は猫である」(五)　同上	25円	約63枚
	9月	「一夜」「中央公論」	〈22円80銭〉	約19枚
	10月	「吾輩は猫である」(六)「ホトトギス」	〈24円50銭〉	約62枚
	11月	「薤露行」「中央公論」	〈72円〉	約60枚
明治39年	1月	「趣味の遺伝」「帝国文学」	—	約100枚
		「吾輩は猫である」(七、八)「ホトトギス」	55円50銭	約140枚
	3月	「吾輩は猫である」(九)　同上	〈28円50銭〉	約72枚
	4月	「吾輩は猫である」(十)　同上	38円50銭	約98枚
		「坊っちやん」　同上	148円	約231枚
	8月	「吾輩は猫である」(十一)　同上	52円	約132枚
	9月	「草枕」「新小説」	〈272円〉	約272枚
	10月	「二百十日」「中央公論」	〈159円60銭〉	約133枚
明治40年	1月	「野分」「ホトトギス」	173円	約326枚

＊なお、伊藤整は明治三九年に関して、「学校から千八百六十円、『猫』を五回分で約二百五十円、『草枕』、『坊っちゃん』、『二百十日』で約七百五十円、合計の年収が二千八百十円」(第五章『日本文壇史』10、講談社、昭46・4刊)と推測していた。

「」の金額は鏡子の回想に基づいたもので、〈〉の金額は推定である。「吾輩は猫である」の場合、本文に挿絵や小間絵が不定形に挿入されていて、本文のページ数を機械的に算出できない号もあった。その場合は、挿絵などを一ページ当たりの面積に換算して、全体のページ数から引いて、原稿料を算出している。

また、一ページ当たりの字数は「吾輩は猫である」と、附録として掲載された作品では異なっていた。「吾輩は猫である」は、二四字×二一行×二段で統一されているのに対して、「幻影の盾」・「坊っちゃん」は三九字×一六行、「野分」は四七字×一六行だった。四百字当たりの原稿料では、「吾輩は猫である」が約三九銭七厘であるのに対して、「幻影の盾」・「坊っちゃん」は約六四銭一厘、「野分」は約五三銭一厘となって、附録の方が高くなっている。鏡子が「ホトトギス」が値上げしたといっているのはこのことかもしれない。漱石はこうしたアンバランスな原稿料に抗議していないようだ。権利に敏感な漱石らしからぬ鈍感さである。

「帝国文学」は、東京帝国大学文科大学の教員・学生・卒業生などで組織した帝国文学会が創刊し編集した雑誌である。原稿料を払っていないと想定した。「七人」は小山内薫が一高帝大の同級生や友人七人で作った同人雑誌で、金額は野村伝四の、小山内が「せい〴〵拾円か弐拾円位」の「御礼」をしたという「推察」（「『琴の空音』に就て」「漱石全集月報」第6号、昭3・8）の、高い方を採用した。

漱石の小説からの原稿料収入は、明治三八年に約三一八円で、四百字換算で約六六七枚を執筆し、そのうち、約六二五枚が有料だった。翌三九年は約七五四円で、四百字換算で約一一七八枚を執筆し、約一〇七八枚が有料だった。四〇年四月に朝日新聞社に入社して以降は、他社に小説を発表できなくなってしまうので、「野分」が最後の原稿料収入ということになる。

漱石の原稿料収入が同時代の水準を抜きんでていたことは、田山花袋と比較することで確認できる。花袋は「酒悲詩痩録」と題する雑記帳に明治二五年から四〇年までの原稿料や単行本の稿料を記録していた。高橋博美が「田山花袋の原稿料　『酒悲詩痩録』（田山花袋記念文学館、雑記帳）を資料として」（『田山花袋記念文学館研究紀要』平16・3、17・3）でデータを整理している。

高橋の整理に基づくと、明治三八年に稼いだ花袋の原稿料は紀行文や翻訳などを含めて、三三九円五〇銭で、小説は一六〇円（四百字換算で約二五四枚）、三九年は一七五円一銭五厘で、小説は一三〇円一銭五厘（約一八七枚）、四〇年は四〇四円で、小説は三四一円（約四三四枚）である。デビューしたばかりの漱石の方が、原稿料、執筆枚数ともに、文壇では大先輩にあたる花袋をはるかに凌駕している。花袋は明治四〇年に「蒲団」を含めて、小説を一五本発表しているので、寡作家というわけではなかった。また、花袋の一枚当たりの小説の原稿料は、最低四七銭、最高一円三〇銭になるので、漱石よりも低かったわけではない。漱石に執筆機会が多く提供され、漱石がそれによく答えたということだろう。

ただし、漱石の年間一〇〇〇枚という執筆量は、中間小説全盛期に活躍した流行作家、例えば、笹沢左保や川上宗薫などの足下にも及ばないことを忘れてはならないだろう。彼らは、月産

一〇〇〇枚を長期間にわたって続けていたのである。(1) 小説家のライフスタイルは大きな変貌を遂げたのである。(2)

次は、印税収入を推計してみよう。

2　漱石の印税収入(1)

漱石を考察する前に、花袋の方を整理しておこう。花袋は出版社と印税契約を結んでいるわけでなく、原稿を買取ってもらい、一冊ごとに原稿料を受けとっていた。誠文堂新光社の小川菊松の回想によれば、日露戦後の出版ビジネスは不調で単行本を出しても増刷されることは稀で、増刷される可能性がほとんどない場合、著者は印税よりも原稿料を前払いしてもらった方が有利だった。

小川菊松の回想はこうだ。

(前略) 出版で一番取つ懸りよいのは文学ものである。昔は——といつても日露戦争後のことであるが、文学ものや通俗小説ものは、いわゆる大衆向きで、初版千五百部位刷ればどうにか売りこなせたからである。(中略) 一冊の定価五十銭から七十銭位であつた。千五百部売つても、正味総収入が六、七百円。今から思うと遠い夢の世界である。今一つ余談であるが、その頃の文学ものは、殆ど印税でなく原稿料で買い切つたものである。今とは逆で、ケチな出版屋は印税を希望し、著者は買切りの原稿料を希望した。というのは、原稿料は前払いで、印税は刷上げてからが多い。しかも六十銭本を千二百か千五百部刷られると、印税は七十円か九十円で後払いとなり、それよりも原稿料前払いで八十円か百円取つた方が、著者には有利だつたからである。再版などに希望をもつことが出来なかつた程、一般の読書力は低かつたのである。（「一四　春陽堂本に迫つた一群～吉岡書店に対する懐古的追想の数々」『出版興亡五十年』誠文堂新光社、昭28・8刊）

花袋は、明治三八年に、紀行文集『草枕』、訳詩集『キーツの詩』、『日露戦史』で一五五円、三九年に、旅行案内『日本新漫遊案内』、紀行文集『旅すかた』、作法書『美文作法』、『日露戦史』で三四〇円、四〇年に、小説集『少女の恋』、紀行文集『箱根紀行』、『東京写真帳』で一四〇円を受けとっている。

花袋の場合、原稿料と単行本の稿料は合計して、年間五五〇円を下回る程度である。漱石の明治三九年の原稿料に及んでいない。花袋が文学活動だけで一家の生計を支えることはできなかったはずだ。幸いなことに、花袋は博文館の社員として月給五〇円を得ていた。(3) 花袋の年収は、その定収入を含めて、ようやく一〇〇〇円を超える程度である。

一方、漱石は印税率の高い契約を出版社と結んでいた。漱石の娘筆子と結婚した松岡譲は漱石が小説集『鶉籠』を春陽堂から出版する際に交わした「覚書」を「漱石の印税帖」(『漱石の印税帖』朝日新聞社、昭30・8刊)で紹介している。初版の印税率は一五パーセント、二版から五版までが二〇パーセント、六版以上が三〇パーセント、発行部数は初版が三〇〇〇部、二版から五版までが一〇〇〇部以内、六版以上が五〇〇〇部以内だった。

松岡によれば、後に四版以降の印税率が三〇パーセントになり、初版は一〇〇〇部となった以外は、これ以降の出版も「覚書」に準拠しているという。漱石は著者に極めて有利な、出版社に利益が出るのか疑わしくなるほどの高い印税率で出版していたのである。松岡は、漱石が出版社から特別待遇をされた理由について、「とにかく絶えず版を重ねる事と、仮令それによる直接の利益は少くても」「店の看板になるので文句は言へなかつた」と指摘している。

この事実だけでも、漱石が市場的に高い評価を得ていたことがわかる。また、松岡は夏目家にあった「印税覚帳」から出版社の発行部数を紹介している。漱石の印税収入を考える上で重要な資料なのであるが、春陽堂・新潮社・至誠堂の分しか公開されていなかった。もっとも売れたと思われる『吾輩は猫である』を出版した大倉書店・服部書店の「印税覚帳」は紛失していたのである。ここでは、清水康次の「天理図書館蔵『吾輩ハ猫デアル』印税受取書」(「ビブリア」平13・5)に基づいて、印税収入を考えてみることにしたい。

清水の紹介した、明治四〇年八月二四日付「印税受取書」によれば、漱石は服部書店発行の『吾輩ハ猫デアル』上・中・下篇の重版計六〇〇〇部の印税九九七円五〇銭を受けとっている。

一〇〇〇部ずつの増刷である。清水の計算では、印税率は一八・三パーセントである。

このデータを援用して『吾輩は猫である』の印税を計算してみよう。初版の部数については、「文士の生活」（「大阪朝日新聞」大3・3・22）の漱石の発言を信用して「二千部」とし、増版数は、清水康次の「単行本書誌」（『漱石全集』第27巻）のデータによった。

清水の調査によれば、『吾輩ハ猫デアル』上篇（大倉書店・服部書店、定価95銭、明38・10・6刊）は、第九版が明治四〇年二月二五日に発行されているので、三九年中に第八版まで出版されたと考えられる。三八年は第三版（明38・11・20刊）までとした。同じく中篇（大倉書店・服部書店、定価90銭、明39・11・4刊）は、第四版が明治四〇年二月五日に発行されているので、三九年中に第三版まで出版されたと推測した。

上篇は明治三八年に四〇〇〇部、三九年に五〇〇〇部、中篇は四〇〇〇部出版されたことになる。印税はそれぞれ六九五円四〇銭、八六九円二五銭、六五八円八〇銭となる。

『吾輩ハ猫デアル』に続いて出版されたのは、短篇集『漾虚集』（大倉書店・服部書店、定価1円40銭、明39・5・17刊）である。発行部数が不明で、明治三九年中に第二版が出ている（清水「単行本書誌」）。ただし、森田草平によれば、初版は一〇〇〇部で、印税率は一二パーセント、一五〇〇部以上は一五パーセントである（『増補改訂　漱石研究年表』集英社、昭59・6刊）。森田の証言を採用すれば、初版の印税は一六八円、第二版を五〇〇部とすると、印税は八四円となる。

春陽堂から出版されたのは『鶉籠』（定価1円30銭、明40・1・1刊）である。実際には、明治三九年一二月に発売されているので、三九年中に印税を受けとった可能性もある。印税率一五パーセント、初版三〇〇〇部なので、印税は五八五円となる。

したがって、明治三八年の印税は、約六九五円、三九年は約一七八〇円、『鶉籠』を入れると、約二三六五円となる。これに原稿料を加えると、三八年は約一〇一三円、三九年は約二五三四円、あるいは約三一一九円である。

漱石は、第一高等学校英語嘱託として年俸七〇〇円、東京帝国大学英文学科講師として年俸八〇〇円、明治大学非常勤講師として月俸三〇円を得ていたので[4]、一八六〇円の年収があった。小説を発表することで、漱石の年収は約二八七三円に、翌年には約四三九四円、あるいは約四九七九円に増大する。そのうえ、漱石の経済的成功はこれで終ったわけではなかった。

漱石は、朝日新聞社との入社交渉の結果[5]、月給二〇〇円と賞与で年収三〇〇〇円を確保する。明治四〇年四月に教師から小説家に転職した漱石は、定収入の六割増に成功したのである。

それでは、朝日新聞入社後の印税収入はいくらだったのだろうか。

3　漱石の印税収入(2)

松岡譲の「漱石の印税帖」は残された「印税覚帳」から、春陽堂・新潮社・至誠堂の検印部数表を作成している。〈表2〉（五〇～五五頁）は松岡の表に、清水康次の「単行本書誌」の増刷に関する情報を付加したものである。

松岡は部数が不明の大倉書店・服部書店・岩波書店分を含めた漱石生前の発行部数について次のように推測している。春陽堂・新潮社・至誠堂の「合計が約六万九千八百冊（注：正しくは七万二五九八冊）であるから、漱石の生存中の全著作の売れ行きは、全部で一〇万部以下とも思へないが、それ以上にしたところが、一〇万部をさして越えて居るものとは考へられない。（中略）歿年の大正五年までの一二年間の総計が約一〇万冊だとすると、年間平均一万冊にも足りないのである。これが当時文界の最高位に君臨して、特別扱ひをうけて居た人気作家の実体なのだから、いかにその頃の読書界といふものが狭かつたかがよくわかる」。過小評価とも思われる推測であるが、松岡がこのように推測したのは発行部数のアンバランスさに注目したからだろう。漱石の著作といっても、すべてが同じように売れていたわけではなかったのである。

『三四郎』、『それから』、『門』などは、初版の部数が、三四〇〇部から、二五〇〇部、二〇〇〇部という具合にしだいに低下しているうえに、増刷部数も少なかった。松岡が強調したのは初期の著作のコンスタントな売れ行きだった。「合計六万九千八百冊に対して、『坊つちやん』『虞美人草』『草枕』の三つのものを合はせたものが（勿論鶉籠も入れて）、全体の四〇パーセント弱の比率（注：正しくは約五九パーセント）に当つてるのも注意してよからう。恐らくこれに『猫』を加へたら、この四つの作品が優に他の全体の部数とマッチする事と思はれる」。

印税について、松岡は春陽堂・新潮社・至誠堂の合計が「約一万七千円」、大倉書店・岩波書

（上段が松岡の検印部数、下段が清水の調査した重版数。記述が一致しない項目は両者を併記した。「心」は初刊本『心』大3・9刊の巻末の著作目録に記載された重版数）

明治44	明治45 大正1	大正2	大正3	大正4	大正5	計	備　考
500	775	600				12171	
11版							
300	850	500	100		縮刷300	8550	初　刊　本8250 含縮刷本8550
	8版	11版					
						3000	
			3版（心）				
100	100	100				2000	
4版							
100	500	300				4600	
	8版	9版	9版（心）				重版は9版までか
100	280					3380	
	4版						重版は4版までか
						2800	
			2版（心）				重版は2版までか
500		200				2700	
		4版					重版は4版までか
1700	300					2000	
					8版		17版大8・7刊
	2200	200	97		＊300	2797	
	3版						＊縮刷本の可能性がある。
					400	400	
					8版		15版大8・4刊（40銭）
		2400	4400		500	7300	
			8版				40版大7・6刊 （1円70銭）

〈表 2〉漱石生前の単行本発行部数

◎春陽堂

	書　名	初版発行年月	定価	明治39	明治40	明治41	明治42	明治43
1	鶉籠	明治40	1円30銭	3000	5000	996	500	800
		40・1		4版			8版	
2	虞美人草	明治41	1円50銭		3000	2500	500	500
		41・1			初版の部数か	3版		6版
3	草合	明治41	1円70銭			2000	1000	
		41・9				2版		
4	文学評論	明治42	1円20銭				1700	
		42・3	1円80銭				3版	
5	三四郎	明治42	1円30銭				3400	300
		42・5					3版	5版
6	それから	明治43	1円50銭				2500	500
		43・1						
7	四篇	明治43	1円20銭					2800
		43・5						2版
8	門	明治44	1円30銭					2000
		44・1						
9	切抜帖より	明治44	70銭					
		44・8						
10	彼岸過迄	大正 1	1円50銭					
		1・9						
11	満韓ところどころ	大正 4	35銭					
	満韓ところ〴〵（縮刷本）	4・8						
12	合本鶉籠虞美人草	大正 2	1円50銭					
	鶉籠虞美人草（縮刷本）	2・12						

明治44	明治45 大正1	大正2	大正3	大正4	大正5	計	備　考
					800	800	
							49版大9・7刊 (66銭)
					800	800	
				8版			21版大6・5刊
					300	300	
				11版			25版大6・12刊
						53598	

明治44	明治45 大正1	大正2	大正3	大正4	大正5	計	備　考
			3900	5000	4000	12900	
				15版			55版大8・6刊 (38銭)
				2400	1000	3400	
				2版			5版大6・1刊 (1円30銭)
						16300	

明治44	明治45 大正1	大正2	大正3	大正4	大正5	計	備　考
				2500	200	2700	
				3版			4版大6・9刊

明治42	明治43	明治44	明治45 大正1	大正2	大正3	大正4	大正5	備　考
	18版				20版(心)			
					8版		9版	11版大6・1刊
					14版(心)			

◎春陽堂（つづき）

	書　名	初版発行年月	定価	明治39	明治40	明治41	明治42	明治43
13	坊ちやん	大正 5	35銭					
	坊ちやん(縮刷本)	3・11						
14	草枕	大正 5	40銭					
	艸枕(縮刷本)	3・12						
15	合本三四郎	大正 5	1円35銭					
	三四郎それから門(縮刷本)	3・4	1円50銭					
	合　計							

◎新潮社

	書　名	初版発行年月	定価	明治39	明治40	明治41	明治42	明治43
1	坊つちやん	大正 3	30銭					
	坊っちやん(代表的名作選集)	3・11						
2	色鳥	大正 4	1円30銭					
		4・9	1円20銭					
	合　計							

◎至誠堂

	書　名	初版発行年月	定価	明治39	明治40	明治41	明治42	明治43
1	金剛草	大正 4	1円30銭					
	金剛草(大正名著文庫)	4・11	1円20銭					

◎松岡が言及していない単行本(発行順)の、清水の調査に基づく増版数

書　名	出版社	初版発行年月	定価	明治38	明治39	明治40	明治41
吾輩ハ猫デアル(上編)	大倉書店 服部書店	明治38・10	95銭	3版	6版	12版	
漾虚集	同上	39・5	1円40銭		2版	3版	4版
吾輩ハ猫デアル(中編)	同上	39・11	90銭		3版	7版	8版

明治42	明治43	明治44	明治45 大正1	大正2	大正3	大正4	大正5	備　考
					4版(心)			書簡によれば、初版1000部、3版500部。
8版	9版				10版(心)			
			8版		18版			43版大7・5刊
				7版				
					3版			
					2版		6版	7版までか
					5版	8版		
						6版		16版大7・2刊
						7版		
								7版大6・2刊
								5版大6・8刊
						3版		19版大7・9刊(40銭)
						2版	5版	
								10版大6・8刊
						2版		5版大6・2刊
								5版大6・12刊
								14版大6・9刊
								5版大7・4刊(1円10銭)
								10版大9・11刊(1円90銭)
							3版	定価は3版大5・10刊による。
								7版大6・10刊

◎松岡が言及していない単行本(発行順)の、清水の調査に基づく増版数（つづき）

書　名	出版社	初版発行年月	定価	明治38	明治39	明治40	明治41
文学論	大倉書店	明治40・5	2円20銭			3版	
吾輩ハ猫デアル(下編)	大倉書店 服部書店	40・5	90銭			3版	
吾輩ハ猫デアル(縮刷本)	大倉書店	44・7	1円30銭				
社会と自分	実業之日本社	大正　2・2	1円50銭				
行人	大倉書店	3・1	1円75銭				
心	岩波書店	3・9	1円50銭				
須永の話(現代名作集)	鈴木三重吉	3・9	15銭				
彼岸過迄四篇(縮刷本)	春陽堂	4・1	1円50銭				
倫敦塔(現代名作集)	鈴木三重吉	4・1	15銭				
硝子戸の中	岩波書店	4・3	60銭				
文学評論(縮刷本)	春陽堂	4・5	1円30銭				
夢十夜(縮刷本)	同上	4・8	35銭				
倫敦塔幻影の盾薤露行(縮刷本)	千章館	4・9	35銭				
思ひ出すことなど(縮刷本)	春陽堂	4・9	40銭				
道草	岩波書店	4・10	1円50銭				
三四郎(縮刷本)	春陽堂	4・10	95銭				
社会と自分(縮刷本)	実業之日本社	4・11	1円20銭				
それから(縮刷本)	春陽堂	4・11	95銭				
門(縮刷本刷本)	同上	4・12	95銭				
虞美人草(縮刷本)	同上	5・1	1円20銭				
行人(縮刷本)	大倉書店	5・5	1円30銭				

店・実業之日本社から出版された著作も含めて、「全部引つくるめて二万五千円から二万七千円程度のものではなかつたかと想像出来る。勿論、これ以下の事も充分に有り得るのである。（中略）法外な高率と言はれた印税をもつてしても、年に平均すると二千円前後となる勘定だから、国の文運が盛んになつたとか何とか言はれたものだが、今から考へると全く可笑しいやうなものではないか。」[6]としている。

松岡の推測に基づけば、朝日新聞入社以降の漱石の年収は、五〇〇〇円に達していたことになる。年平均二〇〇〇円の印税は、〈国民作家〉夏目漱石のイメージを考えれば多いとはいえないだろうが、花袋と比較すれば天と地ほども違っている。[7]漱石はこの時期の小説家として稀に見る経済的な成功を収めたのである。明治四三年に改定された官吏の俸給でいえば、年収三〇〇〇円は奏任官年俸表の一級第一号にあたる。また、五〇〇〇円は各省次官クラスの年俸である。明治二五年制定の三井銀行使用人給料表では「三等席」が月給一八〇円、「二等席」が二五〇円、「一等席」が三五〇円以上である（千本暁子「日本における性別役割分業の形成――家計調査をとおして――」荻野美穂他編『制度としての〈女〉――性・産・家族の比較社会史』平凡社、平2・7刊）。漱石は、朝日新聞の月給・賞与に支えられていたとはいえ、トップクラスの官吏・会社員並の収入を得ていたことになる。

しかし、夏目鏡子の回想では、夏目家の家計が楽になったのは、岩波書店から『心』を自費出版する大正三年頃だった。「一体其頃私どものところでは、長い間の貧乏生活からや、救はれまして、こゝ何年かはいゝ按配に、随分の大病もしたこともあり、又多人数の子供だちも揃つて大きくもなつて、何かと物入りもあるのでしたが、どうやらかうやら少しづゝ残る勘定になつて居りました。勿論大した纏まつたお金の残る道理もないのですし、其当時にあつては本が売れるといつて見たところで、近頃のやうな大量出版だの何だのといふ派手なこともないのですから知れたものです」（「五三　自費出版」）。朝日新聞入社直前の夏目家の支出は「月どうしても二百円はかゝる」（「二九　朝日入社」）ということだったので、入社後は印税が一定額残りそうなものだ。それなのに、「貧乏生活」と縁が切れなかったというのである。(8)

夏目漱石の年収、夏目家の家計の実態を確認するための参考資料として作成したのが〈表3〉（五八〜五九頁）である。交詢社編『日本紳士録』に記載された所得税額の推移を整理したものである。漱石と比較するために、兄直矩、鏡子の妹たちと結婚した鈴木禎次と奥村鹿太郎、森鷗外等の文学者、講談社の創立者である野間清治、新声社・新潮社の創立者である佐藤義亮の税額も示した。

漱石の所得税額は第一三版から第一七版が九四円か九三円、第一八版以降は六七円か六八円で、低下している。所得税額からいえば、印税収入が急速に増加したとは考えにくい。

もっとも、漱石が所得額を正確に申告していない可能性もある。漱石は同僚の渋川玄耳に新聞社が税務署に社員の「所得高」を「通知」しているのか、税務署が「照会又は検査」に来るのか、玄耳自身がどのように申告しているのかをたずねる書簡（明40・5・28付）を送っている。ねらいは当然〈節税〉である。

漱石自身は「実はあれもほかの社員なみにズルク構へて可成少ない税を払ふ目算を以て伺つた訳であります。実は今日迄教師として充分正直に所得税を払つたから当分所得税の休養を仕るか左もなくばあまり繁劇なる払ひ方を遠慮する積りでありました。」（明40・5・29付書簡）と玄耳に説明している。しかし、玄耳から「公明正大」に支払うべきだと「一喝」され、「貴意に従つて真直に届け出でる気に相成りました。」（同前）と答えている。この言葉通り、漱石は「真直に届け」たのだろうか。

大蔵省主税局編『所得税百年史』（大蔵省主税局、昭63・3刊）によれば、明治三八年から大正元年までの個人所得（第三種）への税率は、一〇〇〇円以上が三・四五パーセント、二〇〇〇円以上が三・九一パーセント、三〇〇〇円以上が四・六パーセント、五〇〇〇円以上一万円未満が六パーセントだった。この期間の免税点は三〇〇円で、「勤労所得控除」などはなかった。したがって、

（単位は円。◎は未調査。×は記載なし。△は所得税額の記載なし。太字は営業税。版数の下段は刊行年月）

16版 明44・12	17版 大1・12	18版 大2・12	19版 大3・12	20版 大4・12
93	93	67	67	68
×	×	×	×	×
78	78	53	53	53
62	66	×	49	×
383	385	243	279	279
78	78	53	53	54
78	78	72	72	73
51	51	37	37	37
34	41	23	23	26
△	27	23	26	△
21	×	×	×	×
×	36	26	32	34 **62**

＊ 15版から18版までは、所得税21円（非常特別税を含む）以上を納入した者。ただし、18版には「非常特別税を含む」という条件はない。
＊ 19版・20版は、所得税21円以上を納入した者、または営業税61円以上を納入した者。

〈表3〉『日本紳士録』による所得税額（8版〜20版）

	8版 明35・12	9版 明36・12	10版 明38・12	11版 明39・12	12版 明41・1	13版 明42・1	14版 明43・1	15版 明43・12
夏目漱石	×	22	◎	◎	62	94	94	94
夏目直矩	×	6	◎	◎	16	×	×	×
鈴木禎次	×	×	◎	◎	64	48	48	65
奥村鹿太郎	×	×	◎	◎	×	×	23	55
森鷗外	76	76	◎	◎	194	322	325	367
坪内逍遙	20	23	◎	◎	78	78	78	78
巌谷小波	×	10	◎	◎	41	41	78	78
内田魯庵	×	10	◎	◎	23	52	52	52
幸田露伴	6	×	◎	◎	34	35	62	34
永井荷風	×	×	◎	◎	×	×	×	28

〔出版社社長〕

野間清治	×	×	◎	◎	×	×	×	×
佐藤義亮	△	×	◎	◎	×	×	×	×

＊ 田山花袋・島崎藤村・徳田秋声は18版に△。
＊ 8版は、所得税5円以上を納入した者、または電話を所有する者。なお、27版まで所得税法は公債、株券債権等からの所得に課税していないという注記がある。
＊ 9版は、所得税6円以上を納入した、または電話を所有する者。
＊ 12版・13版は、所得税15円（非常特別税を含む）以上を納入した者。
＊ 14版は、所得税19円（非常特別税を含む）以上を納入した者。

漱石が朝日新聞社からの年収三〇〇〇円しか申告していなかったとしても、所得税額は一〇五円五七銭となったはずである。九四円という所得税額からすると、漱石は二七〇〇円前後の金額を申告していたことになるだろう。

第一八版で、所得税額が六七円になっているのは、大正二年に免税点が四〇〇円に、税率も変更され、収入予算年額の一〇パーセントの「勤労所得控除」ができたためとも考えられる。しかし、そうした変更があったとしても、申告額は二六〇〇円前後でしかない。〈表4〉（六四〜六七頁）は、大正三年一二月から翌年三月にかけて、漱石のつけた家計簿を整理したものだが、所得税及び付加税の記載（六六頁）がある。漱石は隔月に総計二〇円三二銭を支払っていた。仮に、六回の分割で納めていたとすると、所得税は一二一円九二銭となるが、その場合の申告額は三五〇〇円前後である。いずれにせよ、漱石は〈節税〉に励んでいたことになる。

したがって、〈表3〉から漱石の収入を確認することは困難である。ただ、定職のある文学者でなければ、掲載されるほどの所得税を支払うことができないことが確認できる。その意味で、陸軍軍医森鷗外は突出している。新興の出版社社長も大した税額になっていないので、出版ビジネスの市場の小ささも確認できる。

二人の義弟であるが、まず、鈴木禎次は名古屋高等工業学校教授・学科長を歴任し、退官後、建築事務所を開設して建築家として活躍した。奥村鹿太郎は横浜で貿易商として活動していた。(9)義弟たちを取りあげたのは、文学関係者ではない人物の例とするためであるが、二人とも経済的成功を収めていたことも考慮した。

松岡筆子は「母の妹達は二人とも富裕な家に嫁いでおりましたから、私達姉妹には叔母や従姉妹達が自分達とは住む世界の違う〝お金持〟に映り、叔母達の態度や言葉の端々に私達家族に対する憐れみや侮りを感じたものです。」(「お札とは縁遠かった漱石」)と回想している。

申告の問題の他にも、所得税額には留保するべき点がある。(10)例えば、この時期は株取引によって得た収入は課税対象ではなかった。そのため、『日本紳士録』は「所得税法は公債、株券、債権等より生ずる個人の所得に課税せず。故に有名の資産家にして少しも所得税を納めざる者あり。是れ看者の注意を乞ふ所なり」（第一二版、交詢社、明41・1刊）と断わらざるを得なかった。

また、世帯単位課税方式であって、個人の収入を把握していたわけでもなかった。そのうえ、課税の方式が時期によって変更されたうえ、税務関係のプロフェッショナルを育成中のため、所得の査定が地域ごとの調査委員会の決議によるものだった。したがって、漱石のように、実際の収入に対応した所得税額を把握できていない場合も往々にしてあったと思われる。

なお、『日本紳士録』は都市単位で調査されているために、居住地が一定していないと掲載されない傾向があった。後の版になればなるほど、調査対象都市が増えて、掲載される「紳士」が増加していった。所得税を支払っていれば、性別に関係なく、「紳士」として名前が掲載されている。

以上のことから、『日本紳士録』から収入を特定することには無理があるので、表はあくまで参考資料である。後章で同様な表を参考として提示するが、表の見方として重要なのは、同じ版の他の小説家・文学者たちと比較することである。

そうなると、別の資料で漱石の経済力を確認する必要があるだろう。注目されるのは、漱石が、大正三年一二月から翌年三月にかけて、自らつけていた家計簿（「日記一三」「日記一四」）である。

4　漱石の家計簿

漱石は「日記一二」（大3・10・31～12・8）に「十二月から会計を自分がやる事にする。一一月は小使をのぞいて四百十円か二十円である。」と記しているので、その言葉どおりに実践したと思われる。漱石は夏目家の一一月の支出が「四百十円か二十円」以上になること、年に換算すると、五〇〇〇円前後になることに疑問を感じたのだろう。

そのうえ、「日記一二」からは鏡子とコミュニケーションが不足しているさまが見えてくる。例えば、先の引用に続けて、漱石は「妻は筆子のために毎月十五円を貯蓄銀行にあづけ始めた。是も私には相談しない」と記している。あるいは「妻は万事こんな風に凡て自分に都合のわるい事は夫に黙つてゐる女である。さうして出来る限り夫を甘く見又甘く取り扱へば夫《それ》が自分の資格でも増すやうに考へてゐる女である。」（大3・11・8）という一節もある。

漱石が家計簿をつけるのは、この時が最初ではなかった。弟子の野間真綱の回想に「或る時などは女中と二人切りの簡素な生活をして居られることもあつた。一冊の帳面を膝の上に置いて『僕は今家計簿を自分で記入して居るんだが割合に面倒だね』と言はれたこともあつた。」（「文学論の生れ出る頃」「漱石全集月報」第七号、昭11・5）とある。また、津田青楓は年を越す金を借りに漱石のもとを訪れて、漱石が帳簿に眼を凝らしている姿を目撃している。「先生はいつもとは違つて、出入口の扉の傍に平素すえ付けてある稍大形の紫檀の机の前に座つてゐられた。眼鏡をかけて頻りに何か帳簿に眼を通されてゐるやうな風だつた。（中略）先生の机の横には台所用の出入り商人の通帳だの、書出しなぞがひろげられてあつた。先生はその内の一冊に今眼を通してゐられるのだつた」（「借金」『漱石と十弟子』世界文庫、昭24・1刊）。

野間の回想は漱石が鏡子と別居していた、明治三六年七月から九月にかけてのことである。津田は明治四四年四月頃から漱石のところに出入りするようになった（石田忠彦「津田青楓」原武哲他編『夏目漱石周辺人物事典』笠間書院、平26・7刊）。津田の回想に「家賃が六円廿銭」とあるので、最初の借家の時期だろう。だとすると、明治四四年か大正元年のことだと思われる。

次頁以降に示した〈表4〉は、漱石のつけた家計簿の支出を整理したものである。元の家計簿は漱石が計算を間違えている箇所もあるので、このような形に整理をした。一見してわかるように、漱石は支出をすべて記載していない。例えば、子どもの学費など、「月謝」であるにも拘わらず、脱落している箇所がある。同様の例は他にもあると思われる。特に衣料費は、鏡子が購入したものの代金をすべて記入しているとは思われない[11]。したがって、この家計簿に記載された以上の支出があったはずである。

また、漱石が「小遣」で何を購入していたのかも気になるが、詳細は不明である。〈表4〉では月ごとの総計を示したが、記入された回数がもっとも多かったのは一〇円（13回）で、最高額は二〇円（1回）だった。斎藤与里から購入した絵画の金額が二〇円とあるように、高価な美術品を買っていたわけではなさそうだ。丸善への支払いが大正四年一月だけなのも注目される。記載漏れの可能性もあるものの、洋書の購入が朝日新聞入社以降、減少していたことが反映されている可能性もある[12]。兄姉への援助が香典を除けば、四ヶ月で一八二円――年間五四六円に及んでいるのも目立つ。家賃が四二円に値上りしていたことも見逃せない。

〔自身のために〕(つづき)

	大3年12月	大4年1月	大4年2月	大4年3月
霞宝会	2	—	—	—
有楽座	—	8・60(切符)	—	—
丸善	—	6・30	—	—
「宝生謝儀」	—	—	7	—
法隆寺大鏡	2	—	—	—
年賀状	6・45(350枚)	—	—	—
郵便	—	—	・54(切手・小包)	—
小　計	131・35円	80・252円	58・68円	90・98円

〔子どものために〕

	大3年12月	大4年1月	大4年2月	大4年3月
「筆貯金」	15	15・50	14	15・50
「中島」(ピアノ教師中島六郎)	18	13	13	13
「純一月謝」	7・05(及び杯)	—	—	9・70
「伸六月謝」	—	1・50	1・50	1・50
「女子大学月謝」	—	28・20	—	—
「子供小遣」	12・50	8・50	8・50	8・50
Xmascard	・55	—	—	—
純一の衣服	2(手袋・帽子)	—	—	—
筆子・恒子の衣服	8・60(肩掛)	—	—	—
伸六の衣服	—	—	—	13・20(洋服・帽子・鞄)
「子供創ニ」	・92	—	—	—
玩具屋	—	・31	—	—
「子供雑」	—	・98	—	—
小　計	64・62円	67・99円	37円	61・40円

〔親族のために〕

	大3年12月	大4年1月	大4年2月	大4年3月
「夏目」(兄)	55	30	30	50
「高田」(姉)	5	4	4 5(「香奠」)	4
小　計	60円	34円	39円	54円

〔生活費〕

	大3年12月	大4年1月	大4年2月	大4年3月
家賃	42	42	42	42
ガス代	5(＊2) (11月分)	5・21 (12月分)	5・89(1月分) 5・21	5・38
「下女給金」	9	9・50	9	6・50
電灯料	5・57	7・60(1月分)	—	6・13

＊2「十一月分瓦斯代」を「小使13円ヨリ引ク」とある。

〈表 4〉漱石の家計簿の支出と印税

	大正3年12月	大正4年1月	同2月	同3月	計	年間推計額
支出	約750円	約452円	約377円 (約502円)	575円 (約697円)	約2154円 (約2401円)	約6462円 (約7203円)
印税収入	178円50銭	150円	322円50銭	285円	936円	2808円

＊ 支出は一円未満を四捨五入した。(　)の金額は別枠に記述された金額を加算した場合。12月、1月は年末・年始、3月は京都の旅行のために、特別な支出が生じたとも考えられる。ただ、全てが記載されているわけではないので、実際の支出はもっと多かったと思われる。印税の記載漏れはないと考えられるが、あったとしても、金額が劇的に多くなるとは思われない。

◎印税収入の内訳

	出版社	作品名	備　考
12月	鈴木三重吉58円	『須永の話』 (「現代名作集」第一編、大3・9刊、定価15銭)	11月に5版
	新潮社100円50銭	『坊っちやん』 (「代表的名作選集」第二編、大3・11刊、定価30銭)	3年に3900部 4年に5000部
	岩波書店20円	『心』(大3・9刊、定価1円50銭)	
1月	新潮社150円	『坊っちやん』	
2月	春陽堂322円50銭	縮刷本『坊ちゃん』(大3・11刊、定価35銭) 縮刷本『艸枕』(大3・12刊、定価40銭) 縮刷本『彼岸過迄四篇』(大4・1刊、定価1円40銭) 松岡の検印部数表にないが、初版はそれぞれ1000部。	
3月	新潮社90円	『坊っちやん』	
	大倉書店195円	『吾輩ハ猫デアル』上篇・中篇・下篇 『漾虚集』 縮刷本『吾輩ハ猫デアル』(明44・7刊、定価1円30銭) それぞれの増刷分の印税と思われる。	

＊ ただし、「春陽堂ノウチ」として「25＋60＝85」という書き込みがあり、これが別枠だった場合、春陽堂の印税は増える可能性がある。つまり、印税は、それぞれ347円50銭、382円50銭、407円50銭となる。
＊ この他に、1月には「銀行」からの50円がある。また、朝日新聞社の月給として196円が記載されているので、家計簿からいえば、漱石の年収は6000円前後だったと推測される。

◎支出の内訳(単位は円。銭厘は小数点以下の数字で表記した。82銭2厘は「・822」)

〔自身のために〕

	大3年12月	大4年1月	大4年2月	大4年3月
「小遣」	79・27(＊1)	53・822	49	84
絵画購入	20(斎藤与里)	—	—	—
表装代	13・40	—	—	—
玉版箋	4(10枚)	—	—	—
水彩絵具等	3・75	—	—	—
文房具	・48	—	・12	—
榛原	—	11・53	2・02	6・98

＊1「十一月分瓦斯代」を「小使13円ヨリ引ク」とある。

〔衣料品〕

	大3年12月	大4年1月	大4年2月	大4年3月
松坂屋	3	6・14	—	—
玉屋呉服店	21・12	—	22・10	49・03
松前屋(紺屋)	4・87	—	—	2・88(「染物屋」)
山名屋(「メリヤス屋」)	6	—	1・48	—
足立屋	5・80	—	—	—
仕立屋	3・60	—	—	—
織屋	25	—	—	—
洗濯屋	2・13	2・39	2・11	—
下駄屋	17・46	2・88	3・40	1・75
靴屋	—	3	—	—
「カバン屋」	—	—	—	10・50
「皮手袋」	2・50	—	—	—
「毛シャツ」	3・25	—	—	—
「毛股引」	3	—	—	—
「ハンケチ」	2・25	—	—	—
小　計	99・98円	14・41円	29・09円	64・16円

〔その他〕

	大3年12月	大4年1月	大4年2月	大4年3月
「静坐料」	7	—	—	—
積文堂	1	—	3・86	—
「兵士驩迎」	—	1	—	—
中川伊之吉	—	9・76	—	—
西川	—	15・504	—	—
横山	—	8・055	8・30	7・76
「〔一字不明〕山要助」	—	4・80	—	—
「〔二字不明〕越銀」	—	10・37	—	—
藤井正次	—	—	5	—
松岡	—	—	5・50	6・37
「大塚香奠」	—	—	3	—
「村島出産祝」	—	—	—	10
「京都へ」	—	—	—	100
小　計	8円	49・489円	25・66円	124・13円
所得税	—	16・80	—	20・32
付加税	—	3・52	—	—
総　計　1	754・675円(＊3)	451・511円	376・97円	575・455円
「貯金」	—	—	125	—
「売出買物」	—	—	—	121・85
総　計　2	754・675円(＊3)	451・511円	501・97円	697・305円

＊3　ただし、ガス代は「小使」より支払っているらしいので、12月の総計はそれを引いた749・675円と考えられる。

〔生活費〕(つづき)

	大3年12月	大4年1月	大4年2月	大4年3月
「タングステン」	・45	—	—	—
電話料	16・50	—	—	—
小　計	78・52円	64・31円	62・10円	60・01円
米屋(望月)	13・23	6・80	10・52	3・45
八百屋	13・12	12・32	12・26	12・15
魚屋	8・38	32・595	11・08	13・37
牛肉屋	15・09	—	16・36	11・26
鳥屋	1・98	—	4	—
玉子屋(荒井屋)	7・13	6・75	—	3・40
牛乳屋	7・50	—	7・25	7
橘屋(果物)	2・32	3・80	5・39	—
菓子屋	4・165	3・85	2・10(塩瀬)	—
餅屋	9・54	—	—	—
鰹節・海苔・茶(「魚松茶海苔」)	4・80	4・80	4・80	4・80
炭屋	12・34(11、12月分)	—	9・56	9・40
三河屋	4・255	4・315	4・575	3・695
石灰	—	—	—	2・42
鮭	—	11・79	—	—
石炭	—	—	3・08	—
小　計	103・85円	87・02円	90・975円	70・945円
蕎麦屋	4・40	1・88	3・77	3・36
青木堂	13・08	9・72	11・775	10・24
川鉄	—	6・40	—	—
湯	—	—	・42	—
床屋	—	—	・12	—
車屋	4・47	10・72	9・01	8・41
畳屋	12・65	—	—	—
植木屋	14・65	5	4・90	7・50
鉄物屋	4・355	—	4・47(「(一字不明)物屋」)	—
小　計	53・605円	33・72円	34・465円	29・51円
桐火桶	25	—	—	—
膳十人前	21	—	—	—
「土瓶、茶碗、其他」	3・75	—	—	—
医者	105	—	—	—
生活費小計	390・725円	185・05円	187・54円	160・465円

記載された金額を単純に加算すると、月ごとの支出は一二月約七五〇円、一月約四五二円、二月約三七七円、三月約五七五円となる。ただし、二月と三月には欄外に金額が記してあって、それらを合算すると、それぞれ、約五〇二円、約六九七円となる。四ヶ月の合計は約二二五四円（欄外を合算すると、約二四〇一円）、一年では約六四六二円（同じく、約七二〇三円）の支出となる。想定した年収を超えている。

この膨張した支出は、年末・年始ゆえに、三月は京都旅行と漱石の発病のために特別な支出が生じたためとも考えられる。しかし、もともとすべての支出が記載されていない以上、実際の支出はもっと多額だったと考えざるを得ない。大正五年の第一銀行の大卒者の初任給は四〇円、七年の高等文官試験に合格した高等官の初任給（諸手当を含まない基本給）は七〇円である[13]。いくら兄姉を援助していたにせよ、夏目家が大変贅沢な生活をしていたことだけは間違いないだろう。

こうした贅沢な生活を支える収入はどのようなものだったのだろうか。家計簿には「俸給」として一九六円と記載されていた。朝日新聞社の月給は何らかの理由で四円天引きされていたことがわかる。印税は、一二月が計一七八円五〇銭（鈴木三重吉五八円、新潮社一〇〇円五〇銭、岩波書店二〇円）、一月が新潮社から一五〇円、二月が春陽堂から三二二円五〇銭、三月が計二八五円（新潮社九〇円、大倉書店一九五円）、総計九三六円である。

ただし、二月の春陽堂の印税については、「春陽堂ノウチ」として「25＋60＝85」という書き込みがあり、これらがそれぞれ加算されずに別枠だった場合には、春陽堂からの印税は増える可能性がある。つまり、印税は、三四七円五〇銭、三八二円五〇銭、四〇七円五〇銭となり、印税の総計も九六一円、九九六円、一〇二一円と変わることになる。これらの金額から年間の印税を推計すると、二八〇八円から三〇六三円の間――つまり、松岡の推測より多い三〇〇〇円前後となる。なお、家計簿には「銀行より」として五〇円の入金があったことが記載されている。これが定期的に入ってくる利息なのかは不明である。

印税の内訳を確認しておこう。鈴木三重吉は『須永の話』（「現代名作集」第一編、大3・9・23刊、定価15銭）で、一一月に五版が出ている。新潮社は『坊っちやん』（「代表的名作選集」第二編、大3・11・19刊、定価30銭）で、松岡の検印部数表によれば、三年が三九〇〇部、四年が五〇〇〇部である。

岩波書店は『心』（大3・9・20刊、定価1円50銭）だが、金額が大変少ないように思われる。それは自費出版だったからである。鏡子の回想によれば、「最初の費用は一切私の方持ちで、その代り段々儲かるに連れて、岩波の方でそれを償却して行くといふ契約でして、それを年二期づゝに計算して、半期半期に儲を折半して持つて来るといふ随分やゝこしい方法でした。が亡くなる迄これを繰りかへして居りましたが、どうも面倒でたまりませんので、亡くなつてから普通出版に改めて了ひました。」（「五三　自費出版」）とある。「二十円」は最初の「半期」の「儲」ということだろう。(14)

春陽堂は縮刷本の、『坊ちやん』（大3・11・18刊、定価35銭）、『艸枕』（大3・12・18刊、定価40銭）、

『彼岸過迄四篇』（大4・1・1刊、1円50銭）の総計で、検印部数表に記載はないが、初版は金額から見て、それぞれ一〇〇〇部だろう。大倉書店は『吾輩ハ猫デアル』上篇（定価95銭）・中篇（定価90銭）・下篇（定価90銭）、『漾虚集』（定価1円40銭）、縮刷本『吾輩ハ猫デアル』（明44・7・2刊、定価1円30銭）の増版分ということになる。

年間三〇〇〇円の印税は同時代の小説家にはとうてい稼ぎ出せない金額であるが、この程度では、夏目家の家計は赤字になってしまう。もちろん、この期間がたまたま少ないだけで、実はもっと巨額な印税があった可能性も考えられる。竹腰幸夫は漱石の発行部数が松岡の推定の倍以上だった（「漱石作品の刊行部数と印税」、常葉学園浜松大学「経営情報学部論集」平8・3）としている。ただ、小川菊松の回想にあったように、出版ビジネスが不景気だったことからすれば、漱石だけが売れに売れていたというのも、余りに不自然である[15]。岩波書店からの新作は自費出版だったし、最も部数の多い新潮社の『坊っちゃん』は定価が三〇銭で、大正三年、四年で八九〇〇部である。印税率三〇%としても八〇一円に過ぎない。大正四年五月以降に春陽堂から縮刷本が続々出版されているので、それを考慮すると、印税収入が四〇〇〇円近くになっていた可能性もある[16]。しかし、それでもようやく収支はトントンというところだろう。

鏡子は大正三年頃に生活が楽になったと述べていたが、印税収入では収支が償ったとは考えにくい。別の収入源があった可能性が高い。また、岩波書店を自費出版としたことも気になる。自費出版では印税収入が格段に減ってしまうのは火を見るよりも明らかだからである[17]。それでも自費出版にしたのは、漱石に経済的な余裕があったからとしか思われない。夏目家の家計を楽にしたものは何だったのだろうか。

5 〈経済人《ホモ・エコノミクス》〉としての漱石

鏡子の回想をもう一度確認してみよう。注目されるのは、大正三年頃、漱石が岩波茂雄の申し出を受けて、資金援助したことだ。「岩波さんがどこか大きな図書館あたりの注文を一手に引きうけて、書物を沢山取り揃へてお納めになる、さうするとそれについて相当の利益があるといふ確実な商売の口があるのですが、さて大事なお金がない、そこでかういふ確かな、間違ひつこのない商売なんだから、その為めにどうか三千円ばかりしばらくの間貸してくれないかといふお話なのです。そこで仕事は確かだから貸してやつてもいゝが、家には現金がないから、そんなら少しばかりある株券を貸せるから、それを銀行で担保にして資金を調達したらいゝだらうとかういふのでした」（「五三　自費出版」）。この時の仕事は大正三年末から翌年はじめにかけて行われた台湾総督府図書館のための一万円に及ぶ図書購入のことだと思われる。

しかも、鏡子は岩波書店への資金提供を何度か行なったとして、「かういふ例があつてからといふもの、時々大口の註文などにお金がいると、よく私どものところへいらして、事情を打ちあけて融通をつけていらつしやいました。」（同前）と回想している。岩波茂雄との関係は、『心』が自費出版だったことを考えれば、著者と出版者というよりは、出資者と事業者の関係だったと見た方がよい。しかも、自費出版による最初の入金が二〇円だったことから見て、事業の見返りの方が多額だった可能性が高い。鏡子の回想に、岩波を下に見るような調子があるのも致し方ないかもしれない(18)。

大正三年末には、漱石──夏目家は、贅沢な生活をすると同時に、朝日新聞社からの給料・賞与一年分にあたる金額を出資できる財政的余裕があった。その際に提供したのが、三〇〇〇円の株券だったことは興味深い。夏目家の資産運用の中心は、土地や家屋でも美術品でもなく、株式の運用だったのである。

鏡子はこう回想している。印税などで「少しづつ残るものを、其儘銀行にねかせておいてもつまらない。確かな会社の株券を少しづゝでもいゝから買つておくと、自然子が子を生むやうにつていゝものだと教へられ、そんなことには一切無頓着だつた私どもも、成る程それはさうだと感心しまして、丁度小宮さんの叔父さんで、ロンドンでお識り合になつた犬塚さんが銀行の重役してらして面倒を見てやらうと仰言《おつしや》るのをいゝ事にして、小金がたまると犬塚さんのところへお届けして、少しづゝ株券を買つて頂いておいたのです」(同前)。

犬塚は犬塚武夫のことで、明治二九年「東京高商を卒業後、大蔵省、大阪鴻池銀行を経てロンドンに留学。ケンブリッジ、ロンドン両大学で経済および商業学を修め、三十八年に帰国して第一銀行に入った」(石崎等「注解」『漱石全集』第20巻)。小笠原長幹《ながよし》とともに渡英して、漱石と下宿が同じだったために親しくなった。「自転車日記」（「ホトトギス」明36・6）に出てくる「監督兼教師」の「〇〇氏」である。

　鏡子は「貧乏生活」が続いていたと述べたためか、「小金」を「少しづつ」投資したことを強調している。しかし、鏡子の説明は実態と異なっている。小宮豊隆の明治四一年七月一八日の日記には「第一銀行へ行つて金を三千六百五十円犬塚に渡す。先生は是で第一銀行の株を五十株買つて貰ふんださうである。」（「日記の中から」『漱石襍記』小山書店、昭10・5刊）とあった。購入後、漱石は小宮に「第一銀行の株は其後又下がつた様だよ」（明41・7・30付書簡）と報告している。

　小宮は犬塚との連絡係だったようだ。「犬塚氏への金子弐百九円は愚妻より御渡し候由先方へ御届の上は御苦労ながら例の株も手に入り候節は御持参願上候」（大1・9・28付）という書簡も残っている。

　漱石が犬塚に渡した「三千六百五十円」は「小金」とはいえない。明治三九年、四〇年の収入が合計一万円近いことを考えれば、この金額を貯蓄することは可能だったはずだ。こうした株の購入によって、夏目家の資産形成が始まり、大正三年頃には、月給・賞与と印税の収入以上の金額を支出できる、贅沢な生活を送っていたと考えてよいのではないだろうか。

　鏡子は、漱石の死ぬ直前の夏目家の資産をこう説明していた。


（前略）実は其年（注：大正五年）のいつ頃でしたかすつかり財産調べを致しまして、いつもかういふ方面の面倒を見て下さる犬塚さんの御忠告で株券を売りました金と合せて、三万円足らずございました。それを第一銀（注：第一銀行）かかに定期預金にしておきました。これが私共の其時の全財産であつたのでございます。それから死ぬ二十日ばかり前にかうやつていつまで定期にしておいても仕方がないといふので、又候《またぞろ》犬塚さんにお頼みして大部分を株券に買ひ代へておいて戴き、其の話を一度夏目の耳に入れて置かうと思つてるうちに、たうとう吐血したりしてどつかと床について了つたので、言ひ出すわけにも参ゐりません。其うちにい丶按配に少し落ちついた時を見て申しますと、うむ、さうか〳〵と言つた切りでございました。

（「六三　葬儀の前後」）

大正三年に「貧乏生活」から脱した夏目家は、株の取引によって、「三万円」に及ぶ資産を形成したのである。最近、発見された「漱石の死去直後の葬儀・相続関係の書類」（「漱石 遺産の大半は『株』」「朝日新聞」平28・5・18朝刊）によれば、夏目家の資産は鏡子の回想通り、株が中心だった。保有株は台湾銀行株六〇株と第一銀行株四〇株で、当時の市場価格で「1万5400円」と計上され、「現在の金額で約4600万円」となる。「メモに記載された財産総額は1万9724～1万6566円と金額も項目もまちまちだが、不動産はなかった」。

鏡子は、ほぼ全財産をかけて行った株の運用に漱石が全く関与していないように回想している。もちろん、重病の漱石に相談するのは無理だったはずだし、漱石死後の鏡子の活動からすれば、鏡子が株取引に関して主体的に判断することが多かった可能性は高い。だが、鏡子が回想の中で、一貫して漱石を「御大名」で金銭に執着がなく、家計に疎い、経済観念の乏しい人物として描いていたことは気になる。我々にとっても、「御大名」の漱石の方が作品世界と親和性がある。漱石は相場師を「労力なしに金を攫んでゐる」(「野分」十一)と、市場社会の「不公平」さの象徴として非難していたし、鏡子の父・中根重一をはじめ、『それから』の三千代の父など、株の運用に失敗した例には事欠かないからである。漱石が株取引から生ずる諸リスクを避けて、身を処していたと考えたくなるのは自然だろう。

しかし、そうした漱石像は修正した方がよい。すでに見たように、漱石が、少なくとも株の購入を始めた段階では積極的に資産形成に関与していたことは明らかである。

鏡子は株の購入・運用の利点を述べる際に「確かな会社の株券を少しづゝでもいゝから買っておくと、自然子が子を生むやうになつていゝものだと教へられ」(「五三　自費出版」)たと説明しているが、典拠はB・フランクリンだろう。「金はどんどん殖えてゆくものだということを忘れてはならない。金は金を生み、その子孫はまた生み、といった具合である」(「若き職人への助言」『ベンジャミン・フランクリン』「アメリカ古典文庫」1、研究社、昭50・1刊)。マックス・ウェーバーが『プロテスタンティズムの倫理と資本主義の精神』で「資本主義の精神」の実例として注目した文章の一節である。

鏡子はこの金言を教えた人物を明記していないが、漱石だった可能性が高い。『坊っちゃん』の語り手にとって『フランクリン自伝』は身近な作品だったし（第五章）、漱石は中学校の教科書として採用する構想をもっていた[19]。しかも、漱石は親友の菅虎雄に「今資金を投ずれば慥かに二倍になると云ふ話」があるから、「貯蓄金を挙げて」投資して「貨殖の道を図るがよからう」（明39・1・31付書簡）と勧めていた。『道草』では、義父との「溝渠《みぞ》」が広がっていく様を述べる際に、「一事は万事に通じた。利が利を生み、子に子が出来た。」（七十七）と、フランクリンの比喩を借用していた。

漱石は文学市場の頂点に立ったうえに、獲得した資金で金融市場に参入して、「資本主義の精神」を実践する〈経済人〉として市場社会で成功を収めていたのである。「野分」の白井道也や高柳にとって大金の「百円」は、執筆時の漱石にとっては、『吾輩ハ猫デアル』増版一回分の印税六割程度の金額だった。広田たちを困らせ、回り回って三四郎を巻き込んだ「二十円」は、『三四郎』（春陽堂、定価1円30銭、明42・5・13刊）の初版二〇〇〇部の印税三九〇円で「四百円」のピアノを買った（「日記四」明42・6・21）漱石にとってはした金に過ぎなくなっていたのである。

漱石は父親の遺産を相続して利子生活をしている『彼岸過迄』の須永でも、『こゝろ』の「先生」でもなかった。実生活に於いては、「野分」の白井道也が批判する「金持」、『明暗』でいえば、藤井・小林や津田・お延ではなく、岡本や吉川の方に近づいていたのである。漱石の実生活と作品世界のギャップは『道草』においてもっとも大きかっただろう。

漱石は「貨殖の道に心得の足りない健三」（七十二）とはとてもいえないし、描かれた「貧乏生活」は過去のものとなっていたからだ。健三は元養父に要求された「百円」を稼ぐために、「新らしい仕事の始まる迄」の「十日の間」を利用して執筆した。彼は「衰へつ、ある」「健康」を無視して、「恰もわが衛生を虐待するやうに」「猛烈に働らいた」（百二）。しかし、明治四二年、実際に金銭を支払った時の漱石にとって「百円」は朝日新聞社からの月給の半額でしかないし、『吾輩ハ猫デアル』が一回増刷されれば簡単に回収できる金額である。健三と違って、漱石の懐は寒くなったりしないのである。

大正五年の段階で、漱石は「私は金を五六万円持つて支那を漫遊して好なものを買つてあるきたい」（大3・6・2付、橋口貢宛書簡）という夢の実現にもう一歩というところにまで来ていたのである。

〈金持嫌悪〉に取りつかれていたはずの漱石が経済的成功を収めたことによって、「金持」に対する評価に変化が生じなかったのだろうか、あるいは、自分自身をどう見るようになったのか。そもそも、「金持」は漱石の考えるような存在だったのか、さまざまな疑問が出てくる。次章では、「金持」の実態を確かめてみることにしたい。

□注

（1）　校條剛の『ザ・流行作家』（講談社、平25・1刊）によれば、中間小説を掲載した「小説雑誌の最盛期、1960年代から1970年代半ばくらいまでは、全雑誌合わせて百万〜百五十万部を刷って」

おり、「ページを埋めるために」必要とされたのが、「流行作家」であった。典型的な「マガジンライター」である川上宗薫や笹沢左保は「毎月千枚」のペースで書き続けていた（『プロローグ　川上宗薫と笹沢左保』）。

（2）拙著『カネと文学　日本近代文学の経済史』第六章「黄金時代、ふたたび」、拙稿「『純文学』と『家計小説』」を参照されたい。

（3）高橋博美の「田山花袋に見る明治後期の作家と出版社の関係――明治三十七年の原稿料支払い記録と日露戦争従軍に関する申し合わせ内容から――」（『田山花袋記念文学館研究紀要』平21・3）による。

（4）『増補改訂　漱石研究年表』には、明治三九年「十月、明治大学に辞表を提出する。（但し、十一月も出講する）」とある。漱石が弟子の皆川正禧に宛てた書簡（明39・10・20付）で「僕明治大学をやめやうと思ふ。」と述べたことに基づいていると思われる。しかし、中村古峡宛書簡（明40・8・28付）に「朝日へ這入るに就て明治大学も辞職した。その月（即ち三月か四月と思ふ）の月給をくれない。そこで一応は内海月杖君に催促したら先生は早速会計に申して取計ふといふ返事丈よこしてまだ寄こさない。」とあるので、実際に辞職したのは朝日新聞社入社時である。

（5）江藤淳の指摘するように、入社交渉の際、「漱石が気に掛けていたのは、明らかに『月給二百円』と『位地の安全』、即ち生活の保証であった」（『朝日新聞社入社始末』『漱石とその時代　第三部』新潮選書、平5・10刊）。明治四〇年三月四日付、坂元雪鳥（当時は白仁三郎）宛書簡で、最初に確認しているのは「手当の事」で、続いて「六やみに免職にならぬ」「保証」の有無であり、「恩給」が「何年務めれば」「出る」のかだった。漱石は「小生が新聞に入れば生活が一変する訳なり。失敗するも再び教育界へもどらざる覚悟なればそれ相応なる安全なる見込なければ一寸動きがたき故下品を顧みず金の事を伺ひ候」と説明している。このとき、東京朝日新聞社で最も高給をとっていたのは主筆の池辺吉太郎（三山）の月給一七〇円だった。編集長の佐藤真一（北江）が一三〇円、政治部長の松山忠二郎が一四〇円、小説担当の半井桃水が八五円、武田仰天子が五五円だった（『増補改訂　漱石研究年表』）。漱石は大変な好待遇を獲得したのである。

（6）〈表2〉（五〇～五五頁）の「松岡が言及していない単行本（発行順）の、清水の調査に基づく増版数」が該当するので、参照されたい。

（7）定職をもてなかった小説家が悲惨な結果に陥る場合もあった。明治四一年六月一五日に自殺した川上眉山が典型的な例だろう。「東京朝日新聞」は「●眉山自殺の真因」（明41・6・17朝刊）という記事で、眉山の明治三五年以降の六年六ヶ月の原稿料収入を一八五三円二八銭、月額二三円四五銭と推計し、「二六新聞社時代の給料及び新聞小説の稿料（約二千円）を加ふるも収入月額は五十円に上らざる可し」とする。一方、支出は月額「略《ほぼ》八十五円」を要するとして、「生活難」が自殺の最大の原因であったと主張している。この記事を読んだと思われる石川啄木は、「創作の事にたづさはつてゐる人には、よそ事とは思へない。」（「明治四十一年日誌」6・17）と記していた。

（8）朝日新聞入社後の「貧乏生活」の原因を特定することは難しい。鏡子が言及した漱石の病気、子どもの多さから来る養育費の膨張、他には、四〇〇円のピアノの購入（「日記　四」明42・6・21）などの贅沢品の購入、親類・知人・弟子への金銭的な援助などが考えられるだろう。援助について、漱石は「小生から金を借りるものに限り遂に返さぬを法則と致すやに被存甚だ遺憾に候」（明41・7・1付、高浜虚子宛書簡）、「此正月から今日迄臨時に人に借りられたり、やつたりしたのを勘定して見たら二百円になつてゐた。是では収支償はぬ筈である。」（「日記　四」明42・5・16）などと愚痴っていた。寺田寅彦宛書簡（明42・11・28付）では、「僕の家は経済が臌〔膨〕脹して金が入つて困る。」と述べていた。ただし、その中でも、株式に投資する資金があったことを忘れるわけにはいかないだろう。また、修善寺の大患のために必要となった医療費なども、中村是公や朝日新聞社からの見舞金等によって、相当の金額が処理されている可能性が高い。漱石は新聞社の分については、「弁償」（明43・10・21「日記七D」）するつもりだったが、池辺三山の説得で「貰ふ事」（明43・11・26、同前）にしている。鏡子の「貧乏生活」は誇張されている可能性がある。

(9) 奥村鹿太郎は奥村商店を営んでいた。「朝日新聞」の死亡記事に「蚕糸委員会委員、蚕糸統制会社理事、神戸生糸問屋業組合組合長などを兼ねてゐた」（昭17・5・13朝刊）とあるように、日本の輸出の重要な柱であった生糸貿易の中心的人物の一人だった。

(10) 所得税については、高橋誠「初期所得税制の形成と構造」（「経済志林」昭33・1）、「明治後期の所得税制」（同前、昭34・1）、「現代所得税制の展開」（同前、昭35・1）、井手文雄『要説　近代日本税制史』（創造社、昭34・11刊）、『所得税百年史』（前掲書）、谷沢弘毅『近代日本の所得分布と家族経済高格差社会の個人計量経済史学《バイオグラメトリスク》』（日本図書センター、平16・12刊）、永谷健『富豪の時代　実業エリートと近代日本』（新曜社、平19・10刊）などを参照した。

(11) 漱石によれば、鏡子は「松屋三越の売出には屹度出掛る　さうして自分のものを色々買つて来る。然し私のものを買つて来ない時は少し極りが悪いのである。夫でも自分のものを買つてくる。」（「日記一二」）のだという。

(12) 東北大学附属図書館企画展「漱石文庫　文豪が遺した創作の背景――蔵書・日記・ノート・原稿などのコレクション一挙公開！――」（平28・10・3〜11・11）で展示された「〔Incident,Character,Scene〕分割払いで買った『センチュリー字典』の支払の請求書への書きつけ」のキャプションに、漱石文庫の特徴として、一九〇八年以降に刊行された洋書が少ないことが指摘されていた。また、鏡子は「まあ〳〵本を読むの位が道楽で、一時は随分本も買ひましたが、段々その本も買はなくなつ」（「四三　良寛の書など」）たと述べていた。したがって、この家計簿で丸善の支払いが少ないのは、記載漏れではない可能性がある。

（13）週刊朝日編『値段の明治大正昭和風俗史』上（朝日文庫、昭62・3刊）による。以下、物価等に言及する際に、特別に言及のない場合は本書による。

（14）松岡譲の「漱石の印税帖」では、岩波書店から刊行された自費出版の単行本の発行部数については「消息が不明」としている。岩波茂雄は『心』について「二千部位」（「回顧三十年②　創業時代」「日本読書新聞」昭21・4・1）と回想していた（植田康夫他編『岩波茂雄文集』3、岩波書店、平29・3刊）。なお、昭和一七年九月一九、二一日に開かれた「岩波茂雄先生を囲む座談会」で、岩波は「三千刷つて三千売るのに骨折つた」（同前）と述べていた。小林勇の「岩波茂雄年譜」には「三百部位」（『惜櫟荘主人――一つの岩波茂雄伝――』岩波書店、昭38・3刊）とあった。小林は初版の部数を、岩波は生前の総発行部数を述べているのではないだろうか。清水康次の「単行本書誌」によれば、「発行部数は不明」で、大正五年一〇月一日発行の六版が生前最後の重版となる。

（15）拙著『カネと文学　日本近代文学の経済史』第二章「文学では食べられない！」を参照されたい。

（16）清水の調査を利用して、松岡の検印部数表に掲載されていない、岩波書店を除いた以下の単行本の、漱石生前の増版数と印税を割り出してみよう。増版数は判明している増版数から増版一回に要した期間を算定して推測した。初版を一〇〇〇部、二版以降を五〇〇部とし、初版は一五パーセント、二～三版は二〇パーセント、四版以降を三〇パーセントの印税率とした。春陽堂の『文学評論』三版（四五五円）、『夢十夜』八版（三八五円）、『思ひ出すことなど』七版（三八〇円）、『三四郎』三版（三三二円五〇銭）、『それから』三版（三三二円五〇銭）、『門』二版（二二七円五〇銭）、『虞美人草』三版（四二〇円）、千章館の『倫敦塔　幻影の盾　薤露行』五版（二二七円五〇銭）、実業之日本社の『社会と自分』七版（一一四〇円）、大倉書店の『行人』三版（四五五円）。二〇ケ月で、総計四三六五円、年平均では二六一九円である。『吾輩ハ猫デアル』の印税が月平均一〇〇円あったこと（本書第四章第1節を参照）を考えれば、大正四年から五年にかけての印税収入は四〇〇〇円近くになっていた可能性がある。

(17) 漱石は「文士の生活」で「理想的に云へば、自費で出版して、同好者に只で頒つと一番良いのだが、私は貧乏だからそれが出来ぬ。」と述べていた。岩波書店からの出版は、自分の「理想」を実現するためだったのかもしれない。いずれにせよ、印税に頼らなくても現在の贅沢な生活が維持できる見通しが立っていたことが前提となるだろう。次節で明らかにする、株の運用による収入が多額だったからとも、あるいは、岩波書店への出資に対する見返りが大きかったからとも考えられる。ただし、管見では、岩波書店の社史や岩波茂雄の伝記などに、漱石の出資への見返りについての言及はなかった。

(18) 鏡子は「近頃でこそ岩波書店も押しも押されもせぬ堂々たる天下の大出版者でありますが、この創業当時は、さう申上げては失礼ですが、まあ〳〵微々たるものでした。それで時々お金の融通を私どものところへ頼みにいらつしやいました。」(「五三 自費出版」)と述べている。

(19) 『漱石全集』第二六巻の「後記」によれば、明治二七年初頭に、高等師範学校校長の嘉納治五郎から依頼された「『尋常中学英語教授法方案』(の下書き)」と思われる"General Plan"の、"Mid.School, 4th Year"(中学第四学年)の教科書に『フランクリン自伝』はあげられている。

第二章　文化人としての「金持」

1 「金持」は数寄者だった!

まず、「金持」たちがどのくらいの収入を得ていたのか確かめるところから出発しよう。そのために作成したのが、〈表5〉(八六~八七頁)である。〈表3〉(五八~五九頁)と同様に『日本紳士録』に記載された所得税額を基本とし、大正五年一〇月七日の「時事新報」附録「全国五十万円以上資産家表」の「財産見込額」を付加したものである。「金持」として選んだのは、漱石が眼の仇にしていた三菱財閥、三井財閥の中心的人物と、これから言及することになる実業家たちである。表の数値は、彼らの資産を正確に捉えたものとはいえないが、それでも、明治期、大正期の日本社会の格差がいかに大きなものだったかは浮かびあがってくるだろう。

漱石の資産は、彼らに比較すれば小さなものでしかない。漱石が彼らを批判したくなったのも無理からぬことのように思えてくる。橘木俊詔・森剛志の『新・日本のお金持ち研究』(初刊は平21・10刊、引用は平26・1刊の日経ビジネス人文庫による)には、漱石の描く「金持」のイメージを肯定したくなる指摘がある。橘木らによれば、現代の富裕層(「少なくとも金融資産を一億円以上保有している人」)の「圧倒的多数が、自らの趣味としているのが『投資・資産運用』」(「お金持ちの消費スタイル」)だったからだ。現代の「金持」の趣味は〈金儲け〉なのである。(1)

しかし、橘木らの調査結果を漱石の嫌悪する「金持」たちに単純に適用することはできない。というのも、彼らは彼らなりの文化的な活動を展開していたからである。代表的なものは、建築及び作庭、能楽、茶の湯だった。

彼らが大邸宅を建てたことは周知の事実だろう。「野分」（八）には、高柳が散歩をしていて、「岩崎の塀が冷刻に聳えてゐる。あの塀へ頭をぶつけて壊してやらうかと思」ったところで、白井道也と偶然に出会い、白井が「岩崎の塀を三度周るとい、散歩になる。」と冗談をいう場面がある。現在も、東京湯島に一部が残されている三菱財閥第三代社長の岩崎久弥の本邸は明治二九年に竣工したが、約一万五〇〇〇坪の敷地に、二〇棟も建物が建てられていた。白井の冗談は岩崎邸の広大さをふまえたものなのである。三井を率いていた益田孝の邸宅は品川御殿山に二万坪といわれているので、岩崎邸以上の規模を誇っていたことになる。

彼らは巨額の費用を使って、建築・工芸技術の粋を尽した建物を建てていた。彼らの邸宅の特徴として、土屋和男は「西洋様式建築（洋館）に隣接して和風の大規模な住宅（和館）が併存していたこと」（「近代数寄者の別荘建築における場所性と姿　田舎家をめぐる多文化的状況と美意識」「常葉学園大学研究紀要（教育学部）」平20・3）を指摘している。土屋によれば、彼らにとって、「洋館は客をもてなす場であり、社交用の建物である。すなわち自分の暮らしのためではなく、外国人や要人を招いて西洋式の文化を理解していることを示すための、いわば対面所である。それに対して和館は、自分が日常生活を送り家族と会う場であり、趣味と余暇に用いる空間である。洋館ではモーニングにシルクハット、和館では着物で過ごす。前者がパブリック、後者がプライベー

（単位は円。◎は未調査。×は記載なし。△は所得税額の記載なし。―は死後の発行のため記載なし。太字は営業税。版数の下段は刊行年月。「時事新報 財産見込額」は時事新報社編「全国五十万円以上資産家表」「時事新報」大5・10・7附録）

14版 明43・1	15版 明43・12	16版 明44・12	17版 大1・12	18版 大2・12	19版 大3・12	20版 大4・12	時事新報 財産見込額
―	―	―	―	―	―	―	―
38687	37081	35000	44023	38565	42419	28768	2億円以上
△	△	△	759	397	479	117	2億円以上
2300	545	537	544	453	453	499	2億円以上
810	30	150	79	82	96	76	500万円
207	202	422	427	△	484	398	×
360	360	360	△	△	△	△	×
13840	8471	12649	13914	12119	6696	7531	3000万円以上
536	204	1829	1430	1759	1770	1584	×
7762	7975	8270	6670	△	△	780	7000万円
2709	510	363	789	803	819	348	300万円
827	1535	2986	4601	2860	2781	3006	150万円
4291 **6610**	0396 **4656**	4185 **3664**	4649 **3681**	4085 **3673**	4084 **3668**	3979 **2648**	900万円
2623	5475	4185	4316	3517	2558	2385	×
3191 **2823**	3463 **2760**	5183 **2616**	5606 **2806**	4740 **2972**	228 **890**	×	×
192 **175**	192	240 **194**	237 **161**	134 **387**	94 **147**	×	×
1085	1291	1292	1291	1103	1124	1158	150万円

＊14版は、所得税19円（非常特別税を含む）以上を納入した者。
＊15版から18版までは、所得税21円（非常特別税を含む）以上を納入した者。ただし、18版には「非常特別税を含む」という条件はない。
＊19版・20版は、所得税21円以上を納入した者、または営業税61円以上を納入した者。
＊原富太郎15版の所得税額は資料の記載通り。

〈表5〉『日本紳士録』による「金持」の所得税額

	8版 明35・12	9版 明36・12	10版 明38・12	11版 明39・12	12版 明41・1	13版 明42・1
岩崎弥之助	△	93	◎	◎	42	—
岩崎久弥	22786	23620	◎	◎	29256	38341
岩崎小弥太	×	×	◎	◎	△	×
三井八郎右衛門高棟	△	340	◎	◎	851	2547
益田孝	213	239	◎	◎	782	797
益田太郎	×	△	◎	◎	184	206
高橋義雄	150	150	◎	◎	360	×
大倉喜八郎	387	1065	◎	◎	9440	12949
大倉喜七郎	×	×	◎	◎	×	△
安田善次郎	1084	1388	◎	◎	5568	7800
渋沢栄一	555	585	◎	◎	2377 **1097**	2765 **1255**
根津嘉一郎	145	163	◎	◎	1005	1549
原富太郎	852	3537	◎	◎	1631 **6608**	3103 **6610**
原善一郎	313	246	◎	◎	×	1003
市田弥一郎	185	225	◎	◎	1840 **1510**	2718 **2805**
染谷寛治	14	80	◎	◎	107	107 **225**
加賀正太郎	70	112	◎	◎	×	600

＊8版は、所得税5円以上を納入した者、または電話を所有する者。なお、27版まで所得税法は公債、株券債権等からの所得に課税していないという注記がある。
＊9版は、所得税6円以上を納入した、または電話を所有する者。
＊12版・13版は、所得税15円(非常特別税を含む)以上を納入した者。

トであり、洋と和、公と私がはっきりと分かれて対応し」(同前)いたのである。

岩崎久弥邸は現存しているものでいっても、和館の広間の他、ジョサイア・コンドル設計のジャコビアン様式の、ベランダのついた洋館があり、客室の意匠にはイスラム風が取り入れられたり、地下道でつながったスイスの山小屋風の撞球室があるなど多彩である(『歴史遺産日本の洋館』第1巻、講談社、平14・10刊)。

洋館と和館を併存させていたのは、財閥のトップだけではなかった。例えば、実業家を引退後に茶の湯のスポークスマンとなった高橋義雄(箒庵《そうあん》と号す。以下、カッコ内は雅号)は、三井銀行大阪支店長となり、続いて三井呉服店の改革を担当し、三井鉱山の理事を歴任するが、〈表5〉から明らかなように、経済力が突出しているわけではなかった。しかし、高橋が明治三二年に「最初に建てた一番町の家」でも「西洋館は建坪が六〇坪ぐらいで、下に食堂・客間・控所・便所・玉突場」「二階は寝室・書斎・物置。これに隣接して日本住宅を建て、その間に杉戸をもって仕切り、双方からみえないようにした。日本座敷のほうは、一二畳半と一〇畳続きで入側《いりかわ》付、居間が八畳二間続き、家族の居間が八畳に六畳。土蔵その他を加えると、延べ約四〇〇坪の家」(熊倉功夫「数寄者の思想」『近代数寄者の茶の湯』河原書店、平9・2刊、引用は思文閣出版、平29・1刊の「熊倉功夫著作集」第4巻による)だったという。

彼らの大邸宅には必ず庭園があったが、大きな影響を与えたのは東京海上保険(現在の東京海上日動火災保険)の創立に関わった益田克徳《こくとく》だった。熊倉功夫は、「克徳が理想としたのは、中国の山水画ではなく、栃木県塩原の風景だった」、「伝統のなかに凝り固まっている典型に範をとらずに」「昔から接してきた山野の風景を、そのまま庭に取り入れるところが新しい主張」となっていて、「こうした造園法をもっとも大規模に、また洗練されたスタイルでまとめたのが」山県有朋だったと指摘している（同前）。尼崎博正は山県から植木職人小川治平衛に受け継がれ、治兵衛によって完成された、このスタイルを「近代自然主義」（尼崎博正「はしがき」『七代目小川治兵衛――山紫水明の都にかへさねば――』ミネルヴァ書房、平24・2刊）と呼んでいる。(2) 現存するものとしては、南禅寺周辺に現存する、無鄰菴《むりんあん》を代表とする別荘群の庭園が有名である。

また、茶の湯をはじめとする多くの芸能は、幕末・明治の動乱や変革によって、大名や商家などの多くのパトロンが没落したために、経済的な危機に直面していた。新興の「金持」たちは新しい後援者として、特に、能楽や茶の湯に関わることになった。

例えば、明治能楽界の三名人の一人と謳われた初世梅若実は明治維新以降、「華族階級」や「財閥を形成したり、あるいは大会社を創立したりする著名な財界人」を中心に、八〇〇人近くの入門者をもっていた。近代日本の財界を代表する、三井一族のトップ三井八郎右衛門高棟《たかみね》や益田孝、三菱財閥の総帥岩崎弥之助、久弥、小弥太などは初世梅若の弟子である。(3)

茶の湯では、明治二九年に益田孝（鈍翁）が主催して始まった大師会、同三三年に発足した松浦詮《まつらあきら》（心月庵）・安田善次郎（松翁）らの和敬会が有名だろう。熊倉功夫によれば、明治政府高官や実業家たちは「仏像・仏画などの仏教美術、蒔絵などの漆工品」等の「古美術に興味」を持つようになった。しかし、それらは「鑑賞用」の美術品ではなく、「使い勝手によって価値が生じる」「道具」であったために、彼らは収集した「道具」を、「茶の湯」によって生かしたのである（「はじめに」『近代数寄者の茶の湯』）。

彼らは「あくまで趣味として茶の湯を楽しむ」「数寄者」だった。熊倉は彼らの特徴をこう指摘している。「彼らの『楽しみかた』が尋常ではなかったことだ。数寄とは好きの当て字である。しかし、数寄と書くときのそれは、生半可な好きではない。求めてやまぬ執着に近い好きである。中世の辞書に『数寄とは僻愛の意』とあるが、まさに道具と茶の湯がとことん好きでたまらない人が数寄者である」（同前）。

彼らの数寄者ぶりは「道具」の購入の際に発揮された。例えば、原富太郎（三渓）は「買入覚」によれば、明治三六年、井上馨（世外）が所蔵していた仏画孔雀明王像を一万円で購入した。現在、孔雀明王像は国宝に指定されている。あるいは、根津嘉一郎（青山）は明治三九年の平瀬家の第二回売立てで、「一万六五〇〇円」という「空前の入札価」で「八幡名物の花白河硯箱」を購入して世間を驚かせることになった（熊倉功夫「数寄者の誕生」同前）。彼らは、これ以降、「道具」にますます大金を投じていくことになる。なお、能倉功夫が明治三年から昭和四年にかけての売立てで高額取引きされた道具上位三〇を四期にわけて表にして整理しているので、『近代茶道史の研究』（NHK出版、昭55・2刊）第四章二「『大正名器鑑』の思想」を参照されたい。

また、彼らは茶室にもこだわりがあった。例えば、外相として条約改正を試みようとして、いわゆる鹿鳴館時代をもたらした井上馨は、三井財閥と関係が深く、近代数寄者を代表する人物である。井上は明治二〇年四月二六日に、自邸に明治天皇の臨幸を仰いで歌舞伎を天覧に供したことで有名である。だが、本来は八窓庵という茶室開きのために臨幸を仰いだのであって、歌舞伎は余興だった。八窓庵は、当時、茶の湯の祖村田珠光の遺構とされ、明治維新までは奈良東大寺の塔頭四聖坊の茶寮だった。老朽化がすすみ、解体されて焼却されるところを、井上が八窓庵を買い取り、大阪まで輸送し、大阪からは船で東京まで運搬して、麻布鳥居坂の自邸に移築建立したのである（鈴木皓詞『世外井上馨　近代数寄者の魁』宮帯出版社、平26・9刊）。

数寄者にはこうした逸話が多い。益田孝は、大名茶人として有名な松平不昧ゆかりの瓢庵を譲り受けて、大正四年に小田原の別邸に移築した（『角川茶道大辞典　普及版』角川書店、平14・9刊）。三井八郎右衛門高棟（宗恭）は、京都建仁寺の塔頭正伝院にあった織田有楽ゆかりの如庵を、明治四一年に買収して、東京の三井邸に移築している（同前）。高橋義雄でも、明治三二年に家を新築した際に、佐久間将監真勝ゆかりの大徳寺塔頭龍光院の寮舎寸松庵の茶室を移築している（原田伴彦「近代茶道鼓吹第一人者――箒庵・高橋義雄」『近代数寄者太平記』淡交社、昭46・12刊）。なお、益田孝は、「品川御殿山の邸内に太郎庵と禅居庵、小田原の掃雲台に為楽庵、観濤荘をはじめ、全部で一四の茶室をもっていた」（熊倉功夫「数寄者の思想」）。

矢ヶ崎善太郎は「近代数寄者といわれる人たちの別邸には茶室が不可欠」（「小田原・箱根の別荘群と茶室」「なごみ」平26・11）となったと指摘している。典型的な例は小田原の別荘群だろう。明治四〇年に山県有朋が古稀庵を、大正三年に益田孝が掃雲台を構えるようになって、「有力者たちによる大別荘時代がはじまる」。「周辺には清浦奎吾、野崎広太（幻庵）、大倉喜八郎といった錚々たる人物が別邸を構え、時には互いに行き来をし、また多くの要人を招いて茶会を催した」。「茶室は数寄者として自らの理想とする茶を実現するための道具であると同時に、近代人として交流をはかるうえで重要な舞台でもあった」（同前）。

茶の湯は「実業家文化の中核として普及していく」が、見逃せないのは「必ずしも超俗的なサロンの道を歩まず、しばしば世俗的な事柄に関わる密談や金力誇示の場となった」（永谷健「実業家文化の戦略と形式」『富豪の時代　実業エリートと近代日本』新曜社、平19・10刊）ことである。永谷は「茶室が重要な事案に関わる面会や人脈形成の場として利用される場合もあったこと」を指摘して、正木直彦（東京美術学校校長・帝国芸術院院長）の回想「益田鈍翁の古美術保護」（『大茶人益田鈍翁』所収）の中から、「三井財閥の部将達は翁（注：益田孝のこと）の麾下に在つては茶人ならざるべからざる時代が来た。商談策謀は茶室以外では出来ないとまで云はれた。」という一節を紹介している。

実業家たちは芸能に積極的に関わっていったわけだが、注目されるのは、経済的な援助をしたり、経営のために利用したり、鑑賞することだけが目的ではなかったことである。数寄者である彼らにとって、パフォーマーとして、自らの存在感を示すことも重要だったのである。永谷健がその理由を明らかにしている。

永谷は「明治前期は、貴紳からいかに権威を獲得するかという点に戦略のポイントがあった。彼らは華族たちの嗜みや天覧の権威に便乗して、自己の文化の帰属先を求めた。それは、貴紳をターゲットとする〝便乗戦略〟であった」と指摘した。つまり、天皇や華族の文化を嗜む姿を他者に示すことによって、漱石が抱いているようなイメージを払拭し、社会的・文化的な位置を上昇させようとしたのである。永谷はこう述べている。「彼らの〝演じる立場〟は、芸術家とその技能を掌握し独占するパトロン的な立場、いわば〝庇護し、鑑賞する立場〟とは明らかに異なっており、対照的ですらある。たしかに横浜商人・原富太郎といった典型的なパトロンがいたり、渋沢栄一らによる帝国劇場・技芸学校の運営といった芸術の擁護活動があったりしたが、それらが実業家の『正統文化』や実業家文化の本流になったとはいいがたい」（「実業家文化の戦略と形式」）。

また、永谷は能楽や茶の湯が「金持」――実業家の文化活動の中心になった要因をこう分析している。

> （前略）実業家たちによる伝統芸能への関与の仕方が、政界・官界、および華族たちの世界とのあいだの人脈形成に好都合な社交空間を用意したことも見逃せない。むしろ、そうした空間を用意できない芸事や趣味は、二次的な『文化資本』として後退していったと見るほうが妥当であろう。この社交空間は、政界・官界や華族への接近を可能にする貴重な場を提供し、実業家たちの威信向上のための戦略の場を与えたといえよう。華族との姻戚関係に見られる

門閥の形成や叙爵も、こうした空間によって支えられていたはずである。（同前）

日本近代文学が「二次的な『文化資本』」でしかなかった理由の一端が明らかにされているだろう。

そのことは、齋藤康彦の研究、『近代数寄者のネットワーク　茶の湯を愛した実業家たち』（思文閣出版、平24・1刊）から確認できる。齋藤は二五種の茶会記・日記類によって出席者、出席回数などのデータを整理して、実業家たちが茶の湯によって構築したネットワークの実態を明らかにしている。

齋藤の調査に基づけば、昭和二〇年以前、近代文学者でネットワークに参加していたといってよいのは和辻哲郎だけである。和辻は横浜の実業家原富太郎の長男善一郎と友人であったことから、茶会に招かれていたと思われる。和辻の『古寺巡礼』（岩波書店、大8・5刊）の成立は原の収蔵品を見ることが重要な契機となっていた。近代文学における、大変稀な事例になるが、いってみれば、原は和辻のパトロンだったのである。(4)

それでは、漱石は実業家たちの文化的活動とどのような接点をもっていたのだろうか。

2　漱石と「金持」の文化的接点をさぐる(1)

まず、能楽と漱石との関係を考えてみよう。漱石は熊本時代から謡を始め、明治四〇年一一月から下掛宝生流十代目宗家を継いだ、ワキ方の宝生新に謡を習っていた。自分の趣味のネットワークが「権門富貴」の世界とつながっていることに、漱石が気づく機会はあったと思われる。[5]

例えば、漱石は、明治四五年六月一〇日に靖国神社能楽堂で開かれた、北白川宮成久《なるひさ》親王並びに同妃が主催した能会に出席していた。日記（「日記一一B」）には「行啓能を見る。山県松方の元老乃木さん抔あり。／陛下殿下の態度謹慎にして最も敬愛に価す。之に反して陪覧の臣民共はまことに無識無礼なり。」とあって、具体例をあげながら批判していた。[6]そしてこう総括した。「是等礼儀の弁別なきもの共は日本の上流社会なるべし。情なき次第也」。

だが、漱石は自分の趣味が「金持」と共通しているという意識をもって批判していたとは思われない。というのも、「本当に能と漱石とは繫がっているのか、という疑問」（帆足正規「漱石をめぐる人々と能」「武蔵野大学能楽資料センター紀要」平18・3）があるからだ。

漱石は能楽について、例えば、「稽古の歴史」（「能楽」明44・11）では、「未だ日が浅い事ですから、怎《ど》うやら恁《か》うやら、謡の巧拙位は解りますが、能の事は一切解りませんな、美感を感ずる事はあつても、誰が上手で、誰が下手なのか、今に薩つ張り解つて居りませぬ。」と告白している。

また、坂元雪鳥への書簡（大3・9・16付）で、雑誌「能楽」の購読を断わる際にも「私は能楽のよく分らぬものにて、近頃は滅多に舞台も見ず、謡も廃止同前の有様。前金四円を出す事は厭に御座候」と述べている。野上豊一郎に「謡会」の欠席を通知する書簡（大5・4・19付）でも「謡会の御招待有難く存候。然る処小生近日稽古を廃し、此種の会合には当分出ない積故、葵上の役割はどうか他に御選定を願ひ度候。考へて見るに謡は一人前になるには時間足らず、今許す時間内にては碌な事は出来ず、已めた方が得策と存候」と述べていた。

こうした漱石の発言を、帆足は「謙遜とか断る口実ではなくて、漱石の本音だった」（同前）と見ている。帆足は「今でも、能には全く関心がなく、能は見ないで謡だけが好きな人がたくさんいますが、漱石はそれに近かった感じ」ではないかと指摘した。

帆足の指摘が正しいとすれば、漱石は謡を通して、「権門富貴」の人々と自分が共通の地平にあるなどと感ずることはなかっただろう。いくら漱石が謡曲を趣味としていたといっても、自宅に能舞台をしつらえて、(7)自ら演じていた三井八郎右衛門高棟や野村証券を創立した野村徳七（得庵）たち、「金持」の熱心さにとうてい及んでいないだろう。

では、茶の湯はどうだったのだろうか。周知のように、漱石は茶の湯を好んでいなかった。『草枕』の一節が有名である。「茶と聞いて少し辟易した。世間に茶人程勿体振つた風流人はない。広い詩界をわざとらしく窮窟に縄張りをして、極めて自尊的に、極めてことさらに、極めてせゝこましく、必要もないのに鞠躬如《きつきゆうじよ》として、あぶくを飲んで結構がるものが所謂茶人である。あんな煩瑣な規則のうちに雅味があるなら、麻布の聯隊のなかは雅味で鼻がつかへるだらう。廻れ右、前への連中は悉く大茶人でなくてはならぬ。あれは商人とか町人とか、丸で趣味の教育のない連中が、どうするのが風流か見当が付かぬ所から、器械的に利休以後の規則を鵜呑みにして、是で大方風流なんだらう、と却って真の風流人を馬鹿にする為めの芸である」(四)。

漱石は実業家たちの茶事や茶会を視野に入れて批判していたのだろうか。その可能性は否定できないが、漱石が茶の湯そのものに興味をもっていなかったことを考えると、『草枕』に描かれたのは茶の湯に対する一般的な批判だったと思われる。何といっても、漱石は茶事の作法も知らなかった。西川一草亭[8]の催した茶事での振る舞いが端的な証拠である。

大正四年三月二一日、京都に遊びに来ていた漱石は西川一草亭の自邸去風洞に招かれた。「日記一五」の記述によれば、飾られた書や道具などは丁寧に見ていることがわかるが、漱石は内露地で道に迷い、にじり口から茶室に入ることも知らなかった。懐石に関しては、「茶事をならはず勝手に食〔ふ〕く。箸の置き方、それを膳の中に落す音を聞いて主人が膳を引きにくるのだといふ話を聞く。最初に飯一膳、それから酒といふ順序。」と記していた。

しかも、茶室そのものを嫌っていた。一草亭の回想「漱石と庭」(「瓶史」昭11・1)によれば、去風洞は三月下旬の気候のせいもあって「只陰気で不愉快な許りだつた」のだが、次のような配置になっていた。

（前略）私は父が亡くなつたので、父の隠居所に借りて居た家に住んで居た。其家は元茶人の家で、奥まつた路地に狭い庭があつて、茶室が三つも有つた。茶人の家だから、天井の低い、日当りの悪い、暗い陰気な家で、玄関の次に有る四畳半の茶室などは、どんな天気の好い日でも暗くて何も解らなかつた。夫れに茶室には電灯が付いて居なかつた。其代り庭は中々凝つた物で、黒光りのする座敷の板縁の先きには古い橋杭の手水鉢が据り、軽石位な丸い小石を敷詰めた細長い空泉水が四畳半の茶室前迄続き、其小石の中を飛石伝ひに茶室に入る様になつて居た。正面には中門があり、右には八つ手のかぶさつた古井戸が有り、門をくゞると、其奥に斜に三畳台目中板入りの茶室と、二畳の茶室が建つて居た。（後略）

漱石はこう反応した。

（前略）夏目さんは其暗い座敷の床の前に座つて、欄間に懸つて居る「一草亭中人」と云ふ夏目さん自身の額の字を眺めたり、床の間に生けて置いた室咲きの牡丹の花を見たりして、最後に此処の家賃はいくらするかと尋ね、「こんな家は只でも厭だね」と云つて心から厭な顔をされた。

主人一草亭の心持を気にすることなく、身も蓋もない本音を述べたということだろう。漱石には茶室の趣を味わう素養がなかったのである。(9) もっとも、「家賃」を確認したうえで全否定するところには、〈経済人〉漱石の片鱗がうかがえる。

ただし、たとい茶の湯そのものに興味がなくとも、あるいは実業界との接点がなくとも、実業家の動静を知ることはできた。明治四四年一〇月に実業家を引退した高橋箒庵が「時事新報」に「東都茶会記」などを連載して、その動静を逐一報道しており、大正三年から単行本として続々出版されていたからである。実際、漱石も読んだことはあった。大正四年の「断片七〇C」に「箒庵の茶会記事。其道に入ると何事によらず天下他事なき有様なり」とある。

漱石は、箒庵が茶の湯以外に「他事なき有様」、いわば視野狭窄になっていることを皮肉っている。しかし、視野狭窄になり、大金をはたいて、自分の好みの茶道具を徹底的に求めることこそ「近代数寄者」と呼ばれた実業家たちの真骨頂だった。

漱石もそうした「金持」の傾向を知らないわけではなかった。漱石は伊達家入札会を下見した後で的確な感想を述べている。伊達家入札会は大正五年五月、七月の二回行われた。この入札会は「旧大名が名前を掲げて所蔵品を処分した最初の機会」で、第一次世界大戦による好景気、いわゆる大戦景気を背景に「これまでの売上高で最高であり、第一回は三七〇余点で一〇五万円に達し、第二回と併せると、一五〇万円に迫るものがあった」(「東京美術市場の歩み」瀬木慎一編『東京美術市場史　歴史編』東京美術倶楽部、昭54・12刊)。

漱石は津田青楓から入札会の切符をもらって、第二回の下見に参加した。青楓への礼状(大5・

7・4付）で、「伊達家入札会の切符わざ〳〵御送有難う。本日午後行つて看て来ました。中々面白いものがあります。一休の下手な書が一番眼につきました。あれは（三行もの）何で懸物などにする価値があるのでせう。あんまり人が多いので落付て看られないのが不愉快でした。」と述べていた。

注目されるのは、「一休の下手な書」が「懸物などにする」、茶道具として使用できるから高値を呼ぶだろうと見ていたことである。茶の湯に興味のない漱石といえども、入札会の動向を予想できる程度の知識はあったのだ。ただし、問題は漱石の注目した「一休」が入札の中心ではなかったことである。一番の高値を呼んだのは、大名物《おおめいぶつ》、唐物《からもの》茶入の福原茄子だった。

「東京朝日新聞」は、入札会が「総数四百九十九点で総上り高は約四十一万円」となったとしてこう報じた。

（前略）元信の子期伯牙は二万九千円で梅沢の名義で落ちたが、買手は原富之助氏との噂、布引瀧硯箱は古河男で、元信の布袋松柏猿猴は三万円で馬越氏との事だ、前回の岩城文琳茶入と幷《なら》び称されて当日随一の呼物である福原茄子の茶入は岩城文琳を凌ぐの《ママ》人気でズッと飛離れて五万七千円で大阪の山中の手に帰したが
▲藤田男の物　になるとの事だ、二番札は矢張大阪の戸田で五万六千七百円で三百円の差で遺られた。

（「呼物の茶入は五万七千円」「東京朝日新聞」大5・7・6朝刊）

漱石が注目した「一休」は「五千七百九十円」だった。福原茄子の一〇分の一の落札価格である。記事で言及された原富之助は「東京日日新聞」（大5・7・6朝刊）の記事「●伊達侯爵家二度目の入札」によれば、原富太郎の誤りだろう。その他、ビール王の馬越恭平（化生）といい、「藤田男」――藤田平太郎（江雪）男爵といい、みな「近代数寄者」を代表する実業家だった。彼らは翌年の「入札会三尊」と称された秋元家、赤星家、佐竹侯爵家の入札会でも活躍することになる。秋元家の売上げは「一四七万八〇〇〇円」に達し、赤星家は「三回分の総計で、五一〇万円もの巨額」に及び、佐竹侯爵家では、藤原信実の『三十六歌仙絵巻』二巻が「三五万三〇〇〇円」となった（『東京美術市場史　歴史編』）。漱石が生きていたら、何と評したのだろうか。

なお、「一休」に関しては、漱石が激怒したエピソードが伝わっている。滝田樗陰によれば、「一休」が「二千円か三千円かで売れたと云ふ噂を聞いて」「それを評して『何処が好いのか、僕はあれを貰つたら糞を拭いてしまふ』と激語を発」（「夏目先生と書画」「新小説」大6・1）したという。漱石が激怒した理由は何だったのだろうか。中途半端な高値になったためなのか、自分ではとても買えない金額で入札されたからなのか、「三井男爵」（「●伊達侯爵家二度目の入札」）が買ったからなのか。「買ったら」ではなく、「貰つたら」と述べているのも気になるが、いずれにせよ、激怒したところから見て、漱石に「金持」に対する対抗意識があったことは否定できないだろう。漱石にも購入したい〈道具〉があったのである。

漱石がほしかったのは、中国の文人画だった。寺田寅彦宛書簡（大2・12・8付）では、「今日上野美術協会で平泉書屋古書画展覧会といふのを一覧。悉く支那人のものにて文展などより遥かに面白く是非買ひたいのが二三十幅もあつたらうと思ふが、金がないから聞いても見ず」と述べている。野上豊一郎宛の書簡（大2・12・8付）では、「非常な点数のうちには厭なものも大分まじつてゐる。贋物もある様子だが、好いものは実に好い。買ひたいが、金がない僕に岩崎の富があれば書画併せて二三十幅は是非買つて置く所です」と、もっと率直に欲望を告白していた。

野上の書簡は引用した直前の「高芙蓉の画を見てから僕も一枚かいたがどうもうまく行かない。生涯に一枚でいゝから有がたい感じのする絵が描きたい。山水動物花鳥何でも構はない。ありがたいので人が頭を下げるやうな崇高の気分を持つたものをかいて死にたい。」という一節が注目されることが多い。高芙蓉は江戸時代の儒学者・篆刻家・画家で、印聖と称された。漱石は高芙蓉に憧れて、自ら筆を執ったわけだが、「書画」も収集して所有したかったのである。

欲望を端的に語っているのは、外交官として中国湖北省沙市に赴任していた橋口貢に宛てた書簡（大3・6・2付）である。「私は金を五六万円持つて支那を漫遊して好なものを買つてあるきたい」。橋口貢は漱石の著書の装幀をした橋口五葉の兄である。漱石も近代数寄者のように収集し所有したかったのである。もちろん、現実は違っていた。橋口には、「私は蕪村の画を買ひました（十二円で）。私は好い画だと思つて毎日眺めてゐます。人は偽物といふかも知れませんが、私は一向頓着なしに楽しんでゐます」、あるいは「支那人の画で五拾円位ぢや中々面白い画は手に入らんでせうね。其位で好いものを買はうといふ虫の好い考を持つてゐる私は東京では精々奮発して拾円位です呵々」と述べている。

漱石自身のつけた家計簿の「小遣」の金額から見て、橋口に述べたことは事実だろう。漱石は「文士の生活」(「大阪朝日新聞」大3・3・22)でも「骨董も好きであるが所謂骨董いぢりではない。第一金が許さぬ。自分の懐都合のいゝ物を集めるので、智識は悉無である。どこの産だとか、時価はどの位だとか、そんな事は一切知らぬ。然し自分の気に入らぬ物なら、何万円の高価な物でも御免を蒙る。」と述べていた。

鏡子も「此頃(注:明治44年春)からよく散歩に出ては、書画屋や古道具屋などをのぞいて、何かと安物を漁つて参ゐりました。ほんのお小遣で買つて来るので、贋物であらうとそんなことは一向お構ひなしで、自分が観て絵が面白ければそれでいゝといふ風で、ぼろ〳〵のきたないものを買つて来てはかけて見て楽んで、さうしていゝと思つたものは、表具屋へやつて表装を仕かへて、自分で箱書きをして居りました。勿論お金といふお金を出さないのですから、大したものゝあらう筈はありませんが、ともかくこんな風にして自分では楽しんで居りました。」(「四三　良寛の書など」)と回想していた。

現在よく使われる、美術品購入の支払い上限価格とされる総資産の一パーセントという目安に照らせば、一〇〇円程度の書画の購入は無理なくできたはずだ。理由を明確にできないが、漱石は一桁少ない額で我慢していたのである。(10) 漱石が「岩崎の金」に対する羨望の念を密かにもっていたとしても不思議ではないだろう。

ただし、投入する金額はまさに天と地ほども違うが、漱石が他者の思惑や批判とは関係なく、自らが楽しめばそれでよいと主張している点は、近代数寄者たちと共通しているといってよい。だが、茶道具と文人画では嗜好が大きくずれているように思われる。漱石の文人趣味が江戸後期から明治期にかけて流行した煎茶と関係していることがすでに指摘されている。

3 漱石と「金持」の文化的接点をさぐる(2)

漱石と煎茶と関わりは『草枕』に描かれていた。漱石は茶の湯を批判する一方で、煎茶を好意的に描いていたのである。「老人は首肯《うなづき》ながら、朱泥の急須から、緑を含む琥珀色の玉液を、二三滴づゝ、茶碗の底へしたゝらす。清い香りがかすかに鼻を襲ふ気分がした。(中略)茶碗を下へ置かないで、其儘口へつけた。濃く甘く、湯加減に出た、重い露を、舌の先へ一しづく宛《ずつ》落して味つて見るのは閑人適意の韻事である。普通の人は茶を飲むものと心得て居るが、あれは間違だ。舌頭へぽたりと載せて、清いものが四方へ散れば咽喉《のど》へ下るべき液は殆んどない。只馥郁たる匂が食道から胃のなかへ沁み渡るのみである。歯を用ゐるは卑しい。水はあまりに軽い。玉露に至つては濃かなる事、淡水の境を脱して、顎を疲らす程の硬さを知らず、結構な飲料である。眠られぬと訴ふるものあらば、眠らぬも、茶を用ゐよと勧めたい」(八)。

引用は喫茶の場面に限定したが、船阪富美子は「第八章全体が煎茶席となっている」として、画工の「文人趣味の『煎茶』」体験を追体験しようとしている（「『草枕』の『煎茶』　その文人趣味の世界」「アジア遊学」平18・6）。確かに、画工は「朱泥の急須」からしたたる「玉液」を喫しただけではなかった。招かれた老人の居室の、「紫檀の机」・「花毯」（花毛氈）などの設え、青木木米の茶碗、青玉の菓子皿、「山陽の愛蔵」の「端渓」硯を鑑賞している。そして、床に飾られた「鏽気《さびけ》を吹いた古銅瓶」と生けられた「木蘭」、荻生徂徠の掛け軸に目を遣っている。船阪は「文房具の鑑賞」、「主客・年齢・性別・社会的地位などを問わずに交わされる」自由な会話などにも注目したうえで、「すべてが、文人趣味の『煎茶』を描写するために慎重に配され」ていると指摘している(11)。

漱石の文人趣味は、明治四五年頃から書画の制作を始めたことで本格化した。橋口貢から贈られた文房具で机辺を飾るようになったこともよく知られている。「草枕」に描かれた煎茶体験は予告だったのである。もっとも、すでに指摘されているように、漱石の文人趣味の原点は『思ひ出す事など』二十四（明44・1・18）に描かれた子どもの頃の体験にあるだろう。

子供のとき家に五六十幅の画があつた。ある時は床の間の前で、ある時は蔵の中で、又ある時は虫干の折に、余は交る〲それを見た。さうして懸物の前に独り蹲踞《うずく》まつて、黙然と時を過すのを楽《たのしみ》とした。今でも玩具箱《おもちやばこ》を引繰り返した様に色彩の乱調な芝居を見るよりも、自分の気に入つた画に対して居る方が遥かに心持が好い。
画のうちでは彩色を使つた南画が一番面白かつた。惜い事に余の家の蔵幅には其南画が少なかつた。子供の事だから画の巧拙などは無論分らう筈はなかつた。好き嫌ひと云つた所で、構図の上に自分の気に入つた天然の色と形が表はれてゐれば夫で嬉しかつたのである。

木村由花は「明治時代初期は幕末から続いて『南画』の隆盛がみられ」、「漱石は間接的にせよ、こうした時代背景の影響を幼年時代に受けていた」(「漱石と文人画――『拙』の源流――」『日本文学の伝統と創造』教育出版センター、平5・6刊)と指摘している。ちなみに、煎茶会は「書画会や漢詩文集、書画譜など」の「集いを横断的に結びつけ、近代文人のいとなみをもっとも体系的に表現した場」(「煎茶会に集う」成田山書道美術館監修『近代文人のいとなみ』淡交社、平18・11刊)だった。

明治維新後、煎茶会では「古書画や古器物の展観、瓶花や盆栽の陳列、文房飾りなどを茶席とともに設けることが一般的にな」り、「閉会後の煎茶図録の編集も盛んに行われ」、「明清を中心とする中国の書画」の「受容の窓口となって鑑賞の体系を築いて」(同前)いった。『草枕』第八章はこうした世界を背景に描かれていた。

ただし、高橋利郎が指摘するように、「明治生まれで、近代教育を受けた進歩的な世代」である画工と「幕末維新期に壮年期を過ごした」老人・和尚との間には、「基礎的な教養の相違が容易に見て取れる」（「近代文人とそのいとなみ」同前）。これは「明治も後半期に入り、天保老人と呼ばれるような、近世末期に漢学的な教養を身につけた人びとが少なくなるにしたがって、煎茶席も少なくなっていく。古今の書画や詩文、古器物などの制作と鑑賞が渾然としていた文人茶の体系も、明治前半の爛熟期を経て次第に形骸化し、忘れられていくことになった」（「煎茶会に集う」）ことをふまえていると考えられる。

つまり、漱石は衰退しつつある煎茶会を描いていたのである。漱石は「煎茶も美味いと思つて飲むが、自分で茶の湯を立てる事は知らぬ。」（「文士の生活」）と述べているが、茶の湯ばかりでなく、煎茶会に好んで参加したり、煎茶を自らいれて、文房具や書画を愛玩しながら喫していたわけではなかったと思われる。

漱石の文人趣味は、「煎茶や詩文書画を媒介とした人的な交流を主体にし、文人の思想や人柄に立脚するパーソナルな関係」（「新たな文人たちの姿」『近代文人のいとなみ』）によって成立していた、これまでの「文人たちの世界」とは異なった状況で営まれていたことになる。すべてに通ずることが必須だった文人の手を離れた漢学・漢詩文・書画は、「漢文学や東洋史学として大学を中心とする学問世界」に、あるいは「書と絵画に解体されてそれぞれの展覧会に生産と消費の場を移し、古書画の展観は博物館における展覧会に姿を変えた」（「近代文人とそのいとなみ」）のである。漱石の文人趣味は分断された世界の中での孤立した営みだった可能性が高い。

興味深いのは、分断された趣味の世界をつなぐ存在となり得たのが「金持」だったことである。

彼ら、近代数寄者たちは、煎茶や文人画にも関心をもっていたのである。守屋雅史は「煎茶を媒介とした人々の交流は木戸孝允・伊藤博文などの政治家や奥蘭田・岩崎弥太郎・住友吉左衛門などの実業家を中心に次第に全国的な広がりをみせるようになった。」（「文人のあこがれ、清風のこころ　煎茶・美とそのかたち」『文人のあこがれ、清風のこころ　煎茶・美とそのかたち』大阪市立美術館、平9・9刊）と指摘していた。

住友財閥の総帥、一五世住友吉左衛門友純《ともいと》（春翠）は、煎茶に熱心で、明治二九年に中国青銅器を「煎茶の床飾として購入したのが蒐集のきっかけ」（外山潔「泉屋博古館の収蔵品について」『泉屋博古館　名品選』平14・10刊）となったといわれている。彼の青銅器コレクションは「体系だった厖大な」（同前）もので、世界的に有名である。

煎茶は、彼らの邸宅や作庭にも影響を与えていた。尼崎博正は「近代庭園の自然主義的傾向は茶の湯の変革を目論んだ近代数寄者たちにのみ帰するのではなく、むしろ勤皇の志士たちに受容され、幕末から近代にかけて隆盛をみた煎茶に由来するとみるのが妥当であろう。近代になって野点や大寄茶会が流行するのも、煎茶の影響と考えてよい。／植治（注：小川治兵衛）の露地の特徴は、『大自然のもとで、随所に茶を煮る』という煎茶の自然観を読み解き、巧みに抹茶の露地空間と融合させていった結果であることを暗示している。それは『一帯青松路不迷と頼山陽の歌ひたる並木のかたほとり』に無隣庵を営み、抹茶を見切った山県の影響だったのかもしれない。」と述べ、「全国の近代庭園を俯瞰しても、眺望のひらけた立地、開放的な空間構成、中国的な建築意匠、池にせり出した亭や『降り井』、竹、芭蕉、太湖石といった庭園素材など、随所に煎茶的要素がみられる。」（「近代数寄者と植治」前掲書）と総括している。

ちなみに、漱石は小川治兵衛によって作庭された京都南禅寺周辺の別荘の庭園を鑑賞していた。大正四年春のことである。漱石は西川一草亭の紹介で、滋賀県出身の呉服商市田弥一郎の對龍山荘、神戸の貿易商染谷寛治の聚遠亭を訪れている。日記に記載はないが、一草亭は漱石の反応を回想している。(12) 漱石は煎茶の感覚によって作庭された庭園をどう感じたのだろうか。

一草亭の回想（「漱石と庭」）によれば、漱石は現在でも高く評価されている對龍山荘を気に入らず、聚遠亭の方をよしとしたらしい。對龍山荘での体験はこうだった。

（前略）表は御影石をきちんと積み上げた石垣の上に低い土塀を回らし、門の正面に黒い敷瓦を敷いた玄関が有つた。大座敷は高い床下がすぐ大きな池になつて、池の向ふは東山である。左は南禅寺の松林を庭に取入れて、其高い松の樹の間から叡山や白川村が見えた。玄関番の五十余りの商家の番頭らしい禿頭の老人が、先きに立つて案内をした。芝山に何段にもなつて奇麗な水が流れて居たり、松がうねつて居たり、青い苔の間に処々石が据つて居たりした。坪数は可なり広い、最後に築山の裏に出ると、広い芝生の中に東屋が有つて、芝生の回りが花畑になつて居た。案内が付いて居るから、迂濶に批評などは出来ない。二人はお上りさんが小僧の尻に付いて銀閣寺の庭見物でもする様に黙つておとなしく付いて歩いた。

一方、聚遠亭では、漱石はこう迎えられた。

（前略）主人は神戸の紡績会社の大株主か何かで、私が出ると面倒でせうと云つて、態と引込んだ切り誰も出て来ない。二人は勝手に座敷から庭に下りて築山の瀧の上に上つて見たり、日当りのよい芝生の上に尻を下ろして恰好のよい松の木を眺めたり、そして二人で勝手な無遠慮な批評をした。何と云つたか、夏目さんがどんな批評をしたか忘れて仕舞つたが、此庭は夏目さんの気に入つたらしかつた。一つは誰れも家の者が出て来ないのでお世辞を云つたりする面倒の無かつた事も好かつたらしいが、庭も建物も市田さんよりはもつと自然で趣が有り、統一が有つた。建物が小さくて粗末で古びて居る事も庭を引立てゝ居た。（中略）夏目さんに先生も一つ京都に別荘を作つたらどうですと戯言半分にすゝめると、こうして居ると丸で自分の別荘の様だと云つて嬉しがられた、そうしていつ迄も芝生に尻を下ろして立とうとしなかつた。

一草亭は、漱石が對龍山荘を評価しなかった理由を推測して、「どちらかと云ふと余り作り過ぎて、却つて趣を殺いで居る、芝山の間を水が流れて、其流れの上に美しい赤松が這ふ様に植つて居るなども、座敷から眺めると美しいのを通り越して芝居の書割の様な感じがする。夫れに建物が丈夫に出来過ぎて山荘の様な寛いだ感じがしない。」と説明している。

對龍山荘も聚遠亭も現存しているが、庭が漱石の体験した時の状態のままで維持されているわけではないので、一草亭の説明を検証することは不可能である。(13) 参考までに、尼崎の描く對龍山荘の庭を紹介しておこう。

比叡山から南禅寺の山並みを一望する對龍台からの雄大な景観。聚遠亭の深い庇と竹縁によって構成される凝縮された景。自然景観と融合する建築と庭園の絶妙な調和。庭に降り立ち、せせらぎの水音に誘われて歩を進めれば懐かしい山里の風景が展開し、水車小屋が郷愁を誘う。足もとに水の動きを感じながら蛇籠《じゃかご》の伏せられた流れを『沢飛び』で渡ると、そこは樹木の生茂った幽邃《ゆうすい》の世界。植治の自然表現と琵琶湖疏水の水による躍動的な流れのデザインは、まるで五感に響く協奏曲のようだ。

（「作風の確立」前掲書）

作庭や建築に近代数寄者ほどの強烈な関心をもっていなかった漱石(14)が、初見で両別荘の建物や庭を深く理解できたとは思われない。漱石は両庭園が同一のコンセプトから作庭されていたことや、對龍山荘が「東京の町方建築を中心として活躍し」「一代の建築上手と謳われた名匠」島田藤吉の手による、「見事」な「粋を凝らした総栂《そうとが》普請の建築」（同前）であることを認識したとは考えにくいだろう。漱石は煎茶を介した、「金持」との思わぬ接点に気がつかなかったのではないだろうか。

それどころか、この京都訪問に端を発した出来事で、漱石は自分の文人趣味と「金持」の趣味との大きな食い違いを感ずることとなった。

4　漱石と二人の近代数寄者

漱石は、一草亭と祇園の茶屋大友《だいとも》の女将磯田多佳から、大阪の「金持」、証券会社を経営する加賀正太郎(15)を紹介され、加賀の新しい別荘の命名を依頼された。

加賀は、明治四四年、東京高等商業学校卒業後、すぐ家業の証券業を引き継ぐが、「その多忙さからまもなく健康を害したので静養の為の別荘を建設することを思い立った。そこで、渡英中にロンドン郊外にあるウインザー城から眺めた、テムズ川の風景に似た所をあちこちと探した。そして京都郊外で大阪府と境を接し、木津・宇治・桂の三川が合流する天王山麓に、理想の地を見いだした。」（『大山崎山荘と蘭花譜　数寄者加賀正太郎の世界』大山崎町歴史資料館、平7・11刊）という。天王山からの眺めにテムズ河畔の風景を発見した加賀が、漱石に命名を依頼しようと考えたのは、イギリス留学した英文学者漱石に期待するところが大きかったからだと思われる。

漱石の日記には、「加賀の依頼」（3・22「日記一五」）とあるだけだが、磯田多佳の日記「洛にてお目かゝるの記」（「渋柿」大6・2）からは、加賀の強い熱意が見えてくる。

（前略）先生の御入洛の事を聞き、ぜひお目にかゝりたいと頼まれしことをいひしに、一寸逢ふといはれ、すぐ加賀さんを呼ぶ。藪椿の枝おもしろきをおみやげにと持て見へる。山﨑の山荘に何かよい名をつけてくれと先生へたのまれ、すつぱりしたお人故、先生もへだてなくお話になり、折柄西川さんも見へ、御知り合の中ゆへ又々お話はづみ、今夜も又帰りしは十二時なり。（3・22）

加賀が漱石の京都到着を知ってすぐに面会を求めたこと、一草亭の知人であったためか、漱石となごやかに談笑していることがわかる。

漱石が山﨑に行ったのは四月一五日で、多佳の日記にはこうあった。

（前略）山荘へつく。午後よりは空も晴れて窓より見渡す男山洞ヶ峠より遠く宇治巨椋《おぐら》あたりも手にとるよふにて、木津川桂川宇治川など一つになり、あれより淀川となり流れ行くと山荘の主におしへらるゝ。橋の姿二つ三つ見え、白帆のかげもおもちやの様にて先生も是はめづらしい詠めとおよろこびになる。（中略）庭の床几に腰かけてかんとう煮やおすしお汁粉など取々にたべて主と共に只わけもなく笑ひさゞめく。（後略）（4・15）

漱石が絶景に感嘆し、加賀の接待にくつろいでいたことがうかがえる。漱石は加賀に好印象を抱いたと思われる。一七日に帰京した漱石は加賀に宛てた礼状（大4・4・18付）でも、「あなたも精々勉強して早く落成するやうになさい。」とはげまし、追伸には「私はあなたの呑気さうな心持に対して敬意を払ふものであります（悪口ではありません）」とまで述べていた。漱石が加賀の「すつぱりした」――思い切りがよく、物にこだわらないさっぱりした人柄を高く評価したことがわかる。漱石は「金持」を「紙幣に眼鼻をつけた丈の人間」と類型化して厳しく批判していたが、図らずも、加賀との交流から「金持」の別の一面を知ったことになるだろう。しかし、好印象は長続きしなかった。別荘の命名に関して、事態が紛糾してしまったのである。

加賀は四月下旬には上京していたようで、漱石に催促を何度もしたらしい。漱石は山荘の名前の候補を書簡（大4・4・29付）で、「麹町下六番丁」に滞在中の加賀に伝えた。曰く、水明荘、冷々荘、竹外荘、竹外三川荘、三川荘、虚白山荘、曠然荘、如一山荘、澄懐山荘、従生山荘、回観荘、澄明荘、半真荘、空碧荘と。いずれも、杜甫・王維や荘子などの漢籍に典拠があった。しかし、漱石にとっても自信作という訳ではなかったようだ。書簡の最後に「まあこんなものです。もし気に入つたらどれかお取り下さい。気に入らなければ遠慮は入りませんから落第になさい。もつと い、名があるかも知れませんが、頭が疲れる丈で厭になるから、今回はこれで御免蒙ります」とあった。

結局、加賀は漱石の提案を採用しなかった。「ウインザー城から眺めた、テムズ川の風景」を重ねた加賀にとって、漱石の命名は文人趣味過ぎたのではないだろうか[16]。また、東京高等商業学校出身で、満二七歳の加賀に文人趣味そのものが理解できなかった可能性もある。

ただ、事態を紛糾させたのは、加賀が諾否の返事をしなかったことと、命名のお礼が一人歩きしてしまったことだった。一草亭の回想には「大阪の加賀氏に頼まれて、先生が其山荘の名を付けて額を書く約束をされたので、加賀氏にすすめて、それを押す印を岡田湖城といふ篆刻家に依頼した処が、其の選名の手紙に対して加賀氏が返事を送らなかつたので、先生がすつかり気を悪くして『私は金持から印など貰ひ度くありません、先方へ返して下さい』といつて、どうしても受取られなかつた。そして、それは博士号の授受について、文部省といきさつのあつた当時だつたので、私も何とかいつて先生をなつとくさせて、其印を納めようとしたため、多少先生の気持を悪くした様であつた。」(「漱石の書と花の会」『風流生活』第一書房、引用は昭9・11刊の再版による)とある。

漱石は一草亭宛書簡(大4・5・8付)でこう述べている。

(前略)加賀氏の別荘の名は約束で已《やむ》を得ないから十四五つけたのです。私はあの外にいゝ名を誰かにつけて貰つたらいゝと思ひます、夫からあの印を頼む事は是非見合せて置いて下さい、私は印なんか金持からねだつて拵えてもらつたやうになるのは不愉快ですから。(後略)

漱石にすれば、自分の命名を採用しないのはともかく、自分の誠意のこもった書簡に返事もしないのは何事かということだろう。命名もせず、額も書かない以上、お礼を受けとるいわれはない。印を受けとっては「金持」から一方的に施しを受けたことになってしまう。この書簡の中で、加賀は「呑気さうな心持」をもった好人物ではなく、「紙幣に眼鼻をつけた丈の人間」である「金持」に変貌している。漱石の〈金持嫌悪〉がいつも通り発揮されたといってよいだろう。

加賀との交渉では齟齬をもたらした文人趣味だったが、一方では、「金持」との親密な交流を漱石にもたらしていた。仲介者となったのは和辻哲郎だった。和辻は、「大正四年の紅葉の頃」、漱石を、原富太郎（三渓）の三渓園に文人画を見せに連れて行ったのである（「漱石の人物」「新潮」昭25・12）。

和辻は、木曜会で、漱石が「いゝ文人画を見た記憶などを」「いかにも楽しさうに話した」のを聞いていているうちに、「原三渓の蒐集品を見せたくなつた」。「三渓の蒐集品は文人画ばかりでなく、古い仏画や絵巻物や宋画や琳派の作品など、尤物《ゆうぶつ》ぞろひであつたが、文人画にも大雅、蕪村、竹田、玉堂、木兵衛などの傑れたものが沢山あつた。あれを見たら先生はさぞ喜ぶだらうと思つたのである」。

三渓は「とりわけ幼少期から青年期にかけ、幕末から明治に盛んであった煎茶趣味、文人趣味に親しんで」（三上美和「『買入覚』に見る原三渓の古美術蒐集」『原三渓と日本近代美術』国書刊行会、平29・2刊）いた。三渓の「買入覚」を分析した三上美和によれば、「文人画と煎茶道具は明治二十六年からおよそ十年間」に「集中して購入され」、文房具も購入されていた。大正八年に青木木米の作品を一万三〇〇〇円で購入するまで、文人画の購入は続いていた。和辻が三渓の文人趣味をどの程度把握していたのかは不明だが、和辻は漱石を、まさに同好の士に引き合わせたのである。

和辻は、漱石や三渓の予定も確かめずに、「十一月の中頃のあるうららかに晴れた日に、いきなり漱石を誘ひ出し」た。横浜到着後、昼食をとっている時に、三渓に連絡し、三渓の承諾を得て、漱石を三渓園に連れて行ったのである。「三渓園の原邸では、招待して待ち受けてでもゐたかのやうに、款待をうけた。漱石としては初めて逢ふ人ばかりであつたが、まことに穏やかな、何のきしみをも感じさせない応対ぶりで、そばで見てゐても気持がよかつた。世慣れた人のやうに余計なお世辞などは一つも云はなかつたが、しかし好意は素直に受け容れて感謝し、感嘆すべきものは素直に感嘆し、いかにも自然な態度であつた。で文人画をいくつも見せてもらつてゐるうちに日が暮れ、晩餐を御馳走になつて帰つて来たのである」[17]。

和辻は、漱石が〈金持嫌悪〉を発揮しなかったことを高く評価している。和辻は漱石自身の「相手が金持であるとか権力家であるとかいふことだけでそれに近づくのを回避するのは、まだこちらに邪心のある証拠である。為めにする気持が全然なければ、相手が金持であらうと貧乏人であらうと、大臣であらうと小使であらうと、少しも変りはない。」という発言を引き合いに出して説明している。つまり、漱石は自分の言葉を実践したというのである。

和辻は、この文章を、漱石からもらった半切「人静月同照」が「漱石の晩年の心境を現はしたもの」で、「人静かにして月同じく照らすといふところに、当時の漱石の人間に対する態度や、自ら到達しようと努めてゐた理想などが、響き込んでゐるやうに思はれる。」と結んでいる。和辻は、いわゆる「則天去私」神話につなげて、解釈している。いってみれば、和辻は三渓に対する態度に漱石の〈成長〉を感じたわけだ。

ここまで、漱石が「金持」の文化――能楽・茶の湯・煎茶・庭園・文人趣味などと、どのような接点をもったのかを追跡してみた。接点はあるものの、漱石が〈金持嫌悪〉を払拭するような経験をしたとはいいがたい。もちろん、三渓との交渉では、三渓が質の高いコレクションを形成していたことや傲岸不遜なはずの「金持」とは思われないような「款待」をしたことに、感銘を受けた可能性は高いだろう。しかし、翌年の伊達家の入札会の「一休」に対して発した「激語」を想起すると、漱石が和辻の描くように〈成長〉したとは思われない。いつもの〈金持嫌悪〉が復活していると見た方がよいだろう。

第一章、二章と、小説を書き始めて〈経済人〉として成功した漱石の軌跡と、「金持」との交渉を追いかけてきた。次章では、そうした漱石の体験が作品にどう反映されているのかを確認していきたい。

□注

（1）橘木らの指摘によれば、「車の収集」や「美術品・アンティークの収集や時計宝飾品の収集」を自分の趣味とするのは、「富裕層に憧れる中流階層よりやや上の所得階層の人々である」。

（2）尼崎は山県有朋・小川治兵衛の作庭の意義を、「日本庭園がこだわり続けてきた景勝地の海岸風景を、誰もが見覚えのある身近な野山の風景に置き換えるとともに、それらを原寸大で表現することによって、『眺める庭』から『五感で味わう庭』へと転換したことの意味は極めて大きい。」（「はしがき」）と説明している。

（3）別府真理子「初世梅若実と一〇〇〇人の弟子――明治能楽お稽古事情――」（「武蔵野大学能楽資料センター紀要」平25・3）による。

（4）松田延夫によれば、和辻夫人、照子と三渓の長男善一郎の妹春子が「同窓で、和辻は早くから三渓園に出入りして」(「偉大なる芸術のパトロン」『美術話題史　近代の数寄者たち』読売新聞社、昭61・5刊）いたらしい。『古寺巡礼』の冒頭に出てくる「Z君」は善一郎のことである。なお、善一郎は芥川龍之介と東京府立第三中学校以来の友人だった。そのため、芥川は和辻同様に三渓所蔵の美術品を鑑賞していた。また、阿部次郎の和辻・照子宛書簡（大6・4・29付）に「帰りに鵠沼へよりたいと思つてゐたのでしたが、三渓先生の熱心にひきとめられて予定の日の最後の時間まで山にゐてしまつたためとう〳〵御寄りしませんでした」（『阿部次郎全集』第16巻、角川書店、昭38・9刊）とあった。三渓が漱石の弟子たちとの交流を楽しんでいたことがわかる。なお、熊倉功夫は、小宮豊隆が昭和八年に「茶道」（「岩波講座日本文学」）で「茶道を優れた日本文化として評価した」ことから、漱石のような「明治期の知識人と小宮の世代とでは、茶の見方が大きくかわった」（「茶道研究の課題とあゆみ」『近代茶道史の研究』、引用は思文閣出版、平28・11刊の「熊倉功夫著作集」第3巻による）ことを指摘している。

(5)　田村景子は、能楽が「国民国家日本の『古典（カノン）』として」「国民国家日本の変貌とともにその意義をかえ」（「近代における能楽表象――国民国家、大東亜、文化国家日本における『古典（カノン）』として――」（「演劇研究センター紀要」Ⅸ、平19）ながら存在してきたことを指摘している。

(6)　漱石が指摘したのは、「着席後恰も見世物の如く陛下殿下の顔をじろ〳〵見る」、「演能中若くは演能後妄に席を離れて雑踏を醸す」、「殿下陛下の席を去る咫尺の所にて高声に談笑す」、「帰る所を見れば自働車手人力馬車絡繹たり」という四点だった。

(7)　奥冨利幸「近代実業家邸宅の能楽場について――三井邸・岡崎邸・碧雲荘を通じて――」（「日本建築学会計画系論文集」第74巻、第644号、平21・10）を参照されたい。

(8)　西川一草亭は京都市生まれの花道家。去風流第七世家元。津田青楓の兄。一草亭は漱石を大変尊敬していた。「一草亭師友録」と題する文章の中で、漱石について、「文豪ナリ、余生涯知人ノ中最モ此人ヲ尊敬ス」「訪問スル毎ニ頭脳ノヨキヲ思フ、談話又文ノ面白キガ如ク面白シ」（「一草亭略伝」『日本の生花』河原書店、昭16・9刊、引用は大八洲出版株式会社、昭20・11刊の五版による）と記している。

(9)　なお、一草亭の回想には、「父の亡くなつた時、悔に来られた○知事の夫人が此庭に見とれて、何と云ふお静かな奥床しいお住居でせうと云つて、其後逢ふ毎に此住居を褒めて居られた。父の亡くなつたのは六月十九日で庭の青葉の一番美しい時分だから、誰れの目にも此庭が美しく見え、其美しい青葉の庭が座敷に映じて住居迄美しく見えた」というエピソードも語られていた。もちろん、季節の違いは大きいのだが、おそらく茶の湯の心得がある「○知事の夫人」に鑑賞できる庭や住居の良さが、漱石にはわからなかったということだろう。

(10)　漱石の購入金額は、各百貨店が明治四〇年代から「中間層向け商品」として「販売に力を入れていた」「半折画」の価格とほぼ同じだった。神野由紀によれば、「表装込の価格」で「ほとんどが一〇円台」で、「価格が手ごろなこともあり」、「自邸の床の間に飾」ったり、「贈答用」として「中間層の間で」「流行」した（「美術をめぐる大衆の眼差し」『百貨店で〈趣味〉を買う　大衆消費文化の近代』吉川弘文館、平27・5刊）。漱石と「中間層」との金銭感覚における共通性を見ることもできるし、漱石が「金持」であるにも拘わらず、分相応な投資ができなかったと考えることもできる。

(11) 小川後楽は『漱石と煎茶』（平凡社新書、平29・1刊）で、煎茶を介して、漱石と幕末・維新の志士とが連関することから、『草枕』に社会批判を読みとるべきであると指摘している。

(12) 三月二三日の日記に「一草亭来。今日はある人の別荘を見る計画なり」とあって、この日に探訪する予定だったことがわかる。しかし、日記に「腹工合あしく且天気あし、。天気晴るれど腹工合なほらず。遂に唐紙をかつ《〔て〕》た三人で勝手なものをかいてくらす」とあるので、計画は中止された。なお、『増補改訂　漱石研究年表』は、三月二一日の去風洞訪問後に南禅寺近辺に赴いたとしている。だが、日記に別荘探訪の言及はない。日記は「料理」の記述のあと、「午後二時より京阪電車墨染より竹藪梅の花を大亀谷」と続いている。富小路御池にある去風洞から南禅寺近辺にある別荘を二邸探訪したあとで、「午後二時」に京阪電車の墨染駅に到着するのは無理があるように思われる。

(13) 聚遠亭は、戦後、松下幸之助が入手して、名称を変更し大きく改修したために、漱石が見た姿は現存していない。谷晃は「真々庵は全面的に松下幸之助がつくり変えました。（笑）白い砂利を敷き詰めるなど、植治だとけっしてしなかったことをした。精神性を庭に盛り込もうとしたようですね。」（座談会「文化的景観としての植治の『自然』」白幡洋三郎監修『植治　七代目小川治兵衛』京都通信社、平20・3刊）と指摘している。

なお、一草亭の回想には「漱石の見た庭」として写真が掲載されているが、その写真から判断するのは困難である。重森三玲の調査によれば、聚遠亭は次のような姿をしていた。「本庭の如きも斯くして風景園的様式が多分に加味され、一面借景庭園としての様式に重点が置かれてゐるのである。即ち本庭は南禅寺山門及び南禅寺鐘楼を遠景とする附近の独秀峰、羊角嶺、綾戸の森等を借景とし、景観寔に豊かであつて、京都東山付近の借景庭園中第一位の観がある。斯て本庭は借景的風景的には最も傑出する様式がとられてゐて、何処までも自然主義的様式が強調されてゐる訳である。／さうして更にその局部に於ては、瀧を落し、流れを作り、池泉を作り、当代一般庭園の特色を完備し、その外毘盧界茶席付近の一部に茶庭を作つて、よく当代庭園の主流たる綜合庭園様式とされてゐる訳である。／斯様な関係で、本庭の如きは、様式的に重点が置かれるので、局部手法としては人工的なものが殆んどないのが特徴である。つまり局部をもたない全体主義の庭園様式が、自然主義的に纏められてゐる処に、本庭の特徴があると共に、これは前述の如く誠に当代庭園の様式上の特徴でもある訳である」（「解説　染谷氏聚遠亭庭園」『日本庭園史図鑑　明治大正昭和時代　四』有光社、昭13・9刊）。

(14)　漱石は第一高等中学校本科に進学する際に建築家を志していたが、友人米山保三郎の忠告によって英文学に進路を変更したことが知られている（「落第」「時機が来てゐたんだ――処女作追懐談」）。また、漱石が散歩中に「巨大な屋敷などがあると無暗と感心して」いたという、野村伝四の回想「散歩した事」（「漱石全集月報」第16号、昭12・2）がある。しかし、漱石が建築・作庭に対して、近代数寄者に匹敵するような強い興味をもっていたとは思われない。「文士の生活」では、「やがて金でも出来るなら、家を作つて見たいと思つて居る」といっているものの、「併し近い将来に出来さうも無いから、如何云ふ家を作るか、別に設計をして見た事は無い。」と述べていた。また、庭については、「植木は皆自分で入れた」が、「植木屋と云ふものは勝手なもので、一度手入れをさせたら、こつちで呼ばないのに時々若い者を連れて仕事にやつて来る。物の一月余りもこち〳〵其処辺《そこら》をいぢつて居る事がある。別に断わるのも妙だと思つて、何とも云はずに居るが、中々金がかゝる。」とあるように、庭木の手入れは植木屋に任せきりのようだ。家や庭に投資する気はなかったと思われる。なお、西川一草亭によれば、漱石の建物や庭の好みは明るさや日当りにあった。「兎に角夏目さんは陰気な暗い庭が嫌ひだつた。コセ〳〵した茶室めいた建物も無論好かれなかつた。是は一つは胃病の関係も有つたかも知れない。胃が悪いから、寒い部屋を嫌つて、木屋町の宿でも始終硝子障子に日の当る明るい部屋を選つて日光浴を仕乍ら画を描いて居られた」(「漱石と庭」)。和辻の文章にも、三渓園を案内する途中で、漱石は「市電で本牧へ行く途中、トンネルをぬけてしばらく行つたあたりで、高台の中腹に綺麗な紅葉に取巻かれた住宅が点在するのを眺めて、『あゝ、あゝいふところに住んで見たいな』」(「漱石の人物」)と述べていた。

(15) 加賀は、大阪で江戸時代後期から両替商を営んでいた加賀本家に生まれた。明治四〇年に東京府立第三中学校から東京高等商業学校に入学し、四四年に卒業して、すぐに父の創業した加賀商店を継いだ。証券仲買業を中心に、阪神地域の土地経営や奈良・吉野の山林経営をするなど、多角的に事業を展開し、後にニッカウヰスキーの創業にも参加する。加賀は在学中の四三年にヨーロッパを歴訪して、アルプスのユングフラウの登頂に成功した。これは日本人初のヨーロッパアルプス高峰への登頂だった。また、蘭の栽培家としても有名で、ヨーロッパ歴訪も植物園見学が重要な目的だった。以上、『大山崎山荘と蘭花譜』による。

(16) 加賀の別荘は大山崎山荘美術館として現存しているが、漱石が設計図を見せられて、大正六年に竣工した別荘は、庭を中心としたものだった。

(17) なお、「東京築地の名ある料亭を経験した和食、洋食、中華の三人の板前が住み込み、三渓指導のもとに腕をふるい、それらが最良の環境と雰囲気の中で供せら」れる「原家の食事が素晴らしく、美味であった」(松田延夫「偉大なる芸術のパトロン」)ことも、漱石の居心地をよくしたかもしれない。

第三章　表象としての「金持」

1　漱石と市場社会

漱石の作品世界を経済的な視点から見た評論・研究として、まず、あげるべきなのは、荒正人の「漱石文学の物質的基礎」(「文学」昭28・10)だろう。荒は「一般に、漱石ほど、作品や、他の文章のなかで金銭のことに言及した作家はゐない、とされてゐる。つまりかれは、物質的状況と人生乃至は文学のつながりをきはめて重くみてゐたのである。森鷗外とも、自然主義の作家たちとも、白樺派の青年たちとも、かれはこの一点において、きびしく異つてゐる。」と述べて考察を始めた。

そして『明暗』について「津田の余裕のある二代目風の俗物的生活態度とその物質的基礎の関係は、論理的にも、倫理的にも究め尽されてゐない」と指摘した。その理由について、漱石は「広い意味で知識をすべてに勝るものと考へ、それ以外に思考の軸を動かさうとはしなかつたから。むろん、かれはビュルガーともたたかひ、また、『家』とも半ばたたかつてゐる。だが、知識の物質的基礎への省察を怠つてゐた。それた中途で抛棄《ほうき》してしまつた。」と結論している。一方、荒とは対照的な考察を展開しているのは小森陽一である。

小森によれば、漱石の描く作品世界では、「すべては金銭に置き換えられ、貨幣がすべてを表象する時代」にふさわしく、「互いに命を投げ出し合うような男同士の愛情を表現する手段、表象する形式は最早存在しない」、「野分」の「道也の執筆した『人格論』は、彼が最も批判した、金銭の力、百円という金銭で、『知己』であり、最も己れを知る読者であるはずの高柳周作に買い取られてしまうのである」（「男になれない男たち」『漱石論　21世紀を生き抜くために』岩波書店、平22・5刊）。また、「あたかも自らが金銭で売り買いされる商品であることを暗示するかのように」「女たちは、必ず金銭とともにあらわれる」（「漱石の女たち——妹たちの系譜」同前）のである。

小森の指摘した特徴は、金力への強烈な批判をした「野分」だから存在していたわけではなかった。小森は『三四郎』についてこう述べている。

美禰子が三四郎に「三拾円」という彼の月々の仕送りを上回る金額を貸すことができたのは、ごくわずかな期間ではあっても、彼女が経済的な主体であったことを示している。同時にそれが持参金である以上、男と男の間で売り買いされる、商品としての女の値段でもある。それとは裏腹に、与次郎が三四郎に借りた「二十円」の借金をめぐる金銭の流通過程は、男たちがいかに経済的な主体たりえなかったか、つまり大人になれない子供たちであったかをあぶり出している。（「個人と活字——『三四郎』における文字のドラマトゥルギー」同前）

そして、小森は「いずれにしても、東京帝国大学講師や第一高等学校の教師でさえ、消費と流通の現金経済が支配する東京という都市の中で自立するのは大変なことなのであり、ましてや学生である与次郎や三四郎に経済的主体となることなど無理なのである。しかし経済的主体にならない限り、恋愛や結婚の主体になれないことも事実なのだ。」（同前）と結論づけている。

漱石は「金」に対する嫌悪感をあれほど表明していたにも拘わらず、かえって、「金」によってすべての関係が取引され、換算されていく過程や、その際に生ずる矛盾・葛藤・疎外の諸相を的確に描いていたのである。小森の指摘を、『門』などの他の作品に適用することは可能である。

また、漱石の市場原理批判として注目されるのは「金」（「永日小品」「大阪朝日新聞」明42・3・1）である。「金」の語り手「自分」は友人の空谷子から、金を色分けして、流通する範囲を同じ色の領域に限定するべきだという考えを聞かされる。その理由はこうだ。

「金はある部分から見ると、労力の記号だらう。所が其の労力が決して同種類のものぢやないから、同じ金で代表さして、彼是《ひし》相通ずると、大変な間違になる。例へば僕がこゝで一万噸の石炭を掘つたとするぜ。其の労力は器械的の労力に過ぎないんだから、之を金に代へたにした所が、其の金は同種類の器械的の労力と交換する資格がある丈ぢやないか。然るに一《ひと》度《たび》此の器械的の労力が金に変形するや否や、急に大自在の神通力を得て、道徳的の労力とどん〳〵引き換へになる。さうして、勝手次第に精神界が攪乱されて仕舞ふ。不都合極まる魔物ぢやないか。だから色分にして、少し其の分を知らしめなくつちや不可んよ」

漱石は「労力」と報酬の関係は階層によって制限がかけられるべきだと考えている。ある「労力」に対する報酬は同一階層内で等価に交換されるのはよいが、下位の階層で得られた報酬と上位の「労力」が等価に交換されるべきではないのである。「道徳的の労力」は「一万噸の石炭を掘つた」「器械的の労力」とは別格で扱わなければならないと主張していた。漱石が、「労力」の質を無視して、フラットに換算してしまう金銭の機能をいかに嫌悪していたかがわかるだろう。

しかし、一方で、漱石は、朝日新聞社入社以降は間違いなく、小森のいう「経済的主体」を確立することに成功していた。そのうえ、限られた体験だったかもしれないが、「金持」と出会い、彼らの文化的な活動にも触れていた。こうした経験は漱石の作品世界に影響していたのだろうか。それを確かめるために、漱石の描いた「金持」の姿を見ていくことにしよう。

2　描かれた「金持」(1)——『虞美人草』『坑夫』『三四郎』

最初の新聞小説、『虞美人草』（明40・6・23〜10・29、「大阪朝日新聞」は10・28に終了）は、「遺産相続をめぐるお家騒動の話」（石原千秋・小森陽一「『虞美人草』——読めば読むほど、怖い」『漱石激読』河出ブックス、平29・4刊）である。したがって、「金持」の家族が描かれているはずであるが、彼らの経済活動は描かれていなかった。甲野家の場合は病死により、宗近家の場合は引退しているらしく、財をなした父親は、甲野家の場合は病死により、宗近家の場合は引退しているらしく、彼らの経済活動は描かれていなかった。また、後を継ぐべき長男たちも大学を卒業しているものの、甲野欽吾は哲学者であり、宗近一は「外交官の試験」（八）の結果を待っている状況である。「お家騒動」の渦中にあるのは甲野家だが、欽吾の異母妹藤尾が遺産を横取りしても、結婚相手と考えている小野清三は文学士であり「詩人」（十二）である。小野は博士論文を書くかも知れないが、実業界に進出する可能性はほとんどなかった。『虞美人草』に登場する人物に「金持」はいるかもしれないが、描かれた世界は経済活動そのものとは縁遠かったのである。

　しかし、両家とも「金持」らしく、道具類は豊富に所蔵しているようだ。藤尾の部屋の床の間に掛った菊池容斎の掛け軸や「平床に据ゑた古薩摩の香炉」（二）などがそのことを暗示している。藤尾の死の床に「逆《さか》に立てたのは二枚折の銀屏」で、「落款は抱一」（十九）だった。[1] また、「白磁の香炉」があり、違い棚には、「小豆色に古木の幹を青く盛り上げて、寒紅梅の数点を螺鈿擬《まがい》に錬りだし」、「裏は黒地に鶯が一羽飛んでゐる」「高岡塗の蒔絵の硯筥《すずりばこ》」と「蘆雁の高蒔絵」があった（同前）。

　宗近家でいえば、父親は「唐木の机に唐刻の法帖を乗せて」謡曲の「鉢の木を謡つて居る」（十）。実際、父親は「謡の会」（十三）に出掛けている。いかにも「金持」らしい姿である。また、「六畳の中二階」では、「小気味よく開け放ちたる障子の外には、二尺の松が信楽の鉢に、蟠《わだか》まる根を盛りあげて、くの字の影を椽に伏せる。一間の唐紙は白地に秦漢瓦鐺《しんかんがとう》の譜を散らしに張つて、引手には波に千鳥が飛んでゐる。つゞく三尺の仮の床は、軸を嫌つて、籠花活に軽い一輪をざつくばらんに投げ込んだ。」（十）とある。

八畳の座敷は「長押作りに重い釘隠を打つて、動かぬ春の床には、常信の雲龍の図を奥深く掛けてある。薄黒く墨を流した絹の色を、角に取り巻く紋緞子《もんどんす》の藍に、寂びたる時代は、象牙の軸さへも落ち付いてゐる。唐獅子を青磁に鋳る、口許《くちばかり》なる香炉を、どつかと据ゑた尺余の卓は、木《は》理《だ》は光沢《つや》ある膏《あぶら》を吹いて、茶を紫に、紫を黒に渡る、胡麻濃やかな紫檀である。」（十三）と紹介されている。

　父親の居室については、「茶がかつた平床には、釣竿を担いだ蜆子《けんす》和尚を一筆に描いた軸を閑静に掛けて、前に青銅の古瓶を据ゑる。鶴程に長い頸の中から、すいと出る二茎に、十字と四方に囲ふ葉を境に、数珠に貫く露の珠が二穂《ふたほ》宛《ずつ》偶を作つて咲いてゐる。」（十六）と描かれている。茶の湯との関わりは不明だが、いかにも金の掛った装飾であるように思われる。

　だが、父親が古道具屋から「壱円八十銭」で買った煙草盆を「掘出」ものの「祥瑞《しょんずい》だと騒いだ」（十六）ことから明らかなように、父親は数寄者とは程遠い倹約家であり、目利きとはいえないだろう。明末に景徳鎮の民窯で作られ、茶道具として珍重される染付磁器が何であれ、「壱円八十銭」で買えるわけがなかった。したがって、父親がこの調子で収集していたとしたら、宗近家所蔵の道具類には相当数の贋物が混ざっていたはずである。宗近家を当時の「金持」の典型と考えるわけにはいかない。

　一方、甲野家の場合、問題となるのは邸宅の狭さである。藤尾の母が自分の居室の六畳間を出ると、「椽を左に突き当たれば西洋館で、応接間につづく一部屋は欽吾が書斎に使つてゐる。右は鍵の手に折れて、折れたはづれの南に突き出した六畳が藤尾の居間となる」（十二）。小野は「内玄関の方から、茶の間の横を通つて、次の六畳を、廊下へ廻らず抜けて来る」（同前）。そして、藤尾の居間の東側に緋鯉のはねる池がある。欽吾の書斎から「仏蘭西窓を抜けて二段の石階を芝生へ下る」（十七）と、「芝生は南に走る事十間余にして、高樫の生垣に尽くる。幅は半ばに足りぬ。繁き植込に遮ぎられた奥は、五坪程の池を隔てゝ、張出の新座敷には藤尾の机が据ゑてある」（同前）。

甲野家の邸宅は和館と洋館が併設されているなど、一見、「金持」らしい姿を見せているものの、敷地・庭といい、建物といい、こぢんまりとしていた。語り手は欽吾の書斎を説明する中で、「もとは父の居間であつた。仕切りの戸を一つ明けると直《すぐ》応接間へ抜ける。残る一つを出ると内廊下から日本座敷へ続く。洋風の二間は、父が手狭な住居を、廿世紀に取り拡げた便利の結果である。趣味に叶ふと云はんよりは、寧ろ実用に逼られて、時好の程度に己れを委却した建築である。左程嬉しい部屋ではない。」（十五）と評していた。

したがって、彼らを「金持」と位置づけたとしても、漱石が嫌悪していた「金持」ほどの財力をもっていたかは疑問である。むしろ、漱石が嫌悪するほどの財力がなかったゆえに、欽吾や一たちは肯定的に描かれていたと考えた方が適切かも知れない。いずれにせよ、漱石は最初の新聞小説で「金持」を取りあげなかったのである。

『虞美人草』に続く『坑夫』（明41・1・1〜4・6）は一青年が坑夫になりそこねた顛末を語った

もので、当然のことながら「金持」が直接描かれているわけではなかった。関連があるとすれば、語り手が「相当の地位を有つたもの、子である」（十二）という設定だろう。しかし、父親が「相当の地位」にあるはずなのに、彼の失踪が新聞沙汰になっているわけでもないし、また、警察などの捜索があったわけでもない。したがって、『坑夫』の語り手を漱石が嫌悪するような「金持」の子弟とするわけにはいかないだろう。

続く『三四郎』（明41・9・1〜12・29）は、周知のように、東京帝国大学文科大学に入学するため、熊本から上京した小川三四郎が接点をもった、いわゆる本郷文化圏で活動する人々が中心に描かれている。そのせいもあって、三四郎自身が地主であることを除けば、「金持」への言及はほとんどなかった。その三四郎も大地主とはいえないだろう。もし、実業界や官界に関連している人物がいるとすれば、里見美禰子の兄恭助、美禰子と結婚する「若い紳士」（十の八）ぐらいだろう。後者は、三四郎の目には、「黒い帽子を被つて、金縁の眼鏡を掛けて、遠くから見ても色光沢《つや》の好い男」、「脊のすらりと高い細面の立派な人」、「髭を奇麗に剃《す》つてゐる。それでゐて、全く男らしい」（同前）と映っていた。

もちろん、彼らは「金持」予備軍であっても、「金持」そのものではなかった。他にあげるとすれば、三四郎が、借家探しをしている広田に「大きな石の門が立つてゐる」「奇麗な」貸家を勧めた場面（四の二）のやり取りである。

広田は三四郎がその貸家にふれたとたんに、「石の門は不可《いか》ん」と否定した。その理由は、与次郎が「石の門は可いがな。新らしい男爵の様で可いぢやないですか、先生」と混ぜっ返したことでわかってくる。広田は「新らしい男爵」、新華族の男爵が自らの権勢を顕示しているような家を嫌悪したのである。新華族は、大名・公卿のように家柄でなく、国家に対する特別の勲功によって新たに華族となった人々で、多くは軍人や実業家だった。明治二九年に三井八郎右衛門高棟、岩崎弥之助、岩崎久弥、同三三年には渋沢栄一が男爵に授爵されていた。広田は彼らに対する嫌悪感を表明したのである。

したがって、漱石が現役の実業家、すなわち「金持」を正面から描いた最初の作品は『それから』（明42・6・27〜10・14）ということになる。

3　描かれた「金持」(2)――『それから』『彼岸過迄』

『それから』の主人公の長井代助は、実家からの経済援助によって暮しているにも拘わらず、実家の蓄財に関して疑念をもっていた。代助は、日糖事件(2)の報道に触発されて、こう述べていた。

（前略）父も兄もあらゆる点に於て神聖であるとは信じてゐなかつた。もし八釜敷い吟味をされたなら、両方共拘引に価する資格が出来はしまいかと迄疑つてゐた。それ程でなくつても、父と兄の財産が、彼等の脳力と手腕丈で、誰が見ても尤《もつとも》と認める様に、作り上げられたとは肯《うけが》はなかつた。（中略）父と兄の如きは、此自己にのみ幸福なる偶然を、人為的に且政略的に、暖室《むろ》を造つて、拵え上げたんだらうと代助は鑑定してゐた。（八の一）

代助によれば、成功した実業家は〈不正〉を犯しているはずなのである。こうした見方は、平岡が大倉組の不正の実例を代助に語る箇所（十三の六）によって裏付けられている。

（前略）日清戦争の当時、大倉組に起つた逸話を代助に吹聴した。その時、大倉組は広島で、軍隊用の食料品として、何百頭かの牛を陸軍に納める筈になつてゐた。それを毎日何頭かづつ、納めて置いては、夜になると、そつと行つて偸《ぬす》み出して来た。さうして、知らぬ顔をして、翌日《あくるひ》同じ牛を又納めた。役人は毎日々々同じ牛を何遍も買つてゐた。が仕舞に気が付いて、一遍受取つた牛には焼印を押した。所がそれを知らずに、又偸み出した。のみならず、それを平気に翌日連れて行つたので、とう〳〵露見して仕舞つたのださうである。

ただし、代助や平岡の見方は漱石独自のものというよりも、「金持」に対する一般的なイメージといってよかった。永谷健によれば、実業家たちは、明治二〇年代前半には「『僥倖』をわがものとした〝詐欺師〟のイメージが込められ」た、「金銭的にダーティな『奸商』として語られ」ていた（「上流階級イメージの変容」前掲書）。そして三〇年代にかけて、彼らは「富豪」と呼ばれるようになるが、「社会の『上流』に位置しつつも金銭的にはダーティであるという、きわめてアンビヴァレントな存在として位置づけられて」「〝奸商紳士〟のイメージ」（同前）が形成された[3]。

こうしたイメージに対抗するために、「金持」たちは、「雑誌のコラムに記事を載せたり、自叙伝を出版したりすることをつうじて、自己の事績・処世訓・経営理念といったものを披露し」たり、「成功の軌跡を饒舌に語り、また、自分の依拠してきた成功の哲学を盛んに吹聴」することで「高潔なキャラクターを付与して」、自らを「偶像化」しようとしていた（永谷健「理想的実業家像の形成――偶像化のプロセスと『実業之日本』」前掲書）。代助の父得が「何によらず、誠実と熱心へ持つて行きたが」（三の四）ったり、「誠者天之道也《まことはてんのみちなり》」（同前）という額を麗々しく飾ってあるのは、当時の実業家のパロディーと見ることができるだろう。

例えば、政商として軍用品の調達で巨額の富を築いた大倉喜八郎は長井得を思わせる主張をしていた。「何事も誠意を以て応酬すれば、到る処に於て敵《てき》はないものである」、「誠の一字は総てを成就せしむ」（「第三編　商戦必勝法」『致富の鍵』丸山舎書籍部、明44・10刊）といった具合である。そして、「私の商売丈けに就いて云ふならば、成功の根本基礎とも成るものは何かと云ふに、何よりも先づ、経験と誠実と胆力との此の三つ、これが無ければ如何に敏腕家でも、何でも所詮成功はしない。私は此の経験、誠実、胆力の三つを成功の真髄と心得て居る。就中誠実が欠けては、物にならぬ。誠実の欠けた仕事に、長く続いた者があるか、何うも誠実が無いと、目前一時の利己主義に傾いて了つて、国家や社会は何うなつても可いと云ふ風になる。さう云ふ奴が即ち所謂一攫千金を夢みる連中で、碌な成功が出来るものか」（「第五編　立身出世策」同前）と主張していた。

代助や平岡からすれば、まさに自らを省みない噴飯ものの主張でしかないだろう。白井道也が嫌悪する、「学者」の領分を侵して「人生問題」・「道徳問題」・「社会問題」を得意げに語る実業家の一例ということになるだろう。だが、一方で、大倉は「文人墨客との交際」を語り、狂歌や一中節を趣味とし、仏像をコレクションしていることを明かしている（「第一編　奮闘積富の生涯」同前）。ちなみに、大倉のコレクションは、大正六年の大倉集古館創設につながっていくことになる。また、大倉は益田孝について、「事に当るの精力が旺盛なることは又特別で、天下何人も驚歎せざるを得ない位である。」と述べる一方で、「却々《なかなか》趣味を解した人」、「茶道にかけては、有名な達人として斯界に知られて居る」（「第七編　人物の偉力」同前）と紹介している。

大倉たちにも、彼らなりの「趣味」や文化的活動があったというわけである。漱石が嫌悪する三菱財閥の岩崎弥之助は明治二五年に漢籍を中心とした静嘉堂文庫を創立していた。明治四〇年に清国の学者の旧蔵書約四万五〇〇〇冊を購入したことは有名である。「東京朝日新聞」は「蔵書二十万巻」に及ぶ「和漢書の収蔵に於ては天下第一」（「●和漢書廿万巻／▽岩崎家の静嘉堂文庫」明41・10・28朝刊）であると報じていた。「今は唯有志の読書人の或る縁故を以て就て披閲する事を許して」いるに過ぎないが、四一年三月に死去した弥之助は「近き将来に大文庫を建築して公開する意思」をもっていたという。記事では、重野《しげの》安繹《やすつぐ》が『国史総覧稿』の編纂のために毎週二回文庫に通っていることを伝えている。

漱石は彼らの文化的な方面での活動や貢献を無視して、批判されるべき形象として長井得らを描いたことになるだろう。だが、ここで気になるのは、実業家としての得や誠吾のリアリティである。はたして、彼らは、益田孝のような実業家と交際できたのだろうか。

確かに、得には「書画骨董」の趣味があり（十二の六）、「詩の会」（五の三）に行き、「詩が好《すき》で、閑があると折々支那人の詩集を読んでゐる」（九の三）とある。しかし、得が煎茶を好んでいるとか、所蔵している「書画骨董」を茶道具として使用していたとするのは困難だろう。

語り手は「十二の六」でこう述べていた。

　卓上の談話は重に平凡な世間話であつた。始《はじめ》のうちは、それさへ余り興味が乗らない様に見えた。父は斯う云ふ場合には、よく自分の好きな書画骨董の話を持ち出すのを常としてゐた。さうして気が向けば、いくらでも、蔵から出して来て、客の前に陳《なら》べたものである。父の御蔭で、代助は多少斯道《このみち》に好悪を有《も》てる様になつてゐた。兄も同様の原因から、画家の名前位は心得てゐた。たゞし、此方は掛物の前に立つて、はあ仇英《きゆうえい》だね、はあ応挙だねと云ふ丈であつた。面白い顔もしないから、面白い様にも見えなかつた。それから真偽の鑑定の為に、虫眼鏡などを振り舞はさない所は、誠吾も代助も同じ事であつた。父の様に、こんな波は昔の人は描かないものだから、法にかなつてゐない抔といふ批評は、双方共に、未だ嘗て如何なる画に対しても加へた事はなかつた。

彼らは「書画骨董」の鑑賞をしているだけなのである。そういえば、語り手が長井家の茶器に言及したのは、「丸い紫檀の刳抜盆《くりぬきぼん》が一つ出てゐて、中に置いた湯呑には、京都の浅井黙語の模様画が染め付けてあつた。」(十一の六)とあるぐらいである。得たちは茶道具を収集しない実業家である可能性が高い。そのうえ、長井家には茶室もないようだ。最近、長井家は和館に接続する洋館を新築して、一流の実業家の邸宅らしい体裁を整えたが、語り手は茶室の存在を暗示さえもしていない(4)。

代助はもちろんのこと、得や誠吾でも、例えば、茶の湯好きの三井財閥系の実業家と公私にわたる親密な交際ができたとは考えにくい。特に、誠吾の場合、この時期の実業家として活動するためには、茶の湯を「趣味」とすることが必須だったはずだ。誠吾は『それから』の構想を記した「断片五一A」によれば、四〇歳である。時間設定は明治四二年なので、数え四〇歳の誠吾は明治三年生まれと考えられる。近代数寄者でいえば、明治元年生まれの原富太郎(三渓)、二年生まれの藤原銀次郎(暁雲)、六年生まれの小林一三(逸翁)、八年生まれの松永安左エ門(耳庵)らと同世代ということになるはずだ。

しかし、語り手が、誠吾の活動を「待合へ這入つたり、料理茶屋へ上つたり、晩餐に出たり、午餐に呼ばれたり、倶楽部に行つたり、新橋に人を送つたり、横浜に人を迎へたり、大磯へ御機嫌伺ひに行つたり、朝から晩迄多勢の集まる所へ顔を出して」(五の四)いると紹介しているように、誠吾が茶事や茶会に出席した形跡はなかった。

漱石が長井得・誠吾と同様に、現役の実業家として描いていたのは『彼岸過迄』（明45・1・2〜4・29）に登場する田口要作である。田口は「官吏から実業界へ這入つて、今では四つか五つの会社に関係を有つてゐる相当な位地の人」（「停留所」三）で、義姉の須永の母から「実の所忙しい男」、「実意のある剽軽者《ひょうきんもの》」（同前　十二）と紹介されていた。

田口の家は、外からのぞくと、「思つたより奥深さうな構《かまえ》」だが、「門内に這入つた所では見付程手広な住居《すまい》でもなかつた」（同前　八）。日本間は「十畳程の広い座敷で、長い床に大きな掛物が二幅掛かつて」いて、訪れた田川敬太郎は「茶色になつた古さうな掛物の価額《ねだん》を想像」（「報告」二）している。住宅の狭さは気になるが、道具からすると、実業家らしさが演出されているように思われる。

だが、松本の「第一あゝ忙がしくしてゐちあ、頭の中に組織立つた考《かんがえ》の出来る閑《ひま》がないから駄目です。彼奴《あいつ》の脳と来たら、年が年中摺鉢《すりばち》の中で、擂木《すりこぎ》に攪《か》き廻されてる味噌見たやうなもんでね。あんまり活動し過ぎて、何の形にもならない」、「夫でゐて、碁を打つ、謡を謡ふ。色々な事を遣る。尤も何れも下手糞なんですが」（「報告」九）という評価を聞くかぎり、能楽や茶の湯を本格的に嗜む近代数寄者とは思われない。[5]　松本は「本来は美質なんです。決して悪い男ぢやない。唯あゝして何年となく事業の成功といふ事丈を重に眼中に置いて、世の中と闘かつてゐるものだから、人間の見方が妙に片寄つて、此奴は役に立つだらうかとか、此奴は安心して使へるだらうかとか、まあそんな事ばかり考へてゐるんだね。」（同前　十四）と、田口を見ていた。つまり、田口は市場のために「美質」を害された人物でしかない。

長井家といい、田口といい、彼らが活躍中の実業家ならば、社交のため、取引のために茶の湯の嗜みを身につけていたはずである。茶の湯を嗜まない実業家や官吏では、政界・財界・官界のネットワークから脱落してしまう。漱石の描く「金持」は、現実の「金持」とは大きくずれていることになる。長井家や田口がその程度の、いわば二流の実業家にすぎなかったと考えればいいのかもしれないが、漱石が実業家の文化的活動を無視したために生じた問題と見ることもできる。そのことを確認するために、漱石の描いた人物で「趣味」を通して、政界・財界・官界のネットワークに接続している、あるいはそれが可能な人物を捜してみることにしよう。

4　描かれた「金持」(3)――『門』『行人』『こゝろ』『道草』『明暗』

ネットワークにつながっていないと不自然なのは、『門』（明43・3・1～6・12）の坂井や『行人』（大1・12・6～2・4・7、9・18～11・15、「大阪朝日新聞」は11・17に終了）の長野一郎の父だろう。坂井は宗助に「普通一般に知れ渡つた事も大分交つて」いるものの、抱一の屏風の「品評やら説明やら」をできるし、「書にも俳句にも多くの興味を有つて」（九の六）いる。先祖伝来の道具類も所蔵しているとも思われる。しかし、茶事を主催したり、招かれている様子はない。語り手に「酒も呑み、茶も呑み、飯も菓子も食へる様に出来た、重宝で健康な男」(二十二の三)と評されることからすれば、近代数寄者とは異なったタイプの人物であることは明らかだろう。宗助に尋ねられて、抱一の屏風を「八十円」の「掘出し物」(九の六)として買ったことを即答することを考えれば、茶道具に大金を使うとは考えられないだろう。

一方、長野の父は引退した高級官吏である。ある日の謡の会の参加者は、「貴族院の議員」と「ある会社の監査役」(「帰ってから」十二)である。しかし、「父は生来交際好《ずき》の上に、職業上の必要から、大分手広く諸方へ出入りしてゐた。公の務《つとめ》を退いた今日でも其惰性だか影響だかで、知《し》合間《あいかん》の往来は絶える間もなかつた。尤も始終顔を出す人に、夫程《それほど》有名な人も勢力家も見えなかつた。」(同前)とあるように、少なくとも、現時点では、政・財・官界を結ぶネットワークとは距離が生じているようだ。

といっても、謡の会を開くことからわかるように、父の趣味は、ネットワークを支える能楽である。ただ、父とその友人の謡う景清に対して、二郎が「胡麻節を辿つて漸く出来上る」(同前十二)と評しているところから見て、大した腕前ではないだろう。

一方、「書画骨董」に関しては、岡田に呉春、松村月渓の掛物を結婚祝いに贈ったり(「友達」二)、謡の会の席上に狩野探幽の「三幅対」(「帰ってから」十二)を懸けたりしているところから見て、本格的であることがわかる。しかも、二郎が家を出る際に贈った「小形の半切」について、「是でも渋いものだよ。立派な茶懸になるんだから」(「塵労」七)と説明しているところから見て、茶の湯の心得もあった。二郎は「上野の表慶館」で、父から「利休の手紙」、「御物《ぎょもつ》の王羲之」、「応挙の絵」、「玉《ぎょく》だの高麗焼」、初代酒井田柿右衛門についての解説を受けている（同前　八）。二郎は父の解説のおかげで、丸山応挙に尊敬の念を覚えることになった。

ただし、長野家には茶室はないようだ。『漱石全集』第八巻の注解を担当した藤井淑禎は「和洋折衷の二階建て住宅」であると考えていた[6]。また、二郎が表慶館で見た「のんかうの茶碗」——楽家三代目吉兵衛、道入の茶碗を「一番下らない」（同前　八）と評しているところから見て、二郎は掛け軸はともかくとして、他の茶道具に日常的に触れていなかったのではあるまいか。それは、父も日常的に茶の湯を嗜んでいなかったことを意味するだろう。官吏だった父は貴顕と交際する必要上、能楽や茶の湯の心得を持っているが、それほど熱心ではなかったと考えられる。

二郎とは異なって、日常的な接点をもっていたのは、『こゝろ』（大3・4・20〜8・11、「大阪朝日新聞」は8・17に終了）の「先生」だった。「先生」は父親の趣味の影響を受けていたのである。「先生」は父親を、「父は先祖から譲られた遺産を大事に守つて行く篤実一方の男でした。楽みには、茶だの花だのを遣りました。それから詩集などを読む事も好きでした。書画骨董といつた風のものにも、多くの趣味を有つてゐる様子でした」（五十八　下「先生の遺書」四）、「時々道具屋が懸物だの、香炉だのを持つて、わざ〳〵父に見せに来ました。父は一口にいふと、まあマンオフミーンズとでも評したら好いのでせう、比較的上品な嗜好を有つた田舎紳士だつたのです。」（同前）と紹介している。

ただし、「先生」の父親が好んでいた「茶」は煎茶だった。「私は詩や書や煎茶を嗜なむ父の傍《そば》で育つたので、唐《から》めいた趣味を子供のうちから有つてゐました。」(六十五　下「先生と遺書」十二)とあった。「先生」は煎茶趣味の感性、文人趣味を身につけていたのである。「先生」は叔父の処分を免れた、父親の「道具類」の中で「面白さうなものを四五幅裸にして行李の底へ入れて来」た。「先生」は「奥さん」と「御嬢さん」の家に「移るや否や、それを取り出して床へ懸けて楽しむ積りでゐた」(同前)。

しかし、「先生」が煎茶を楽しみ、文人趣味を満喫することはなかった。もちろん、Kとの間に生じた深刻な問題を考えれば、煎茶や文人趣味によって「先生」が救われるなどということはなかっただろう。ただし、「先生」が西洋の「書物に溺れやうと力め」(百六　同前五十二)たり、「酒に魂を浸して、己れを忘れやうと試みた」(百七　同前五十三)りしたのと、煎茶や文人趣味は同等の選択肢だったはずである。「先生」が一顧だにしていないところから見て、父親の趣味が「先生」に継承されなかったことは明らかである。

同様なことが、『行人』の一郎にもいえるだろう。一郎は和歌浦の旅館の「六枚折の屏風」の趣を味わう「父の薫陶から来た一種の鑑賞力を有つて」(「兄」十一)いるものの、それによって自らを救済できなかった。漱石は自らが楽しむ文人趣味によっては癒されない、世代的にギャップのある男たちを描いていたのである。

『道草』には、ネットワークの内部にいたことが明確な人物が登場する。いうまでもなく、主人公健三の妻お住の父親である。(7) 健三は、「西洋館に続いて日本建も一棟付いてゐた」官邸に住んでいた頃、「五人の下女と二人の書生」がいた全盛期の、「絹帽《シルクハット》にフロックコートで勇ましく官邸の石門を出て行く」(七十二) 姿や、「千円」を「私に預けて御置きなさると、一年位経つうちには、ぢき倍にして上げます」という「一種の怪力」(同前)、経済的な手腕を自負する姿を思い起こしている。

しかし、物語の現在で描かれるのは、彼の手腕が裏目に出て陥った経済的な苦境だった。彼は健三に「金策談」(七十三) を持ちかけるが、「何処へ頼んでも、もう判を押して呉れるものがないので、しまひに仕方なしに彼の所へ持つて来た」(七十四) というところまで落ちぶれていたのである。

『道草』に描かれたのはネットワークから脱落した高級官吏だった。そうなると、漱石が描いた人物で、唯一、益田孝らと交際できそうなのは、『明暗』(大5・5・26〜12・14、「大阪朝日新聞」は12・26に終了) の岡本である。

『明暗』には、岡本以外に、津田の上司吉川、津田の妹の結婚した堀庄太郎といった「金持」が描かれている。(8) 吉川の場合、描かれた範囲では、趣味が何であるか特定できない。また、邸宅に関しても、「西洋建の応接間」(十) があることがわかる程度である。和館と洋館が併設されている可能性もあるが、文化住宅程度の可能性もあって、(9) 吉川をネットワークに参加している「金持」かどうか、判定するのは困難である。堀の場合、語り手は先代の残した財産によって、「金に不自由」なく「自由に遊び廻る」「道楽もの」（九十一）と紹介している。堀は「金持」であるかもしれないが、近代数寄者たちと付き合って、財界に積極的に関与する投資家ではなさそうだ。

一方、現在、「多年の多忙と勉強のために損なはれた健康を回復するために、当分閑地に就いた」（七十五）岡本は「自分の意匠通り住居を新築し」（六十）、自ら新たに作庭をしていた。彼は「造りたての平庭を見渡しながら、晴々した顔付きで、叔母と二言三言、自分の考案になつた樹や石の配置に就いて批評し」（六十六）、お延に「来年はあの松の横の所へ楓を一本植ゑようと思ふんだ。何だか此所から見ると、あすこ丈穴が開いてるやうで可笑しいからね」（同前）と述べている。漱石は、自分の趣味に基づいて作庭する、近代数寄者らしい人物を初めて描いたのである。

しかも、岡本邸には茶室がしつらえてあったようだ。岡本はお延に「通草《あけび》」を「今その庭の入口の門の上へ這はせようといふんだ。一寸好いだらう」（六十）と語りかける。「お延は網代組の竹垣の中程にある其茅門《かやもん》を支へてゐる釿《ちょうな》なぐりの柱と丸太の桁を見較べ」（同前）るが、彼女には岡本の説明がよくわからなかった。「茅門」は「庭園や露地の入り口に構えられる茅葺の風雅な門。二本の柱に竹または丸太のまま、釿なぐりの木を使用、屋根は切妻・入母屋・寄棟とする。」（『角川茶道大事典　普及版』）のことである。だとすれば、岡本邸に茶室があっても不自然ではない。(10)

また、語り手は、岡本が「社交上極めて有利な」「話術」の持主で、それが「彼の成効に少なからぬ貢献をもたらしたらしく思はれる」（六十一）と指摘していた。これは加賀正太郎や原三渓との体験を活かした人物造型の可能性があるだろう。

ようやく、『明暗』で、漱石の「金持」体験の反映を見ることができた。しかし、『明暗』において、現実の「金持」の姿に近い岡本が重要な役割を担っていたとは考えにくい。津田という会社員の限定された経済力によって進行する『明暗』では、小森が指摘した特徴が遺憾なく発揮されているからだ。

5　市場原理を超越する人々

印象深い場面はいくつもあるが、例えば、津田が小林の餞別を渡す場面はどうだろうか。津田は小林にさまざまに翻弄される。そして、小林は、だめ押しとばかりに、津田から餞別にもらった三枚の十円紙幣を洋画家の原に差し出して、「さあ取り給へ。要る丈取り給へ」（百六十五）と言い放つ。津田が二人に「馬鹿」にされているのではないかと思った時に、「思ひ懸けない現象に逢着」（百六十六）する。

（前略）それは小林の並べた十円紙幣が青年芸術家に及ぼした影響であつた。紙幣の上に落された彼の眼から出る異様の光であつた。其所には驚ろきと喜びがあつた。一種の飢渇《きかつ》があつた。摑《つか》み掛らうとする欲望の力があつた。さうして其驚ろきも喜びも、飢渇も欲望も、一々真《しん》其物の発現であつた。作りもの、拵へ事、馴れ合ひの狂言とは、何うしても受け取れなか

つた。少くとも津田にはさうとしか思へなかつた。（同前）

作品が売れない原は是非とも金はほしいが、自分と同様に経済的に余裕のない小林から分け前を取るわけにはいかないと葛藤しているのである。原の葛藤に対して、小林は、「余裕」のある津田から貰ったばかりのものなので、「安々と君に遣れるんだ。」（同前）と解説する。

「（前略）もし是が徹夜して書き上げた一枚三十五銭の原稿から生れて来た金なら、何ぼ僕だつて、少しは執着が出るだらうぢやないか。額からぽた〳〵垂れる膏汗《あぶらあせ》に対しても済まないよ。然し是は何でもないんだ。余裕が空間に吹き散らして呉れる浄財だ。拾つたものが功徳を受ければ受ける程余裕は喜こぶ丈なんだ。（後略）」（同前）

原は、小林からとうとう一枚を受け取る。小林は津田に「珍らしく余裕が下から上へ流れた。けれども此処から上へはもう逆戻りをしないさうだ。だから矢っ張り君に対してサンクスだ」（同前）と述べて、三人は別れることになった。

道義的に上位にある小林によって、道義的に下位になる「金持」の「余裕」＝「金」が、原に再配分されることによって、「浄財」と化した。小林のしかけた寸劇は、一種のマネーロンダリングだったのである。(11) 津田は、思いがけず、「金」を「浄財」に変換するマネーロンダリングの一翼を担った。彼が、三枚の十円紙幣の持つ価値の違い——自分、小林、原にとっての価値の違いに直面したことは間違いない。『明暗』が中絶したため、津田がこのことをどう受けとめたのかは描かれていない。しかし、このマネーロンダリングは、「金」（「永日小品」）で指摘された通常の金銭の機能を逆転させたものであることは明らかだろう。

漱石は、「金」で、「一度此の器械的の労力が金に変形するや否や、急に大自在の神通力を得て、道徳的の労力とどん〳〵引き換へになる。さうして、勝手次第に精神界が攪乱されて仕舞ふ。不都合極まる魔物ぢやないか。だから色分にして、少し其の分を知らしめなくつちや不可んよ。」と主張していた。漱石は、小林によって、「精神界」を「攪乱」する「金」の力を逆転させた場面を描いたのではないだろうか。市場原理を嫌悪し批判する漱石の立場は一貫していたといえるだろう。結局、実業家の文化的活動は、漱石の視野に入ってはいたものの、軽視されていたといってといいだろう。

その意味で重要なのは、『道草』に描かれた〈啓示〉である。主人公の健三は金銭問題に悩んでいるが、語り手はこう予言していた。

彼は金持になるか、偉くなるか、二つのうち何方《どつち》かに中途半端な自分を片付けたくなつた。然し今から金持になるのは迂闊な彼に取つてもう遅かつた。偉くならうとすれば又色々な塵《わづ》労《らひ》が邪魔をした。其の塵労の種をよく〳〵調べて見ると、矢つ張り金のないのが大源因になつてゐた。何《ど》うして好いか解らない彼はしきりに焦《じ》れた。金の力で支配出来ない真に偉大なものが彼の眼に這入つて来るにはまだ大分間があつた。（五十七）

『道草』の語り手は、健三の視野に「金の力で支配出来ない真に偉大なもの」が浮かびあがってくる時が必ず訪れると予告していたのである。『道草』が自伝的小説である以上、石原千秋の指摘は正しいといわざるを得ない。「『今』から『ぼんやりした未来』までの時間が作り出すのは、一人の人間が『真に偉大なもの』を手に入れるまでの『成長物語』である。しかも、『真に偉大なもの』とは何かを具体的に示さないことによって、この言葉は永遠の目標になる。（中略）問題はこの『ぼんやりした未来』が『道草』執筆時に限りなく近く見えるところにある。その結果、これを書いた漱石には『真に偉大なもの』がすでに手に入っているのだという風に読めてしまうのである。語り手の力学は、健三を庶民の側に引きずり下ろしながら、同時に、語り手自身は健三が手にしていない『真に偉大なもの』を手にしているように見せている。そうである以上、読者は語り手こそが漱石に似ていると感じるだろう」（「沈黙と交換——『道草』」『漱石と日本の近代』（下）新潮選書、平29・5刊）。

石原は「『則天去私』神話まではもうあと半歩の距離しかない」、「神話の最大の演出家は、まちがいなく漱石自身なのだ。」と述べている。もっともな指摘だが、語り手が言及していたのは「金の力で支配出来ない真に偉大なもの」だった。つまり、未来の健三や作者漱石は「金の力」の支配力、つまり市場原理を超越する／したと述べているのではないだろうか。

『明暗』のマネーロンダリングはそうした自負のもとに描かれたのかもしれない。しかし、市場社会の中で経済活動をしている存在が市場を超越することなど不可能なはずである。また、健三はあきらめていたが、漱石自身は思いもかけぬことに（あるいは皮肉なことにというべきなのだろうか）、「金持」となって、健三の悩みは過去のものだったはずである。はたして、漱石は市場原理を越えた「真に偉大なもの」を把握することができたのだろうか。次章で確認したい。

□注

（1）酒井抱一の屏風の相場は、瀬木慎一編『東京美術市場史』の入札価格によれば、金地秋草二曲屏風（半双）が一〇一〇円（明44・3）、業平小町二枚折（半双）が五二二円（大6・10）、四季張交屏風（一双）が一〇〇〇円（大7・3）、三十六歌仙張交屏風（半双）が三二〇〇円（同前）だった。

（2）日糖事件は、明治四二年四月に各紙に報道された大日本精糖株式会社と代議士との贈収賄事件。大日本精糖が経営不振から脱出するべく、自社に有利な法案の策定を画策したことから引き起こされた。

（3）なお、明治四〇年代から大正期には、新たに「成金」が登場する。永谷健は、彼らが「完璧な『僥倖児』、完璧な蕩尽家として語られ」、「『勤倹貯蓄』という理想的な庶民像を忠実に逆倒した完全な陰画」であり、「『勤倹貯蓄』の理想像に対する『成金』という対立図式のなかで、『富豪』と華族は、両者の曖昧な中間形態として新たに捉えなおされ始めた」（「上流階級イメージの変容」）と指摘した。

（4）長井邸は、「近頃になつて建て増した西洋作り」の「客間」（三の五）、「居間」・「兄の部屋」（七の四)、「内玄関」・「座敷」(九の二)がある。「西洋作り」の「客間」は応接間でもあり、「次の間」(十二の五)もあった。代助は「書生部屋」から「座敷」、「座敷を通り抜けて、兄の部屋の方」(十一の六)に向かっている。また、代助は「廊下伝ひに中庭を越して」、縁側から「座敷を一つ通り越して、父の居間に這入つた」(九の三)。この他に「風呂場」(十四の二)もあった。なお、庭の描写もあるが、大きな庭とは思われないし、得や誠吾が作庭したとも説明されていない。

(5) 「高等遊民」を自称して、財界とは全く関係のなさそうな松本恒三の方に茶の湯の心得があった。松本は「僕は茶の湯をやれば静かな心持になり、骨董を捻くれば寂びた心持になる。其外寄席、芝居、相撲、凡て其時々の心持になれる。」(「松本の話」二)と述べていた。

(6) 藤井淑禎の注解には、「洋風応接間を備えた『文化住宅』が流行し始めており(中略)長野家の場合も基本的にはその範疇に入ると考えてよい」(『漱石全集』第8巻)とある。

(7) モデルの中根重一は、明治二七年「貴族院書記官長となり内幸町の官舎に入る」。『道草』に描かれた官舎である。「この頃が中根にとっての絶頂期」だった。三二年九月に「行政裁判所評定官に任ぜられる」が、「この以前から相場に失敗し、経済が逼迫していたらしい」。伊藤博文の「女婿末松謙澄の推薦」により、「内務省地方局長に任ぜられ」た(橋川俊樹「中根重一」平岡敏夫他編『夏目漱石事典』勉誠出版、平12・7刊)。三四年一二月に、内務省地方局長を辞職して以降、「困窮に陥」って、最終的には漱石に金策を頼むことになる(原武哲「中根重一」原武哲他編『夏目漱石周辺人物事典』笠間書院、平26・7刊)。三九年九月一六日に病死した。橋川俊樹の「『道草』――冬への収斂――(及び岳父・中根重一の『悲境』について)」(「稿本近代文学」昭61・11)も参照されたい。

(8) 津田の父親は「広島に三年長崎に二年といふ風に、方々移り歩かなければならない官吏生活を余儀なくされた」が、「十年ばかり前に、突然遍路に倦み果てた人のやうに官界を退いた。さうして実業に従事し出した。彼は最後の八年を神戸で費やした後、其間に買つて置いた京都の地面へ、新らしい普請をして、二年前にとう〳〵其所へ引き移つた」（二十）。貸家経営を営んでいて、「よし富裕でない迄も、毎月息子夫婦のために其生計の不足を補つてやる出費に窮する身分ではなかつた」（七）。津田の父親を「金持」と考えることはできないだろう。彼の趣味は、津田とお延との出会いのエピソード（七十九）からすると、漢籍の収集や漢詩を読むことだと思われるが、煎茶や文人画などについての言及はなかった。

（9）十川信介の注解には、「西洋風家屋の流行は大正三年の大正博覧会に展示された『文化住宅』の出現によって決定的となるが、それ以前から和風建築に部分的に洋間を附けた家屋が現われはじめていた」（『漱石全集』第11巻）とあるので、吉川家に洋館があるとは想定されていない。

（10）なお、岡本の娘継子は「余暇《ひま》に任せて色々のものを習つてゐた」、「ピアノだの、茶だの、花だの、水彩画だの、料理だの、何へでも手を出したがる」（五十九）と紹介されていた。岡本以外にも茶の湯の嗜みのある人物が岡本家にはいたことになる。

（11）『明暗』のマネーロンダリングは、「野分」の改良版だったのではないだろうか。「野分」十二章で、白井道也を師と慕う高柳が、「金持」の友人中野から療養のためにもらった「百円」で道也の原稿を買うことで、道也の窮地を救っている。作品は「愕然たる道也先生を残して、高柳君は暗き夜の中に紛れ去つた。彼は自己を代表すべき作物を転地先よりもたらし帰る代りに、より偉大なる人格論を懐にして、之をわが友中野君に致し、中野君とその細君の好意に酬いんとするのである。」と終っている。漱石は、友人の「好意」がより高級な「労力」の成果をもたらしたことを描いたつもりだったのではないだろうか。もちろん、小林のような人物が存在しない、この場面では「金」の何とでも交換しうる「大自在の神通力」が発揮されていると見ることもできる。

第四章　漱石は市場原理を越えられたのか？

1　漱石は自らをこう語った

章題に掲げた問題を考える出発点として、漱石自身の描く自己像を見ていくことにしたい。つまり、「金持」を嫌悪する漱石は、「金持」となってしまった自分をどう見ていたのかという問題である。すでに確認したように、漱石は小説家として活動し始めた段階で、同時代の小説家をはるかに凌駕する原稿料や印税を得ていた。しかも、教師の給料を合わせれば、トップクラスの官僚並の高収入となった。そのうえ、朝日新聞社に入社することによって経済的な基盤を一層堅固なものとしていた。

もちろん、朝日新聞社から多額の給料・賞与をもらっていることを考えれば、漱石を専業小説家とは呼べない。しかし、小説家として稀に見る経済的成功を収めたことは間違いなかった。漱石が嫌悪する岩崎や三井の収入とは大きな格差があるが、漱石を貧乏人とは呼べないだろう。同時代の小説家との比較からいっても、同時代の水準からいっても、漱石を「金持」に分類するしかないだろう。鈴木英雄は『夏目漱石と経済――ヘーゲルから浪子まで――』（近代文芸社、平8・6刊）の中で、大蔵省編『明治大正財政史』第六巻のデータより作成した大正二年の所得額別人員を示している。所得のあるのは九五万六三四六人だが、漱石の所得は七〇〇〇円以下五〇〇〇円超のランクなので、上位二・〇パーセントに入っている。もっとも多いのが一〇〇〇円以下で、全体の七六・〇パーセントを占めていた。ちなみに、一〇万円超が一九人、一〇万円以下七万円超が四六人、七万円以下五万円超が七五人だった。

しかし、漱石は自分の経済的成功を誇らしげに語ることはなかった。語るのは、その逆だった。例えば、漱石は「入社の辞」（明40・5・3）でこう述べている。

大学では講師として年俸八百円を頂戴してゐた。子供が多くて、家賃が高くて八百円では到底暮せない。仕方がないから他に二三軒の学校を馳《かけ》あるいて、漸く其日を送つて居た。いかな漱石もかう奔命につかれては神経衰弱になる。其上多少の述作はやらなければならない。酔狂に述作をするからだと云ふなら云はせて置くが、近来の漱石は何か書かないと生きてゐる気がしないのである。夫丈けではない。教へる為め、又は修養の為め書物も読まなければ世間へ対して面目《めんぼく》がない。漱石は以上の事情によつて神経衰弱に陥つたのである。

漱石は、大学講師の給料が安くて、〈その日暮らし〉をせざるを得なくなったうえに、小説を執筆したいという欲求が生じたために、「神経衰弱に陥つた」ように語っている。しかし、漱石は「二三軒の学校を馳あるい」た結果、年収一八六〇円、月収一五五円を得ていたわけで、これを低収入とするのは無理がある。

また、明治三八年以降は、原稿料・印税も入っていた。第一章で行った推計から月収を割出せば、明治三八年は約二三九円、三九年は約三六六円（あるいは約四一五円）に及んでいたはずである。明治三九年一〇月頃、「読売新聞」への入社交渉[1]のために訪問した正宗白鳥は、漱石が「『小説を書きだしてから、丸善の借金は済ました。』と、興もなげに云つたことだけは、今もなほ覚えてゐる」（「夏目漱石論」「中央公論」昭3・6、引用は『正宗白鳥全集』第二十巻、福武書店、昭58・10刊による）と証言していた。家計を逼迫させた最大の原因だったはずの洋書購入費の問題は簡単に解決していた。にも拘わらず、漱石は〈その日暮らし〉をしていたと表明したのである。[2]

「入社の辞」では、「新聞屋が商売ならば、大学屋も商買である。商売でなければ、教授や博士になりたがる必要はなからう。月俸を上げてもらふ必要はなからう。勅任官になる必要はなからう。新聞が商売である如く大学も商売である。新聞が下卑た商売であれば大学も下卑た商売である。只個人として営業してゐるのと、御上で御営業になるのとの差丈けである。」という一節が有名だ。

「教授や博士」と、社会的に下に見られがちだった新聞記者を、「商売」ということから対等に見ている漱石の視点は小気味よい。[3]権威に反発する漱石の面目躍如たるものがあるのだが、自分の経済状況についての説明になると、途端に歯切れは悪くなるのである。

　例えば、漱石は「文士の生活」（「大阪朝日新聞」大3・3・22）の冒頭でこう述べている。「私が巨万の富を蓄へたとか、立派な家を建てたとか、土地家屋を売買して金を儲けて居るとか、種々《いろ〳〵》な噂が世間にあるようだが、皆嘘だ。／巨万の富を蓄へたなら、第一こんな穢《きたな》い家に入つて居はしない。土地家屋などはどんな手続きで買うものか、それさへ知らない。此家だつて自分の家では無い、借家である、月々家賃を払つて居るのである。世間の噂と云ふものは無責任なものだと思ふ」。

確かに、漱石は「巨万の富」や「土地家屋」を所有していなかった。しかし、第一章で確認したように、この頃には、資産として株を所有しており、朝日新聞社からの年収三〇〇〇円程度の投資ができるようになっていたはずである。漱石はそのことには全く言及していない。自分の〈清貧〉さを証明しようとしてこう続けている。

先づ私の収入から考へて貰ひたい。私にどうして巨万の富の出来やう筈があるか――と云ふと、ではあなたの収入は？と訊かれるかも知れぬが、定収入といつては朝日新聞から貰つて居る月給である。月給がいくらか、それは私から云つて良いものやら悪いものやら、私にわからぬ。聞きたければ社の方で聞いて貰ひたい。それからアトの収入は著書だ。著書は十五六種あるが、皆印税になつて居る。すると又印税は何割だと云ふだらうが、私のは外の人よりは少し高いのださうだ。これを云つて了つては書屋《ほんや》が困るかも知れぬ。一番売れたのは『吾輩は猫である』で従来の菊版の本の外に此頃縮刷したのが出来て居る。此の両方合せて三十五版、部数は初版が二千部で二版以下は大抵千部である。尤も此三十五版と云ふのは上巻で、中巻や下巻はもつと版数が少い。幾割の印税を取つた処が、著書で金を儲けて行くと云ふ事は知れたものである。

一体書物を書いて売る事は、私は出来るならしたくないと思ふ。売るとなると、多少欲が出て来て、評判を良くしたいとか、人気を取りたいとか云ふ考へが知らず〳〵に出て来る。品性が、それから書物の品位が、幾らか卑しくなり勝ちである。理想的に云へば、自費で出版して、同好者に只で頒つと一番良いのだが、私は貧乏だからそれが出来ぬ。

衣食住に対する執着は、私だつて無い事は無い。いゝ着物を着て、美味い物を食べて、立派な家に住み度いと思はぬ事は無いが、只それが出来ぬから、こんな処で甘んじて居る。

漱石は「巨富の富」をもつ富豪たちと比較して、自分の収入の少なさを強調する一方、同時代の小説家とは比較にならないぐらい多額の収入を過剰に低く印象づけようとしている。朝日新聞社からの給料・賞与の額については、「社の方で聞いて貰ひたい」と言明を避けてしまう。年収三〇〇〇円だといってしまっては、説得力がなくなってしまうからに他ならない。

印税収入については、四版以降が三〇パーセントのきわめて高い印税率になっていることを隠し、「幾割の印税を取つた処が、著書で金を儲けて行くと云ふ事は知れたものである。」と、実態とは異なる説明をしている。

〈真実〉と思われるのは、『吾輩は猫である』に関する情報だろう。清水康次の「単行本書誌」によれば、初刊本の上編（定価95銭）は、初刊本『心』（大3・9・20刊）の「巻末の著作目録」から「少なくとも二〇版までは重版があったものと考えられ」、縮刷本『吾輩ハ猫デアル』（明44・7・2刊、定価1円30銭）は第一八版が大正三年九月六日に出版されていた。「三十五版」というのは事実の可能性が高い。初刊本中篇（定価90銭）は、『心』の「巻末の著作目録」から「少なくとも一四版までは」、下編（定価90銭）は同様に「少なくとも一〇版までは重版があったものと考えられる」。

漱石が〈真実〉を口にしているかどうか、確認するために、印税の推計をしてみよう。仮に、漱石が語っている時点での初刊本上編が一八版、縮刷本一七版とし、初刊本の初版のみ二〇〇〇部とし、増刷は一回一〇〇〇部とすると、初刊本は一万九〇〇〇部、縮刷本が一万七〇〇〇部である。印税率は第一章と同じ一八・三パーセントとすると、(4) 印税はそれぞれ約三三〇三円、約四〇四四円で、計約七三四七円である。同様に、中篇を一二版、下編を八版として、初版を二〇〇〇部として計算すると、それぞれ、一万三〇〇〇部、九〇〇〇部である、印税はそれぞれ、約二一四一円、約一四八二円となる。

『吾輩は猫である』上編出版以降、足かけ九年間で、稼いだ印税は一万九七〇円となる。年平均約一二一九円である。漱石にとって『吾輩は猫である』は月収一〇〇円を稼いでくれる働き手だったのである。漱石はこの稼ぎを「知れたものである」といっているが、賛同する小説家はほとんどいなかったに違いない。

漱石は、著書で生計を立てることからくる商業主義に毒される嫌悪を語り、自費出版によって

「同好者に只で頒つ」ことが〈理想〉であると述べている。その〈理想〉を妨げているのが「貧乏」であるとし、また、そのために「衣食住」でも〈理想〉が実現できないと明言している。〈その日暮らし〉をする〈清貧〉な小説家として自らを語る発言は、印税と株の運用によって実現している豊かな生活を隠蔽するものといわざるを得ない。漱石は自分が文学市場の頂点を極め、金融資産を保持する〈経済人〉であることを忘れてしまったのだろうか。まるで、後に描くことになる、『明暗』の藤井だといわんばかりである。漱石と同じく早稲田近辺に居住すると思われる藤井は語り手によって「一種の勉強家であると共に一種の不精者に生れ付いた彼は、遂に活字で飯を食はなければならない運命の所有者に過ぎ」（二十）ず、「物質的に不安なる人生の旅行者であつた。」（二十二）と評されていた。

ただ、興味深いのは、漱石が岩波書店から『心』を自費出版したことだ。これは〈理想〉の実現を試みたものなのだろうか。そうだとすると、漱石は自分が「貧乏」ではないことを密かに認めたことになるのだが、『硝子戸の中』十五（大4・1・27）を見る限り、そうではないようだ。

ここでも、漱石は「私は御存じの通り原稿料で衣食してゐる位ですから、無論富有とは云へません。然し何うか斯うか、それ丈で今日を過して行かれるのです。」と述べていた。朝日新聞社の給料・賞与、株の運用で資産を形成していることを全く無視した説明である。漱石の言明は、ある種の自己欺瞞といってもよいように思われる。どうして、漱石は実態を隠蔽するような主張を繰り返すのだろうか。

おそらく、すべてが金銭の取引となってしまった市場社会に適応し、勝者となった自分を認めたくなかったから、あるいは、市場原理を超越できなかったからと考えるしかないだろう。認めれば、自分が批判し否定する「紙幣に眼鼻をつけた丈の人間」、「一個の活動紙幣」と同列の存在になってしまうのである。そうした事態を回避するために、漱石は〈経済人〉として成功しているにも拘わらず、〈清貧〉な小説家としての自己像を主張し続けているのではないだろうか[5]。その結果、市場に言及した漱石の言説は深刻な亀裂や分裂を露呈することになった。例えば、『硝子戸の中』十五はその典型である。

2　好意を金銭に換算するな！

『硝子戸の中』十五で、漱石は「私の個人主義」を講演した後日談を述べていた。漱石の講演は大正三年一一月二五日に学習院輔仁《ほじん》会主催で行ったものだが、後日届けられた「薄謝」が巻き起こした〈出来事〉は十分に注目されてこなかった。

「立派な水引が掛かつ」た「紙包」に入っていたのは「五円札が二枚」だった。「中を改め」た漱石は「平生から気の毒に思つてゐた或懇意な芸術家に贈らうかしらと思つて」いたところ、彼が中々訪れなかったので[6]、「つい二枚とも消費してしまつた」。

その時、漱石はある〈不快感〉をもったのである。

一口でいふと、此金は私に取つて決して無用なものではなかつたのである。世間の通り相場で、立派に私のために消費されたといふより外に仕方がないのである。けれどもそれを他《ひと》に遣《や》らうと迄思つた私の主観から見れば、そんなに有難味の付着してゐない金には相違なかつたのである。打ち明けた私の心持をいふと、斯うした御礼を受けるより受けない時の方が余程颯爽《さつぱり》してゐた。

漱石は〈不快〉を感じた「理由」を、「慱牛会の講演」の依頼にやってきた、知人畔柳芥舟《くろやなぎかいしゅう》に説明している。

「此場合私は労力を売りに行つたのではない。好意づくで依頼に応じたのだから、向ふでも好意丈で私に酬ひたらよからうと思ふ。もし報酬問題とする気なら、最初から御礼はいくらするが、来て呉れるか何うかと相談すべき筈でせう」

つまり、学習院輔仁会からの依頼に「好意」で応じたのであって、「労力を売りに行つた」わけではない。したがって、学習院輔仁会は金銭ではなく、「好意丈」で酬いるべきだった。もし、漱石の「労力」を買うつもりだったら、最初から金額を提示して交渉するべきだったというのである。

漱石の説明に「納得出来ない」畔柳はこう反論する。「然し何うでせう。其十円は貴方の労力を買つたといふ意味でなくつて、貴方に対する感謝の意を表する一つの手段と見たら。さう見る訳には行かないのですか」。それに対して漱石は「品物なら判然《はつきり》さう解釈も出来るのですが、不幸にも御礼が普通営業的の買売に使用する金なのですから、何方《どつち》とも取れるのです」と答えた。畔柳は「何方とも取れるなら、此際善意の方に解釈した方が好くはないでせうか」という提案をする。畔柳の常識的な発言を一度は「尤も」と思った漱石だったが、あくまで自説を主張した。

「私は御存じの通り原稿料で衣食してゐる位ですから、無論富有とは云へません。然し何うか斯うか、それ丈で今日を過ごして行かれるのです。だから自分の職業以外の事に掛けては、成るべく好意的に人の為に働いてやりたいといふ考へを持つてゐます。さうして其好意が先方に通じるのが、私に取つては、何よりも尊とい報酬なのです。だから金などを受けると、私が人の為に働いてやるといふ余地、――今の私には此余地がまた極めて狭いのです。――其貴重な余地を腐蝕させられたやうな心持になります」

畔柳は納得しなかった。それは当然だろう。「品物」と「金」との差異で、講演の価値が激変し、また、漱石の「心持」、「好意」が「腐蝕」されてしまうとは考えにくいからだ。畔柳が漱石の主張を理解するためには、「私の個人主義」の後半部を聞いておく必要があった。

「私の個人主義」は「第一篇」・「第二篇」の二部構成だった。漱石は「第一篇」で「自己本位」の重要性を説くのであるが、「第二篇」では、「社会的地位の好い人が這入る学校」である「学習院」に通う聴衆に対して忠告をしている。聴衆である「あなた方が世間へ出れば、貧民が世の中に立つた時よりも余計権力」や「金力」が「使へるといふ事」になる。したがって、「あなた方」は他者を抑圧して「自分の個性を発展」しがちな立場にあるわけで、「あなた方」はそのことを自覚して自らを律する必要があるというのである。いってみれば、白井道也の演説「現代の青年に告ぐ」の漱石版ということになる。

まず、「金力」の特徴について述べている箇所を見ておこう。

（前略）金銭といふものは至極重宝なもので、何へでも自由自在に融通が利く。たとへば今私が此所で、相場をして十万円儲けたとすると、其十万円で家屋を立てる事も出来るし、書籍を買ふ事も出来るし、又は花柳社界を賑はす事も出来るし、つまりどんな形にでも変つて行く事が出来ます。そのうちでも人間の精神を買ふ手段に使用出来るのだから恐ろしいではありませんか。即ちそれを振り蒔いて、人間の徳義心を買ひ占める、即ち其人の魂を堕落させる道具とするのです。相場で儲けた金が徳義的倫理的に大きな威力を以て働らき得るとすれば、何うしても不都合な応用と云はなければならないかと思はれます。（後略）

漱石は、三章で紹介した「金」（「永日小品」）の主張を繰り返している。漱石によれば、「労力」と報酬の関係には階層によって制限がかけられるべきで、ある「労力」に対する報酬は同一階層内で等価に交換されるのはよいが、下位の階層で得られた報酬と上位の「労力」が等価に交換されるべきではないのである。持論を「私の個人主義」でも繰り返していたのである。漱石が、「労力」の質を無視して、フラットに換算してしまう金銭の機能をいかに嫌悪していたかがわかるだろう。

講演で、漱石はそれを抑制するためには，「権力」「金力」の使用者の「人格」が重要な鍵を握ることになると述べていた。

（前略）もし人格のないものが無暗に個性を発展しやうとすると、他を妨害する、権力を用ひやうとすると、濫用に流れる、金力を使はうとすれば、社会の腐敗をもたらす。随分危険な現象を呈するに至るのです。さうして此三つのものは、貴方がたが将来に於て最も接近し易いものであるから、貴方がたは何うしても人格のある立派な人間になつて置かなくては不可《いけな》いだらうと思ひます。

この講演の趣旨を踏まえれば、学習院輔仁会が一〇円を支払えば、市場価格がつけられないはずの漱石の「好意」が一〇円の「労力」へ変貌してしまう。また、学習院輔仁会が金銭を使用することは、漱石の講演の趣旨を理解できなかったことになるのである。(7) 漱石が〈不快〉になるのも当然だった。しかし、漱石の前提を知るよしもない畔柳が理解できないのもまた致し方ないことだった。そのために、漱石は「強情」に自分の主張を繰り返している。

「もし岩崎とか三井とかいふ大富豪に講演を頼むとした場合に、後から十円の御礼を持つて行くでせうか、或は失礼だからと云つて、たゞ挨拶丈にとゞめて置くでせうか。私の考では恐らく金銭は持つて行くまいと思ふのですが」

「己惚かは知りませんが、私の頭は、三井岩崎に比べる程富んでゐないにしても、一般学生よりはずつと金持に違ひないと信じてゐます。」

「もし、岩崎や三井に十円の御礼を持つて行く事が失礼ならば、私の所へ十円の御礼を持つて来るのも失礼でせう。それも其十円が物質上私の生活に非常な潤沢《うるほひ》を与へるなら、また外の意味から此問題を眺める事も出来るでせうが、現に私はそれを他《ひと》に遣らうと迄思つたのだから。――私の現下の経済的生活は、此十円のために、殆んど目に立つ程の影響を蒙らないのだから」

最後まで畔柳が説得されることはなかった。漱石は畔柳が「『よく考へて見ませう』といつ」て「にやにや笑ひながら帰つて行つた。」と描いている。ここで気になるのは、畔柳が「にやにや」笑っていることだ。

「にやにや」と笑ったのは、漱石が岩崎・三井と自分が、他者からの経済的な対応において同等に対処されるべきだと主張したことに対してだろう。一見、反権威主義の、いかにも漱石らしい発言のようだが、常識的に考えれば、岩崎・三井のような大富豪と漱石を「経済的生活」の次元で同等の存在と見なすことはできない。大富豪と自分を同等に見ようとする漱石の〈屁理屈〉とプライドの高さに、畔柳が思わず、笑ったと見るべきだろう。そうだとしたら、漱石は『坊っちゃん』の語り手「おれ」が笑われるように笑われたのである。

漱石は、畔柳に送った書簡（大4・2・15付）でも、自説を繰り返したうえで、[8]「私は世間でやる交換問題といふ奴はあまり好まないのです、つまりプラスマイナスで○になつてあとには人情も好意も感激も何も残らないからです。全く営業的に近いからです。（然しやらなければならん時もありませうが）」という本音を吐露している。

漱石の主張を理解し実践するのは市場社会を生きる多くの人にとって困難だろう。また、渋沢栄一が、漱石の発言を聞いていたら、即座に反論したはずだ。渋沢は「金とは現に世界に通用する貨幣の通称であつて、而して諸物品の代表者なのである、貨幣が特に便利であるといふのは、何物にも代り得らる、からである。太古は物々交換であつたが、今は貨幣さへあればどんなものでも心に任せて購ふことが出来る、此の代表的価値のある所が貴いのである」（「仁義と富貴 ◎能く集め能く散ぜよ」『論語と算盤』東亜堂書房、大5刊、ただし、引用は忠誠堂、昭2・2刊による）と指摘していた。

また、岩井克人なら、「交換」することによって生ずるメリットを軽視する漱石の発言は「人種も性別も身分も、敵か味方かも超えて、人間を同質な存在」に変え、「経済活動を行う自由」を与える、貨幣の「平等主義」（岩井克人「2015年の資本主義論 ドルが基軸通貨ではなくなる日は来るか」「中央公論」平27・7）を否定していると批判するはずである。漱石の反動性は明らかだろう。すでに漱石の発想の問題点は早くから指摘されていた。(9)

しかも、漱石自身が〈経済人〉として一定の成功を収めていることを考えれば、漱石は学習院の父兄の立場に近いはずで、漱石の中で何らかの葛藤が生じてもよさそうな気がする。だが、「私の個人主義」を読む限り、その気配はない。自分が市場社会で成功していることと、市場社会の批判をしていることとは論理的に切断されているのである。こうした論理的な分裂は、さまざまな言説で発見することができる。

3　芸術家と市場の関係とは何か？

例えば、漱石は「文芸委員は何をするか」（明44・5・18〜20）で、「政府」主導による文学作品の格付けや「保護」が行われることを否定する。(10)漱石によれば、「わが文学は過去数年の間に著るしい発展」をしているので、「文芸院抔《など》と云ふ不自然な機関の助けを藉《か》りて無理に温室へ入れなくても、野生の儘で放つて置けば、此先順当に発展する丈である」（中）。

漱石の主張は、一見、市場の〈見えざる手〉にゆだねれば問題は解決されるという、アダム・スミスばりの自由放任主義のように思われる。しかし、漱石は続けて、「現代の文士」が「最も要求する所のもの」は「金」であり、「比較的容易なる生活」であり、「彼等は見苦しい程金に困つてゐる」と指摘した。「所謂文壇の不振とは、文壇に提供せられたる作物の不振ではない。作物を買つてやる財嚢《ざいのう》の不振である。文士から云へば米櫃《こめびつ》の不振である。」（同前）と述べている。

漱石の指摘は文学市場の現状を的確に捉えたものといっていいだろう。(11)購買者が少なくて市場が小さいために、「現代の文士」は小説専業では生計を立てられないのである。この事実を踏まえれば、「野生の儘で放つて置けば、此先順当に発展する丈である」という予想は成り立つはずがない。経済力のない小説家は副業や兼業をするか、パトロンの援助に頼るしかない。文芸院は天の助けになるかもしれなかったのである。

しかし、「中」の最後で、漱石は、文芸院が金銭的な補助をするなら「文壇に縁の深い我々は折れ合つて無理にも賛成の意を表したいが、何うして夫を仕終せるかの実行問題になると、余には全然見込が立たないのである。」（同前）と、いったん議論を投げ出している。

続く「下」では、一転して、漱石は「保護金」の「公平」な分配方法として、雑誌に掲載された、一定の水準に達した作品すべてに「平等に割り宛て、当分原稿料の不足を補ふ」ことを提案している。市場で稼げない以上、協同組合式に防衛するしかないというわけである。しかし、この分配を実施するためには、「政府から独立した文芸組合」を組織する必要があるが、「今の日本の文芸家」は「同類保存の途《みち》を講ずる余裕さへ持ち得ぬ程に貧弱なる孤立者又はイゴイストの寄合」でしかない。「単純な組織すらも構成し得ない卑力な徒である」ことを指摘し、自らの提案の実現不可能性を明らかにして、文章を終っている。「日本の文芸家」は連帯して自助すらもできないほど社会性がないという厳しい評価なのである。

大正一〇年に菊池寛によって相互扶助機関として結成された小説家協会の実態を見れば、漱石の指摘は正鵠を得ているといってもいいのかも知れないが、漱石が市場で圧倒的に有利な立場にいる自分を棚に上げて議論していたことも否めないだろう。漱石は自分が「現代の文士」の一員であるにも拘わらず、高みから彼らの市場的な苦闘を批評していたのである。

講演「道楽と職業」（明44・8・13　於：明石）の場合はこんな様相を呈している。

この講演で、漱石は社会的な存在として働いて報酬を受けるためには、結局、他者のために働く必要があると指摘する。「人の為に千円の働きが出来れば、己れの為にも千円使ふことが出来るのだから誠に結構なことで、諸君も成るべく精出して人の為にお働きになればなる程自分にも益々贅沢の出来る余裕を御作りになると変りはないから可成《なるべく》人の為に働く分別をなさるが宜しからうと思ふ」。「職業」につく以上、「趣味でも徳義でも知識でも凡て一般社会が本尊になつて自分は此本尊の鼻息を伺つて生活するが自然の理」となる、すなわち、「職業」につけば、人は「他人本位」で働くことになるのである。

漱石は、いってみれば、資本主義や市場経済の発展によって、労働が「生活のために労働力を売り、労働時間として労働を提供し、資本家・経営者の指揮下で働く、賃労働・雇用労働の形態をとるもの」（杉村芳美「人間にとって労働とは――『働くことは生きること』――」橋木俊詔編『働くことの意味』「叢書・働くということ」第1巻、ミネルヴァ書房、平21・12刊）となったことを踏まえて論じていることになる。そして一転して、漱石は「自己本位でなければ到底成功しない」職業があるとして、「科学者哲学者もしくは芸術家」に言及する。

彼らは「人の為にすると己れといふものは無くなつて仕舞ふ」ために、「殆んど職業として認められない程割に合はない報酬を受けて」も、「自己本位」を貫いてしまう。「科学者でも哲学者でも政府の保護か個人の保護がなければまあ昔の禅僧位の生活を標準として暮さなければならない筈である、直接世間を相手にする芸術家に至つてはもし其述作なり製作がどこか社会の一部分に反響を起して、其反響が物質的報酬となつて現はれて来ない以上は餓死するより外に仕方がない」

というのである。

ここで注目されるのは、漱石が「科学者哲学者もしくは芸術家」の活動も市場で評価される点においては、他の「職業」と変わらないとしていることである。(12) 漱石の考察では、「芸術家」が「自己本位」で活動している証しは「物質的報酬」の少なさ、あるいは「餓死」することだった。市場原理を嫌悪する漱石の評価基準は市場原理なのである。だとすると、多くの「物質的報酬」を得ている漱石はどうなるのだろうか。

漱石は自分の現状をこう説明している。

（前略）私が文学を職業とするのは、人の為にする即ち己を捨てゝ世間の御機嫌を取り得た結果として職業として居ると見るよりは、己れの為にする結果即ち自然なる芸術的心術の発現の結果が偶然人の為になつて、人に気に入つた丈の報酬が物質的に自分に反響して来たのだと見るのが本当だらうと思ひます（後略）

漱石は自分の市場的な成功は「偶然」の産物であり、社会の限られた人々の反響を得て、ほどほどの「報酬」を得ているに過ぎないと説明している。この説明は自分の成功を過剰に小さく描いているとしか思われない。自分が極めて多くの読者、購買者に支持され、経済的に成功したことを認めれば、自分は「芸術家」でなくなってしまうか、自分の主張自体が成立しなくなる。市場社会では、「芸術家」であっても、「他人本位」で働くしかないということになる。おそらく、ゾラだったら、それを認めただろうが、漱石は認められなかった。成功者としての自己を正面切って見つめることを回避し、市場社会の中で文学や芸術が直面している現実的な諸問題を無視したのである。

以上のように考察して明確になるのは、市場原理を超越するはずの漱石にはその契機がないということだろう。漱石が、序章で紹介した「〇需用供給。」の枠組の中にいることは明らかだろう。漱石は「作品ノ価値ト報酬ガ反比例スル」という原則を堅持し続ける一方、その原則を自分に適用することを回避するという恣意的な操作をしていたのである。

このような操作ができたのも、「他人本位」を小説家に要請するはずの新聞社が、漱石に商業主義的な観点から交渉しなかったからかもしれない。漱石は自分の〈幸運〉をこう述べている。

（前略）幸にして社主からしてモッと売れ口の宜いやうな小説を書けとか、或はモッと沢山書かなくちや不可んとか、さう云ふ外圧的の注意を受けたことは今日迄頓とありませぬ、社の方では私に私本位の下に述作する事を大体の上で許して呉れつつある、其の代り月給も昇《あ》げて呉れないが、いくら月給を昇げて呉れても斯う云ふ取扱を変じて万事営業本位丈で作物の性質や分量を指定されては夫こそ大いに困るのであります（後略）

漱石は、「社主」の好意によって、他の小説家ならば必ず直面したはずの市場やジャーナリズムからの商業主義的要請を受けたことはないと述べている。しかし、この説明を鵜呑みにするわけにはいかない。漱石に対する好待遇は入社時の交渉で漱石が自ら獲得したものだったからだ。漱石は仲介者となった坂元雪鳥（当時は白仁三郎）に「売捌の方から色々な苦情が出ても構はぬにや。小生の小説は到底今日の新聞には不向と思ふ。夫でも差し支なきや。尤も十年後には或はよろしかるべきやも知れず。然し其うちには漱石も今の様に流行せぬ様になるかも知れず。夫でも差支なきや。」（明40・3・4付書簡）と問いただしていたのである。

漱石は、商業主義的な要請をしないことを、入社の条件、ビジネス上の約束として新聞社側に認めさせていた。自分の交渉によって獲得した好待遇を、「社主」からの個人的な好意として説明せずにはいられないところに漱石の固執があるといってよいだろう。いずれにせよ、朝日新聞社の態度が漱石の説明通りだったとしたら、漱石は市場との軋轢や葛藤を知らずに死んだ〈幸運〉な近代小説家ということになる(13)。

「文展と芸術」（大1・10・15〜28）でも、漱石は市場の問題に言及するものの、必然的に発生するはずの市場との葛藤を語ったりはしない。「芸術は自己の表現に始つて、自己の表現に終るものである。」（一）と高らかに宣言し、一貫して、「芸術」が「自己の表現」であることを主張する。しかし、市場の問題を視野に入れた箇所も出てくる。「芸術家」が市場社会の中で活動する以上、言及するのは当然なのだが、深入りはしない。

二節は、一節の末尾「徹頭徹尾自己と終始し得ない芸術は自己に取つて空虚な芸術である。」を受けて、こう始まっている。

此見地から云ふと、新聞雑誌に已れの作物を公けにしたり、展覧会にわが製品を陳列したり、凡て形迹の上から、憐れむべき虚弱な自己を、社会本位の立場に投げかけて単に其鼻息をうかゞつてゐる芸術家は、本来の己れとは無関係であるべき筈の、毀誉なり利害なりを目的に努力する点に於て、或はしか努力するのではあるまいかと疑ひ得る隙間を有つてゐる点に於て、既に堕落した芸術家である。不幸にして単純な芸術界にのみ呼吸する自由を奪はれた我々は、ある程度迄悉く堕落しつゝ述作に従事するのである。我々ばかりではない。古来から斯道の名流大家と云はれる人も亦十が十迄此臭気を帯びて筆を執りチゼル（注：彫刻用ののみ）を使つたのである。

重要な指摘なのだが、漱石が次に論ずるのは「芸術家」の創作時の心理である。「社会本位」で活動しなくては生計が立てられない「芸術家」の問題を提起したにも拘わらず、無視してしまうのである。

この問題がふたたび俎上に上がるのは十節である。

芸術を離れて単に坊間の需用といふ社会的関係から見ると、今の西洋画家は日本画家に比べて遥かに不利益の地位に立つてゐる。彼等の多数は隣り合せの文士と同じく、安らかに其日〳〵を送る糧すらも社会から供給されてゐない。彼等の製作の大部分は貨幣と交換され得べき市場に姿を現はす機会に会う的《あて》もなく、永久に画室の塵の中に葬むられ去るのである。画室！　彼等の或《ある》ものは恐らく自己の生命を葬るべき画室すら有つてゐないだらう。彼等は食ふ為でなく、実に餓える為、渇する為に画布に向ふ様なものである。

『明暗』に描かれた、小林の友人原が想起されるだろう。原は小林がテーブルに投げ出した三〇円にこう反応する。

（前略）紙幣の上に落された彼の眼から出る異様の光であつた。其所には驚ろきと喜びがあつた。一種の飢渇があつた。摑み掛らうとする欲望の力があつた。さうして其驚ろきも喜びも、飢渇も欲望も、一々真其物の発現であつた。作りもの、拵へ事、馴れ合ひの狂言とは、何うしても受け取れなかつた。（後略）（百六十六）

しかし、この評論で、漱石が「西洋画家」の貧困に言及したのは「是程窮迫の境遇に居りながら、猶かつ執念深くパレットを握つてゐるものは余程勇猛な芸術家でなければならない。自分は此意味に於て深く今日の西洋画家を尊敬するのである。」と述べるためだった。「西洋画家」は、いわば「餓死」に瀕することで「自己」を貫く「芸術家」の、あるべき姿を体現していたのである。[14]

漱石は貧しい「西洋画家」を賞賛する自分の位置をどう考えていたのだろうか。「西洋画家」にとっては、漱石は彼らの作品を購入する側のはずで、同列の「芸術家」とは考えにくかったはずだ。実際、漱石は、文展と同時期に開催された「ヒューザン会」第一回展覧会（大1・10・15〜11・3）で、寺田寅彦が高村光太郎の作品を購入する際に積極的に関わっていた。[15] 漱石は「芸術家」間に存在する経済的格差に直面していたにも拘わらず、その存在を無視したのである。

そうした漱石の態度が引き起こしたのが津田青楓との論争である。青楓の漱石に宛てた書簡が現存していないため、青楓の回想「貧乏徳利の論争」（『漱石と十弟子』世界文庫、昭24・1刊）にしたがって、論争を紹介したい。

漱石は、青楓が静物画に貧乏徳利を描いたことを批判した。「もつと気のきいたもの」を使えばいいではないかということなのだが、青楓は「アノ貧乏徳利が私の今の生活を、象徴してゐるやうなもの」なので、取りあげる必然性があると反論した。そして「先生の生活程度と私の生活程度の差異の問題になるんぢやありませんでせうか。貧乏人が鰯を食つた満足感と、金持が鯛の刺身を食つたあとの満足感は、必ずしも鯛の方が肴の王様だと云ふ理由で、鯛の刺身を食つたもの、方が満足感が大きいとは断言できないやうな気がいたします。わたしは今のところ鰯を食つて満足しようと云ふ程度なのです。」と述べた。もっともな反論というべきだろう。

しかし、漱石は頭から否定した。「貧乏徳利の議論は一応御尤の様ですが、貧富からくる生活の区別が私とあなたとでは夫程懸絶して居りません。従つて是はまだ外に深い理由があるのだらうと思ひます」（大2・8・24付、津田青楓宛書簡）。生活費に困った青楓は漱石に借金をしたこともある。貸手が借手に向って「貧富からくる生活の区別」がないと主張するのは驚き以外の何物でもないだろう。当然のことながら、青楓はふたたび反論をする。

（前略）私には大いに異存があります。先生も一応は御承知のやうに私は六円何がしの家賃の家に住んでをります。親兄弟は元より誰からも一銭の援助をも受けずに、手あたり次第に銭になる仕事を引受けてやります。趣味の好悪だとか能力の可否なんか問題にする余裕はありません。それよりも妻子を餓死させるといふことの方が遥かに問題は大きいので、謂はゞ襤《ぼ》褸屑《ろくず》を拾ひあつめるやうな仕事をして、どうやら其の日を送つてゐる程の人間です。まことに――生活者としては一番低い天井の生活者なのです。

それと先生の生活が余り懸絶がないなんて仰せられるのは、先生の主観か又は多分に感情でさうお思ひになられるのでないでせうか。他人の生活に立ち入つて兎や角云ふことは余り好ましいことではありませんが、貧乏徳利一個が私の生活の唯一の装飾品といふ程なんですから、そりやくらべものになりませんよ。

先生に言はせれば、儂《わし》だつて君と同様襤褸屑のやうな仕事をして、好きな骨董品も買へないで齷齪《あくせく》とやつてゐるのだ。日々の収支の数字はコンマの置き処は違つてゐるかも知れないが、主観的にはさう懸絶がありやう筈がないと叱られるかも知れませんが、私から云へば貴族とドブさらひほどの懸絶があります。

この再反論に漱石がどう答えたのかについて、青楓は述べていない。「貧富からくる生活の区別が私とあなたとでは夫程懸絶して居りません。」と断言したことから見て、漱石が主張を変えることはなかったのではあるまいか。

『道草』の連載終了は、大正四年九月一四日である。この時、漱石は「金の力で支配出来ない真に偉大なもの」をつかんでいたのだろうか。これまで論じてきたことは、結局、傍証に止まっているかもしれないが、私の答は〝否〟である。漱石は市場原理を嫌悪し自己と市場との関係を隠蔽する一方で、他の〈芸術家〉の芸術性を評価する際に持ち出すのは市場での評価に外ならない。また、流通経路を変更して、金銭を浄化しようと試みているが、結局、市場そのものを否定しているわけではなく、利用しているにすぎない。その意味で、漱石の言説は「○需用供給。」の枠組の中にあるといっていいだろう。つまり、残された言説に基づく限り、漱石は「金の力で支配出来ない」何かを獲得する契機をもっていないといわざるを得ない。

では、なぜ、漱石はあれほど嫌悪している市場原理から抜け出すことができないのだろうか。それを解く鍵は「○需用供給。」にある。

4　天才の証しとは何か？

漱石が「○需用供給。」に固執している理由は、「○需用供給。」が『文学論』（大倉書店、定価2円20銭、明40・5・7刊）と密接に結びついていたからだと思われる。「○需用供給。」を発展させた議論が第五篇「集合的F」で展開されていた。

『文学論』はロンドン留学中に構想され、帰国後、大学の授業「英文学概説」で、明治三六年九月から三八年六月にかけて講義したものをまとめたものだった。漱石の文学に関する考察の基盤となった重要な著作である。ただし、「後半部の第四編第五章からは、書き直し部分が極めて多くなり、第四編第六章の三四八頁三行からの段落以降は全文書き改め」（「後記」『漱石全集』第14巻）られていた。その時期は明治三九年一一月以降である。「○需用供給。」の執筆時期と近接していた。

漱石は第五編第一章「一代に於る三種の集合的F」で、「一代に於る集合意識」を三種に大別して、「模擬の意識」、「能才の意識」、「天才の意識」とした。「大多数ノ読者」の意識は「模擬の意識」である。「模擬の意識は数に於て尤も優勢なり。故に利害の関係上尤も安全なり。但し独創的価値を云へば殆んど皆無なり。従つて赫々《かつかく》の名なくして草木と同じく泯滅《びんめつ》す」。「模擬の意識」の獲得する利益は多いが、独創性はゼロで、真の名声を得ることなく消えていくというのである。これは「〇需用供給。」の「大多数ノ読者ハ趣味ガ低イ。従ツテ趣味ノ低イ者ガヨク売レル。」と対応しているだろう。

一方、「高級ナ作品ヲ出ス者」は当然「天才の意識」に対応している。「天才の意識は数に於て遠く前二者に及ばず。且つ其特色の突飛なるを以て危険の虞《おそれ》最も多し。多くの場合に於て其成熟の期に達せざるにあたつて早く既に俗物の蹂躙《じゅうりん》する所となる」。天才故に、俗物に破滅させられるのである。

中間に位置するのが「能才の意識」である。数では「模擬の意識」に劣るが、ある「波動」が多数になる前に「先駆者」として行動できるために、「社会の寵児」となりやすい。「利害より論ずれば固より安全なり。但し其特色は独創的と云はんよりは寧ろ機敏と評するを可とす。機敏とは遅速の弁に過ぎざるを以て、遅速以外に社会に影響を与ふる能はざるを例とす」。この記述は、序章注15で紹介した図及び解説の中の「尤モ成功シテ尤モ公平ナル取扱ヲ社会ヨリ受クル人ハ頭脳ガ(C)ノ所ニアル人ナリ」に対応しているだろう。

漱石は第五編第三章「原則の応用（一）」以下で、イギリス文学を例に取りながら、文学作品の評価の変遷から、「集合意識の波動」の変化を説明しようとしている。「〇需用供給。」は共時的な市場の問題として述べていたが、それを通時的な観点からの考察に応用しているのである。『文学論』の考察によって、漱石は「〇需用供給。」の「作品ノ価値ト報酬ガ反比例スル」という原則の正しさを疑う必要を感じていなかったと思われる。

しかし、その結果、漱石は絶好の実例を無視せざるを得なくなってしまった[16]。絶好の実例とは、無論、漱石自身である。これまで見てきたように、漱石は経済的成功を過小に表象することによって、『文学論』や「○需用供給。」の枠組で自らを評価することを回避してきた。

同時代の小説家の収入をはるかに超える「多クノ報酬ヲ得」ている以上、「集合意識」との関係からいえば、自分を「模擬の意識」とするしかなかったろう。ひいき目に見て、無理矢理「能才の意識」とすることはできたかもしれないが、「天才の意識」とすることは絶対にできなかったはずだ。「集合的F」に拠る限り、漱石が小説家として自己肯定することは大変困難だった。しかし、だからといって、「集合的F」を否定したわけでも、新たな枠組で市場との関係を捉え直そうともしなかった。漱石の選んだのは、論理的切断によって、自らの経済的〈真実〉を直視しない道だったのである。

ただし、漱石が修正せざるを得ないほどの深刻な事態に直面しなかったことも見逃せない。漱石生前の経済的成功は彼の論理的な切断を崩すほどに大きくなかったのである。夏目家の資産が急速に増大したのは、印税でも株でも、彼の死後だった。

また、文学市場が拡大して、小説家を中心に経済的苦境から文学者が脱出したのは大正八年以降だった。拙稿「日本近代文学の経済史」（「経済セミナー」平28・2、3）で指摘したように、〈清貧〉なはずの私小説家の生活が安定するのは、文壇の経済的な黄金時代だった。市場が拡大すれば、購買者が多くないはずの、漱石流にいえば、「高級ナ作品ヲ出ス者」でも「餓死スル」ことはないのである。

例えば、葛西善蔵は四百字一枚の「血を吐く」（『中央公論』大14・1）で八八円の原稿料を得ている。[17] これは高等文官試験に合格した高等官の初任給（大正一五年の基本給）七五円を超えていた。拡大し活性化する市場の中で、葛西は寡作故に、かえって市場価値が上昇したのである。もちろん、このことは葛西の「作品ノ価値」、「高尚」さや「高級」さと正比例しているわけではない。

また、漱石が昭和二〇年代後半に訪れた文壇の経済的黄金時代を体験したら、「〇需用供給。」の枠組を維持できなかったはずだ。荒正人は、「映画俳優をしのぐ作家の収入」を根拠にして、「小説家はもう貧乏である必要がなくなってしま」い、「小説を書くという仕事は、あたれば有利な事業に匹敵する」と指摘した。「小説家は、反逆者から英雄に変わってしまった。マス・コミュニケーションの王者でもある」（「現代の英雄」『小説家——現代の英雄——』光文社、昭32・6刊）として、次のように断言している。

（前略）昨今の文運隆盛の世の中では、一本立ちしている私小説作家ならば、貧しい、ということはいえまい。むろん、その作家たちの収入は、大衆作家のそれにくらべれば桁違いに小さい。だが、一般庶民の収入にくらべれば劣っているとはいえぬ。大きい飯は食えなくても、中ぐらいの飯は食っているというのがいつわらぬ実情である。私小説作家に結びつけて言わ

れていた、食えぬ作家という一般的な存在は消えてしまった。(後略)(「私小説を書く人」同前)

ちなみに、第二次世界大戦敗戦後に実施された財産税・富裕税、財閥解体によって、戦前からの「金持」の資産や所得は大幅に低下した。格差社会はいったん崩壊したのである。昭和三〇年度の「全国長者番付」の一位は松下電器社長の松下幸之助だが、一億二〇五六万円にすぎない。作家一位の吉川英治は二二五七万三〇〇〇円なので、松下は吉川の約五・六倍の所得でしかなかった。

漱石が病気によって、自らが印税成金や株成金になる姿、他の小説家が自分と同じように印税成金になる姿、「金持」たちが没落する姿を目撃する機会を与えられなかったのは、返す返すも残念というしかないだろう。漱石が市場経済の重要な局面を体験したら、彼の文学論・芸術論は当然のこと、ひいては作品世界も変化していた可能性があったはずだ。漱石はどのような作品を書いたのだろうか。大変気になるところである。

漱石が味わえなかったことを体験したのは、鏡子だった。次章以降で、夏目家、鏡子に訪れた経済的成功と、その顛末を見ていきたい。

□注

(1) 滝田樗陰宛書簡(明39・11・16付)を見る限り、「読売新聞」からの提案は「月に六十円位」だったようだ。漱石は新聞に毎日執筆することになれば、大学を辞めざるを得ないが、その分の収入を「読売新聞」から補填することができたとしても、「毎日新聞へかく事柄は僕の事業として後世に残るものではない」、「只一日で読み捨てるもの、為めに時間を奪はれるのは大学の授業の為めに時間を奪はれると大した相違はない。」と述べていた。漱石が「読売新聞」からの提案に魅力を感じていないことは明らかだった。そのうえ、「読売新聞」の経営基盤、主筆の竹越三叉の地位の安定性についても危惧の念を抱いていた。〈経済人〉漱石が「読売新聞」の提案を断わったのも当然といえるだろう。

(2)　漱石は、弟子に送った書簡でも、「僕も子供が段々大きくなる（筆は十五だよ）。家は狭苦しい。金があれば地面をかつて生涯の住居でも建てる所だが、さうも行かず、子供の勉強室もなくて、気の毒な思をしてゐます」（大2・8・29付、野村伝四宛）とか、「金がない僕に岩崎の富があれば書画併せて二三十幅は是非買つて置く所です」（大2・12・8付、野上豊一郎宛）と述べていた。漱石は、身内に対しても、経済的成功を明言することはなかった。そうした表象の仕方は、鏡子も継承していた。例えば、『漱石の思ひ出』では、当時としては巨額といっていい印税収入があっても、「以前のやうな家計の不如意にはまづ〳〵会はなかつたといつていいでありませう。」（「二六　『猫』の出版」）といった説明になっている。

(3)　朝日新聞社からの提案とほぼ同時期に、大学からも教授昇進の打診があった。鏡子は「大学の大塚博士から、英文学の講座を担任して教授になつてはどうかといふお話」（「二九　朝日入社」）があったとして、「専任教授になると月百五十円呉れるとかいふ話でした。しかし家では月どうしても二百円はかゝる。幸ひ原稿料が入つたり小説の印税が入つたりするやうになつたので家計も立つて行くのであるが、教授になつた、その代りには内職はまかりならぬとあつては、第一あがきがつかない。それにいつまで教師になつてゐても仕方がない。さういふ肚《はら》もあつて迷つてゐたところへ」（同前）、タイミング良く朝日新聞社からの招聘があったと回想している。ただし、大塚保治によれば、大学側は小説執筆を認めるつもりだった（「夏目君と大学」「漱石全集月報」第9号、昭3・11）。当時、総長だった浜尾新は「夏目はあゝいふ男ですから、勿論中間に多少の行違もあつたのですが、此大学の方の提言を妙にとつて仕舞つたのです。夏目はこちらの提言を以て、自分の自由を束縛するものと思ふたらしいのです」、「此誤解からひどく夏目は怒つてしまひ、とう〳〵後に大学に対する悪口を新聞などで書くといふ事になつたのです。」（「大学と漱石」「渋柹」大6・12）と述べている。

（4）ただし、縮刷本の方は、他の出版社と同じ印税率の可能性もある。その場合、初版一五パーセント、二〜三版二〇パーセント、四版以降三〇パーセントになるので、印税はそれぞれ、一九五円、五二〇円、五四六〇円、計六一七五円である。したがって、総計は一万三二〇一円となり、年平均は約一四五六円である。

（5）日本近代文学において、経済的に成功した小説家の中で、漱石と異なった選択をしたのは有島武郎である。有島は市場社会に適応した新たな自己像を構築することを拒否して、死を選んだ。詳しくは、拙著『カネと文学』第三章第四、五節の「有島武郎の苦悩」を参照されたい。

（6）「或懇意な芸術家」とは津田青楓の可能性が高い。

（7）なお、『硝子戸の中』三十四（大4・2・18）で語られた、講演のあとで、漱石のもとへ質問にやってきた「三人の青年」は学習院の学生だったのではないだろうか。一人は「講演に就いての筋道の質問」、二人は「彼等の友人が其家庭に対して採るべき方針に就いての疑義」、つまり講演の趣旨を「何う実社会に応用して好いかといふ彼等の目前に逼つた問題」の相談だった。漱石は自分の講演を真摯に受けとめた聴衆がいたことを理解していたはずだ。

（8）漱石はこう説明していた。「報酬問題に就ての御異存も相当な根拠のある御考と思ひますが、私の見方はかうです。医者がいくら親切をつくしても、患者が夫程ありがた〔が〕らないのは薬礼をとるからで、もし施療的に同様の親切を尽してやつたなら、薬価診察料を収めた時以上に患者の方で親切を余計恩にきるのが必然のサイコロジーだと思ふのです。だから実をいふと品物も受けるのは嫌です。品物なら先方の好意が私に徹するやうなもの、即ち私の趣味其他を理解した品物が欲しいのですが、夫が解るものではありませんから、つまり何にも持つて来ない方がよくなるのです。それでなければ煎餅一袋位が却つてよろしい（其理由は面倒だから略します）」。

(9)　漱石の議論の問題点については、小泉信三が「漱石の『金』について――一夕話――」（「文藝春秋」昭31・1）で指摘している。小泉によれば、「人の社会的不満は、通常先づ労働が十分正当に酬いられないといふことに向けられ」る、つまり「正しい交換、即ち価値の相等しい交換が行はれないと見える現象」が注目されて、「貨幣制度の改革」が提案されることになる。漱石の「貨幣色別けの説」は、しばしば改革案として提案された「労働貨幣」の「一変種」であると述べている。小泉は労働貨幣の実践例としてロバート・オーエンの労働交換銀行を紹介し、その失敗の原因を分析した。漱石の提案も「仮りにそれが実行に移されたら、やはり供給に対して需要の多いものは高く、需要の少ないものは廉いといふ、ごく平凡な理法の為めにつまづいたに違ひないと思はれる。学者芸術家に対する金持豪族の横暴と不遜を制することは、因より望ましいことであるが、それは右のやうな貨幣制度の工夫では如何ともしがたい」。

(10)　文芸委員は明治四四年五月一七日に公布された文芸委員会官制によって選出された委員のことである。委員会では、小説・戯曲を審査して優秀な作品に賞金を出したり、懸賞をかけて作品を募集したり、西洋の優秀な作品の翻訳をするなどの事業を行うことになっていた。

(11)　本書第一章注7及び、拙著『カネと文学』第二章「文学では食べられない！」を参照されたい。なお、漱石は三文文士たちの姿を描いたG・R・ギッシングの *New Grub Street* (London:Smith,Elder,&

Co.1904）を所蔵しており、三箇所の書き込みが確認されている（「蔵書に書き込まれた短評・雑感」『漱石全集』第27巻）。

(12) 例えば、ハンナ・アレントなら、別のカテゴリーをたてて論じたと思われる。杉村芳美の整理によれば、アレントは「人間の生物学的過程、生命の維持に対応する『労苦（ポノス）』としての『労働（labor）』、人間存在の非自然性に対応し人工的世界を作り出す『制作（ポイエーシス）』としての『仕事（work）』、人間の多数性に対応し、人と人との間で行われる言語的活動である『実践（プラクシス）』としての『活動（action）』」（「人間にとって労働とは」）という分類をした。

(13) もし、漱石が昭和戦前期まで生きていれば、朝日新聞社も「営業本位丈で作物の性質や分量を指定」するようになったことを知ったはずである。販売部長が決定権を握る小説委員会で連載小説が決定されるようになったからである。拙著『カネと文学』第五章第四節「流行作家のライフスタイル　その二」を参照されたい。

(14) フィリップ・フックは、フランスの印象派が一八八〇年代半ばには、「芸術家を価値ある商品として積極的にブランド化し、彼らに手当てを払う」「〈実業家〉としての画商の出現」によって成立し発展した美術市場の中で、経済状態を向上させていたことを指摘している（「近づいて見れば、支離滅裂なだけ――印象主義の衝撃的な新しさ――」『印象派はこうして世界を征服した』白水社、平21・7刊）。そして一八九〇年前後からアメリカの富豪が市場に参入することで、印象派はより一層経済的成功を収めることになった。漱石はリアルタイムで進行中の事態に気づいていなかったのではあるまいか。『文学論』第五編第六章「原則の応用㈣」で、印象派について、「今日に優勢」であることに言及しているものの、「近来に至つて」も「抗議の沸騰」にあったことが強調されていた。

(15) 佐々木充「漱石と光太郎――第六回文展評をめぐる綾――」（「千葉大学教育学部研究紀要Ⅱ 人文・

社会科学」平11・2）を参照されたい。佐々木は光太郎の「当時洋画の展覧会で絵が売れるなどと言ふことは全く奇跡的なことで、一同嬉しさのあまり歓呼の声をあげ、私は幾度びか胴上げされた。」（「ヒウザン会とパンの会」「邦画」昭11・3）という回想を紹介している。

(16)　フレデリック・ルヴィロワの『ベストセラーの世界史』（太田出版、平25・7刊）には漱石の考察の反論となる事例がいくつも提出されている。例えば、巧みな宣伝で売れたハリエット・ストーの『アンクル・トムの小屋』（一八五二）、神父たちによって廃棄するために買われたエルネスト・ルナンの『イエスの生涯』（一八六三）などをあげればいいだろう。「書物のヒット」は「本質的に予測不可能なもの」であり、「理由について、すべてがわかっているわけではない」（「結論」）のである。

(17)　「中央公論」の編集者だった木佐木勝の、『木佐木日記』第一巻（現代史出版会、昭51・7刊、第二刷）の、大正一三年一二月八日の記述による。

第五章　夏目家、「印税成金」となる

1　夏目家の当主は誰なのか?

大正五年一二月九日に、漱石は病死する。満年齢で鏡子が三九歳、長女筆子一七歳、恒子一五歳、栄子一三歳、愛子一〇歳、長男純一が九歳、伸六が七歳だった。当然、漱石の友人・弟子たちは、遺族の行く末を心配した。しかし、鏡子は彼らの援助、干渉、管理をきっぱりと断わっている。

『漱石の思ひ出』には、「中村（注：是公）さんあたりは無暗と金を出してやらうとこの方ばかりを心配して下さいます。が、平常から何は無くとも、主人が亡くなつて葬式の費用や子供の養育費で人様に御迷惑をかけるやうなことはしたくないと思つて、その積りでやつて来て居ますので、第一此の場合御好意は万々有難いが、頂いては故人の意志にもそむき、又私の気持も許しませんのでお断りしました」（「六三　葬儀の前後」）とある。鏡子の自信の根拠になったのは、自らの判断によって株を運用してあげた利益だった。すでに、紹介しているが、もう一度引用しておこう。

（前略）実は其年（注：大正五年）のいつ頃でしたかすつかり財産調べを致しまして、いつもかういふ方面の面倒を見て下さる犬塚さんの御忠告で株券を売りました金と合せて、三万円足らずございました。それを第一銀（注：第一銀行）かかに定期預金にしておきました。これが私共の其時の全財産であつたのでございます。
それから死ぬ二十日ばかり前にかうやつていつまで定期にしておいても仕方がないといふので、又候《またぞろ》犬塚さんにお頼みして大部分を株券に買ひ代へておいて戴き、其の話を一度夏目の耳に入れて置かうと思つてるうちに、たうとう吐血したりしてどつかと床について了つたので、言ひ出すわけにも参ゐりません。其うちにいゝ按配に少し落ちついた時を見て申しますと、うむ、さうか〳〵と言つた切りでございました。（同前）

鏡子は漱石に相談もせず、ほぼ全財産をつぎ込んだ、株取り引きで資産を形成していたのである。第一銀行の犬塚武夫が相談役として関わっていたとしても、大胆な行動である。このように主体的に決断して成功した体験が、鏡子の自信につながっていったと思われる。

そのうえ、「亡くなつた時に朝日新聞社の方から、平常の夏目の義務的な掛け金のたまつてるのと、香典と申しますか功労金と申しますか、とにかく両方合はせて八千何百円稍九千円近い金を頂きました」。合計「四万円近い金」（同前）によって、鏡子の自信はますます確かなものになったはずだ。(1)

鏡子は、当時の思いを、「葬式位自分の手で立派に出したとて、後はいくらかづゝ本が売れてくれゝば株券の配当なども少しはあつて此分なら先づ〳〵細々ながら子供を育てゝ行けようといふ見当もついたのです。実際、主人が亡くなつて、御葬式を人様に御迷惑をかけて出したとあつては申訳ない上に、これ位は自分達一番親しいもの、手によつて、よそ〳〵しくなく出したいというのが私の肚《はら》だつたのでございます。」（同前）と謙虚に語っている。しかし、友人・弟子の金銭的な援助を受けずに、漱石の葬式を執り行ったことが鏡子の誇りであったことも否めないだろう。「とにかく外の文士方の遺族によく見るやうに、主人が亡くなつたらすぐ生計にも事欠くとか、或は子供たちの学資金をおねだりするといふやうなことの無かつたのは、かへす〴〵も私共にとつて何よりのことでございました。」という、〈貧乏文士〉の遺族と夏目家を差別化する一節があった。(2)

寺田寅彦は、小さい子どもの多い夏目家の経済的な先行きに不安を感じていた。小宮豊隆宛書簡（大5・12・27付）で、「家屋の保存の事は至極結構」だが、「私の一番大事と思ふのは御児様方の『保存』といふ事です」として、こう述べている。

子規の場合には子供はありませんでした。老先の短い老母と不縁な妹御だけでありました。小泉（注：八雲）さんや紅葉の場合は存じませんが、先生の場合には六人の御児様のあるといふ事は一つの大きな条件の様に思ひます。犬塚さんの御計算を承つて余程安神は致しましたが、兎に角物価の漸高金利の低落は別としても不時の災害病難の為不時の入費も覚悟せねばならず、又教育の終ると同時に財力がzeroになるのも心細い事ですし、私等の様な肝玉の小い人間には不安の念に絶へられません。それで此際千円二千円でも決してどうでもよいとは思ひません（それが大学生の二三年間の学資になり得ると考へると）。私は此際「金などはどうでもよい」とは思ひかねます。僕の感情や先生に関する美しい心持からいへばそんな事は問題になりませんが、一方で又世帯じみた数字的の計算がそれを打消さうとします。私はどうも此際美しい詩的な感じや一種のプライド或はヴニテイの為に（此言葉には語弊があるかも知れませんが）現実の苦ゝしい問題を忘れてはならぬといふ気がして仕方がありません。

しかし、鏡子が寅彦のような常識的な不安に襲われることはなかったと思われる。株取引によって万単位の金銭を動かしていた鏡子にとって、「千円二千円」を心配するのはまさに「肝玉の小い人間」のすることにしか見えなかったのではあるまいか。

もちろん、友人たちが大胆とも放恣とも見える鏡子の家政をそのまま認めたわけではなかった。寺田寅彦の日記によれば、中村是公は「財産所得全部知人にて保管し月費はあてがい扶持にするを可とす」という提案をした。寺田は「実行困難ならんか」（『日記』大6・2・4）ともらしている。寅彦は常識的な男性たちの介入や管理を振り払って、思い通りに振る舞おうとする鏡子の強い意志や欲望を感じていたのだろう。

そういえば、いわゆる「破船」事件の発端は是公が「あてがい扶持」を提案した時期と重なっている。「破船」事件の始まりは、漱石の死後、夏目家の令嬢たちと関わるうちに筆子に恋をした久米正雄を、鏡子が結婚相手として認めたことである。鏡子が認めた理由は久米の恋に同情したためというよりも、反対する弟子たちへの反発の方が大きかったのではないだろうか。つまり、自分は小宮豊隆たちの指示通りには動かない、夏目家のことは自分が決定するのだということを宣言するための、一種のデモンストレーションだった可能性がある。当然のことながら、「あてがい扶持」でよいとする是公への、拒否を通告するメッセージでもあったはずだ。(3) 大正六年二月二三日付、阿部次郎の小宮豊隆宛書簡からは、鏡子の猛反発を予想して、対処に苦慮する様子が見えてくる。

あの話が気になつて帰つてから又考へた。矢張直接奥さんにぶつつかるより仕方がないと思つてしまつた。その順序を踏まずに他の事をすると、皆小刀細工に見えて却つて逆鱗に触れて打毀しになつてしまふであらう。情理を尽して奥さんに説いても、奥さんが猶覚らなかつたらもうそれまでだ。先生のない後は奥さんの最後の決心は子供達にとつては運命だから、それ以上は僕達の力に及ばないこと、諦めるより仕方があるまい。(中略)
話は、心配だから奥さんの参考に云ふと云ふ態度をとる方が条理の上でも実効の上でも一番いゝと思ふ。話がどんなになつても奥さんに再考の余地があるようにゆとりをつけて置いて貰ひ度い。さうして絶縁になるほどの喧嘩は避けたい。夏目先生の遺族遺子として考へれば、滅多なことでこれと手をきつて了つては先生にもすまないし、子供達のためにも不利益だと思ふ。万一間違つて□□と結婚しても、その結婚式に出てやる位の辛抱強い気で話を進めたら、案外奥さんも柔かにこつちの云ふことをきくかも知れない。云ふまでもないことだが、奥さんの第一の逆鱗をよく心得て置いて、威圧的の態度をとることを避けることが肝要だ。

□□の悪いことを話すには実例が大切だ。それには昨夜の話の日本及日本人などもよからう。時期を失しても困ると思ふし、□□の方の実例もなるだけ多く握つて行つて貰ひたいし、此処少々てんてこ舞の形だが。

（「□□」は原文通り。『阿部次郎全集』第16巻、角川書店、昭38・9刊）

阿部が鏡子の「逆鱗」に触れたら「絶縁」の可能性があることを示唆していることからわかるように、鏡子は他者の介入を完全にはねつけて、自分の意志や欲望のままに振る舞おうとしていた。もちろん、いくら鏡子が介入を拒否しようとしても、経済的に困窮してしまったらどうにもならなかっただろう。女性である鏡子の弱い立場を支えるのは経済力しかなかったからだ。鏡子にとって幸いなことに、日本経済は大戦景気、バブル期のただ中にあった。株価は上昇しており、相談役の犬塚も楽観的な見通しを表明していた。寅彦は小宮宛書簡で「犬塚さんの御計算を承つて余程安神は致しました」（前掲書簡）と記していた。

そして、夏目家の経済状態は、関係者全員が予想していた以上に好転することになる。漱石の死後、著作が急激に売れ出した。バブル期に入った日本経済と呼応するように、漱石ブームが発生したのである。

2　急増する印税収入

松岡譲は「漱石の印税帖」（前掲文）で、漱石の死後、大正六年一月から一二年八月三一日までを第二期として、単行本の検印部数の表を掲げている。その表を整理し直し、清水康次の「単行本書誌」（『漱石全集』第27巻）の情報を加えたのが〈表6〉（二〇二～二〇七頁）である。松岡は表に基づいて、こう総括している。

（前略）一見して目立つのは、先づ第一に「猫」の異常な売れ行きだ。断然群を圧して居るが、しかし、「坊つちやん」もこれに劣るものでなく、春陽堂、新潮社両書店の分を合はせると、「鶉籠」を除外しても、優に八万部を突破する勢だ。

そこで「猫」「坊つちやん」「草枕」（鶉籠を含めて）「虞美人草」の前期の花形の合計をとつて見ると、二十四万二千九百七十部となつて、総計の五十三万八千百八十部（注：正しくは五三万七一八〇部）に対し四十五パーセント強となる。前期の三花形の比率以上になつてるのは、「猫」の成績がものを言つてると見てよからう。

松岡の指摘を、清水の「単行本書誌」の情報で補足しながら確認することにしよう。確かに、松岡の指摘通り、部数トップは、大倉書店から出版されていた縮刷本『吾輩ハ猫デアル』（明44・7・2刊）で、六万七六〇〇部である。これに続くのが、新潮社の「代表的名作選集」第二編の『坊っちゃん』（大3・11・19刊）の四万三八八〇部、春陽堂の縮刷本『坊ちゃん』（大3・11・18刊）の四万七四〇部だった。『坊っちゃん』で計八万四六二〇部となる。なお、『鶉籠』には「坊っちゃん」「二百十日」「草枕」が収録されていた。表にある合本「鶉籠」は「虞美人草」も収録した縮刷本『鶉籠虞美人草』（大2・12・10刊）のことで三万九二五〇部、縮刷本『鶉籠』（大6・11・15刊）は七七〇〇部だった。したがって、「坊っちゃん」はその分を足すと、一三万一五七〇部と考えることもできる。

松岡は、春陽堂の縮刷本『艸枕』（大3・12・18刊）の三万三七〇〇部、縮刷本『虞美人草』（大5・1・1刊）の一万一〇〇部も含めれば、前期作品の、漱石死後の売れ行きに占める比重が大変大きいことを指摘した。つまり、少なくとも一般読者にとって、漱石は『彼岸過迄』『行人』『心』『道草』『明暗』の作者というよりも、『吾輩は猫である』『坊っちゃん』『草枕』『虞美人草』の作者だったのである。実際、部数を比較すれば、『彼岸過迄』以下は一一万七〇九三部で、全体の約二二パーセントである。ちなみに、『三四郎』『それから』『門』は、四万七五六〇部で、約九パーセントにすぎない。

松岡は先の総括に続けて、「第二期における各年度の合計をとつて見ると、大正八年が断然トッ

（上段が松岡の検印部数、下段が清水の調査した重版数。記述が一致しない項目は両者を併記した。定価が変動した場合は注記した）

大正10	大正11	大正12	計	備　考
6500	8000	4100	67600	
75版	80版			93版大13・1刊（2円20銭） 129版昭5・8刊
500	1195	300	7495	
	8版			13版大13・7刊（1円70銭）。ただし、版数には大きな混乱がある。
595	800	500	7595	大は初刊本 小は縮刷本
13版				15版大15・4刊（2円30銭）
1800	2200	500	14804	大は初刊本 小は縮刷本
	20版			25版大13・6刊（2円） 27版大14・4刊
4000	3500	3100	40740	
				135版大15・8刊。ただし、正確な版数が記載されていない可能性もある。
4000	3000	2000	33700	
				80版大13・2刊（73銭）
5470	2300	2000	39250	
62版 （2円50銭）	66版			88版大13・6刊（2円70銭） 95版大14・6刊
3480	2000	1000	31880	
53版 （2円50銭）		72版		82版大13・9刊（2円70銭） 92版昭2・5刊
2250	450	500	22230	
	34版			52版大13・4刊（2円70銭） 59版大14・12刊
500	500		6600	
				22版大13・6刊（1円90銭） 26版大14・12刊
400	300		3900	
				25版大14・12刊
250	500		6150	
				32版大13・3刊（2円）

〈表6〉大正6年から12年8月31日までの単行本発行部数

	書　名	出版社	定価	大正6	大正7	大正8	大正9
1	縮刷　猫	大倉書店	1円30銭	11500	12000	13000	12500
	吾輩ハ猫デアル（縮刷本）				43版	58版（1円50銭）	63版（2円）
2	縮刷漾虚集	同上	1円70銭	1000	1500	1500	1500
	漾虚集（縮刷本）		1円（大6・10刊）				6版（1円50銭）
3	文学論	同上	大1円70銭 小1円	2000	1000	2000	700
			縮刷本（大6・6刊）1円70銭	縮刷本のみの部数か	4版（1円90銭）		10版（2円20銭）
4	行人	同上	大2円 小1円30銭	2500	2000	3500	2304
				7版、縮刷本のみの部数か		11版（1円50銭）	16版（1円80銭）
5	坊つちやん	春陽堂	40銭	9600	5100	9940	5500
	坊ちやん（縮刷本）		35銭				49版（66銭）
6	草枕	同上	45銭	8200	4000	7500	5000
	艸枕（縮刷本）		40銭	21版	29版（45銭）	41版（60銭）	
7	合本鶉籠	同上	1円70銭	6400	7650	6950	8480
	鶉籠虞美人草（縮刷本）		1円50銭		40版（1円70銭）		
8	合本三四郎	同上	1円70銭	5300	5900	6200	8000
	三四郎それから門（縮刷本）		1円50銭	25版		43版（2円）	
9	合本彼岸過迄	同上	1円70銭	3800	4500	3750	6980
	彼岸過迄四篇（縮刷本）		1円50銭		16版	28版（2円）	32版（2円50銭）
10	縮刷三四郎	同上	1円10銭	1300	1800	1500	1000
	三四郎（縮刷本）		95銭	5版	6版（1円10銭）		
11	縮刷門	同上	1円10銭	700	1000	1200	300
	門（縮刷本）		95銭				10版（1円90銭）
12	縮刷彼岸過迄	同上	1円20銭	2100	300	1500	1500
	彼岸過迄（縮刷本）		（大6・10刊）	3版			

大正10	大正11	大正12	計	備　考
1000	1000	500	10100	
	15版			43版大15・12刊
500	1000		7700	
	13版			25版大13・3刊
500	200		5180	
				26版大14・12刊
500	1300	500	16600	
15版				30版大14・12刊
500	1000	500	14700	
				75版大13・3刊（66銭） 81版大14・4刊
500	500		4850	
21版 （1円30銭）				130版大15・1刊
1500	1500	500	11979	
				65版昭2・6刊
2000	970	500	14470	
		62版		70版大15・1刊
1500	1500	1500	19950	
				94版大14・12刊。ただし、大15・9刊の94版も存在している。
1000	300	500	6380	
		18版		50版大14・2刊（2円70銭） 53版大14・12刊
	140	1200	1340	
	第一輯	第二輯 第三輯		第四輯、第五輯は大13・9刊。

〈表 6〉大正 6 年から 12 年 8 月 31 日までの単行本発行部数（つづき）

	書　名	出版社	定価	大正6	大正7	大正8	大正9
13	縮刷虞美人草	春陽堂	1円30銭	1900	1700	2000	2000
	虞美人草 （縮刷本）		1円20銭	4版	6版 （1円30銭）		14版 （2円20銭）
14	縮刷鶉籠	同上	1円20銭	2900	1300	500	1500
	鶉籠 （縮刷本）		2円 （大6・11刊）				
15	縮刷それから	同上	1円10銭	1000	1500	980	1000
	それから（縮刷本）		95銭		5版 （1円10銭）	9版 （1円50銭）	10版 （1円90銭）
16	草合	同上	40銭	7800	2000	2000	2500
	草合（縮刷本）		1円30銭 （大6・4刊）		6版		12版 （2円20銭）
17	満韓処々	同上	40銭	3200	3000	4500	2000
	満韓ところ〲 （縮刷本）		35銭				15版 （40銭）
18	切抜帖より	同上	80銭	1000	500	1850	500
			70銭			17版	
19	倫敦塔外二篇	同上	80銭		2984	3995	1500
	倫敦塔外二篇 （縮刷本）		60銭 （大7・3刊）		3版	7版	9版 （73銭）
20	思ひ出す事	同上	45銭	2500	1500	4500	2500
	思ひ出すことなど（縮刷本）		40銭	10版		21版 （60銭）	25版 （73銭）
21	夢十夜	同上	40銭	4950	2500	5500	2500
	夢十夜（縮刷本）		35銭		19版 （40銭）	25版 （55銭）	
22	文学評論	同上	1円50銭	1000	900	1180	1500
	文学評論 （縮刷本）		1円30銭	5版			14版 （2円50銭）
23	遺墨集	同上	10銭				
	漱石遺墨集		非売品				

大正10	大正11	大正12	計	備　考
2548	1996	500	30424	大は初刊本（大6・1刊） 小は縮刷本（大7・4刊）
	45版	47版		63版昭2・6刊
1500	1496		13496	
	33版			43版大15・10刊
3498	1500	1000	23885	大は初刊本 小は縮刷本
	43版			62版大15・9刊
2000	1500		19600	大は初刊本 小は縮刷本
	35版			50版大15・2刊
600	500		5800	
				13版大13・3刊（1円30銭）
200	200		1352	
6000	3880	4000	43880	
				134版大14･4刊(55銭)、180版昭2･11刊。ただし、版数が混乱している可能性もある。
			1400	
23版		28版		35版大15・8刊
300	100		2150	
55891	45327	26200	538180	大正12の合計は25200が正しい。したがって、総計は537180部となる。

〈表 6〉大正 6 年から 12 年 8 月 31 日までの単行本発行部数（つづき）

	書　名	出版社	定価	大正6	大正7	大正8	大正9
24	明暗	岩波書店	大2円50銭 小1円25銭	6200	6380	7800	5000
			縮刷本 1円70銭	初刊本の部数。13版まで重版あり。		22版	38版 (2円30銭)
25	硝子戸の中	同上	75銭	2000	2500	3500	2500
			60銭	7版		23版 (75銭)	29版 (1円)
26	こゝろ	同上	大1円30銭 小1円20銭	4387	3700	4800	5000
	心		縮刷本 (大6・5刊) 1円	初刊本は7版までか。縮刷本5版大6・11刊(1円10銭)		21版 (1円20銭)	32版 (1円50銭)
27	道草	同上	大1円30銭 小1円20銭	4100	3400	4600	4000
			初刊本 1円50銭 縮刷本 (大6・6刊)1円	初刊本5版と縮刷本との合計部数。大7以降は縮刷本のみの部数。	12版 (1円20銭)	18版	31版 (1円50銭)
28	俳句集	同上	1円	3000		1000	700
	漱石俳句集		1円 (大6・11刊)	5版			
29	詩集	同上	3円			552	400
	漱石詩集 印譜付	岩波茂雄 (発行者)	1円50銭 (大8・6刊)				
30	坊つちやん	新潮社	30銭	5500	6500	9500	8500
	坊っちやん					55版 (38銭)	
31	色鳥	同上	1円30銭	500	400		500
			1円20銭	5版 (1円30銭)			6版 (1円80銭)
32	社会と自分	実業之日本社		不明			
	社会と自分 (縮刷本)		1円20銭	14版			20版 (1円50銭)
33	金剛草	至誠堂	1円30銭	800	450	500	
			1円20銭	4版	5版 (1円60銭)		
	合計			107137	87964	117797	97864

プを切つて居るのは、当時の好景気を反映して居るものといつてよい。同時に大正十年以後はや、気勢が上がらない。しかしその気勢の上らない大正十年度の総部数が、漱石在世中の春陽堂の全体の部数よりも多いのは注意を要する。とにかく一体に平均して万遍なく、よく部数が出て居る。年に一万部の線を突破するのがチョイ〳〵見受けられるのは心強い。読者層が広まつた事がわかる。」と述べている。

指摘通り、大正八年は一一万七七九七部であるのに対して、一〇年が五万五八九一部、一一年が四万五三二七部と急減している。松岡は大正九年三月に日本経済を襲った恐慌からくる不景気をその原因にあげている。ただし、大正八年から一三年にかけては、出版ビジネスそのものは好調で、文学を中心に単行本が盛んに売れていた。(4) したがって、読者が漱石以外の文学書に流れている可能性も否定できないだろう。もちろん、多くの作家が漱石並に売れたわけではなかったが、いまは松岡の分析の続きを紹介しよう。

松岡は当然のことながら、全集の刊行についても言及している。第一回全集全一四巻（大6・12〜8・11刊、定価3円）は「五千七百程の会員」、第二回全集全一四巻（大8・12〜9・12刊、定価4円）は「約六千五百の会員」を獲得した。部数は「第一次の合計が七万七千二百五十冊、第二次の合計が九万〇五百九十六冊、合はせて十六万七千八百四十六冊となり、これと単行本の総部数とを合計すると、実に七十万四千五百二十六冊（注：正しくは七〇万五〇二六冊）となり、第一期の表全体の丁度十倍に当つて居る。生前の総部数の六・七倍に相当する勘定だ」。また、松岡は、全集刊行中も単行本の売れ行きが低下することはなかったと指摘している。

残念ながら、松岡は関東大震災以降の部数のデータをもっていなかった。そのために、第三期については全集を中心に言及している。第三回全集全一四巻（大13・6〜14・7刊、定価4円50銭）は予約者「一万五千」人で、「解約者が実に少く、終りの方になつてからわづか二三百口欠けただけで」完結し、「全部で二十一万冊弱が市に出た勘定だ」という。

松岡は予約者数に「満足し」、夏目家も「これで安泰後顧の憂なしと見たので、諒解の下に同家を離れて一家を京都に持つた。」と述べているが、次章で見ていくように、実情とは大きく異なった説明になっている。

また、松岡は普及版全集全二〇巻（昭3・3〜4・10刊、定価1円）については「十五万部刷ってばらまいたが、もと〱内五万部は広告見本のつもりだつた。結局十万部となつて、しばらくの間十万の線を保持して居たが、やがて少しづつ落ちた。それでも最後二十巻目頃になつても七万二三千出たのだから、これは名前の如く実によく普及されたものと見てよからう。のべ総数百六十万から百七十万部の間であつたものらしい。」と述べている。この説明にも、第六、七章で言及することになるが、問題がある。

なお、いわゆる円本にも漱石は収録されていた。改造社の「現代日本文学全集」第一九篇（昭2・6・5刊、定価「並製」1円、「特製」1円40銭）、春陽堂の「明治大正文学全集」第二七巻（昭2・9・15刊、定価「上製本」1円、「装飾本」1円50銭）である。他に、「現代日本文学全集」の姉妹編として出版された「新選名作集」から『新選夏目漱石集』（昭4・2・3刊、定価1円）が刊行されていた。「現代日本文学全集」は予約者「二十五万人」（関忠果他編『雑誌「改造」の四十年』光和堂、昭52・5刊）とされている。

松岡は「現代日本文学全集」と「明治大正文学全集」について、「漱石集が実際各々何万部づつ出たものかわからない」が、「双方合はせて四十万部位は出たのではないかと思ふ節があるが、正確な数字ではない」と述べている。

また、決定版全集全一九巻（昭10・10～12・10刊、定価1円50銭）について、「初め二万部位あつたやうな話を聞いたと思ふが、それが最後まで続いたわけではなささうだ。一万部は切れなかつたと思ふが、帳面がないから総計の当て推量は慎む方がいゝ。」と述べている。

それでは、鏡子たちは、一体、印税をいくら手にしたのだろうか。松岡の印税額の推計によれば、大正六年から一二年八月末までは、「定価の三割に（中には遺墨集や詩集の如く税率のやゝ低いのもあるにはあるが）部数をかければ印税額が出て来る筈。只大型（菊判）の本と小型本（袖珍本）と両種あるのがゴッチャになつてるので正確な数は出て来ないが、大勢にはさして響くまい。大雑把に計算した処によると、概略十六万円見当になるかと思ふ。」としている。

また、単行本の部数のピークだった大正八年については、「総部数は約十一万七千八百部で、その印税収入は大略三万六千円程になるかと思ふ。但しこれは単行本だけの収入で、別に全集による印税がある。全集は第一回募集分の終りの方と第二回募集分の始めの部分とで、合はせて三万一千円程のやうだから、この一ヶ年の印税は六万七千円程にもなる勘定だ。」と述べている。

そして全集の印税については、「第一回分は大略五万五千円、第二回分が九万円余り（第一回、第二回共に税率は一様に二割五分）合はせて十四万五千円程」となり、「さきのこの期間の単行本の印税と合はせると」、第二期の夏目家の印税からの収入は「三十万円を超える事になる。」としている。夏目家は漱石の死後、六年八ヶ月で、三〇万五〇〇〇円程度の印税を得たのである。年平均四万五七五〇円である。生前が松岡の推計で年平均二〇〇〇円、家計簿からは三〇〇〇円前後、単行本の増版数から大正四、五年は四〇〇〇円近くだったと推測されるので、仮に三〇〇〇円だとすると、一五倍以上の伸びである。

〈経済人〉漱石といえども、こんな事態が訪れることを予見できなかったろう。ただし、『道草』十七には暗示的な場面があった。元養父の島田は健三から金銭的援助を引き出そうとして、「本を遺して行つて呉れたもんですから、あの男が亡くなつても、あとはまあ困らないで、何うにか斯うにか遺つて行けるんです」と言い出す。友人の吉田も「成程何うも学問をなさる時は、それ丈資金《もとで》が要るやうで、一寸損な気もしますが、さて仕上げて見ると、つまり其方が利廻りの好い訳になるんだから、無学のものはとても敵ひませんな」と相づちを打って健三をおだてにかかる。そして、「此方の先生も一つ御儲けになつたら如何です」、「なに訳はないんです。洋行迄すりや」と、売れる著書の出版を催促した。もちろん、健三には「一体何の為に来たのだらう。是ぢや他《ひと》を厭がらせに来るのと同じ事だ。あれで向は面白いのだらうか」という苦々しい思いが残るだけだった。しかし、鏡子たちは、まさに島田が例にした「あの男」の遺族と同じ立場になっていたはずだ。しかも、漱石の著作は「あの男」以上の印税を夏目家にもたらした。夏目家が「印税成金」と呼ばれても致し方なかったろう。

3　夏目家の経済力

大正一〇年八月二九日「読売新聞」朝刊の「文士諸氏の所得調べ」は、四谷税務署管内での調査委員会による税額査定の様子をこう伝えている。「印税成金の夏目家が三千円の申告をしたのに対して、税務署では之を五千円と提案し委員会の査定に依つて、動かぬ所年収七千円と査定された」。夏目家が一位で、二位の坪内逍遙が六〇〇〇円、三位は三上於菟吉と長田幹彦で三〇〇〇円だった。

流行作家の三上於菟吉と長田幹彦よりも漱石が稼いでいるのは興味深いが、「七千円」は実態とかけ離れすぎている。ただし、夏目家の印税収入を把握するのは簡単ではなかった。松岡の推計は単行本の定価とその変動を無視していた。例えば、岩波書店から出版された縮刷本『心』（大6・5・18刊）の初版の定価は一円だが、六ヶ月後には一円一〇銭（第5版、大6・11・1刊）、二年後の第二一版（大8・10・1刊）は一円二〇銭、翌年の第三二版（大9・9・30刊）は一円五〇銭に値上りしていた。

したがって、松岡の推測よりも、夏目家に入ってくる印税収入は多めに考えた方が実態に即していることになるだろう。そのうえ、大戦景気の中で株を運用して、詐欺にでもかからない限りは、鏡子が自由に動かすことのできる資金は、場合によっては、一〇万円台だった可能性もあった。特に、大正八年は印税収入だけで七万円に近かったので、鏡子は、まさに「わが世の春」を謳歌していたことだろう。漱石が生きていれば、彼は中国の文人画を自由に購入する資金を手にしていたことになる。もっとも、「好事魔多し」ということば通り、大正八年は夏目家の不運を呼ぶ年にもなった。このことは次章でくわしく述べたい。

松岡は、第三期、関東大震災以降については、第三回全集・普及版全集の印税に言及している（前掲文）。第三回が「二十三万五千円程」、普及版全集の印税率は二〇パーセントで、「全二十巻を平均して毎巻八万から八万五千と見て大事ないやうであるから、内輪に八万と踏んで毎回一万六千円、二十回で二十二万円といふ数字が出るが、事実はそれよりやや多い目であらう。」とする。

夏目家は、昭和初年代の不景気の中、普及版全集から「二十二万円」、現在の貨幣価値に直すと、およそ四億四〇〇〇万円から八億八〇〇〇万円の収入を得ていたというわけである。しかも、二種の円本から少なくとも数万円に及ぶ印税が入っていたはずだ(5)。

なお、松岡は全集が出版されている時期でも単行本が売れていたことを指摘していた。春陽堂は大正一三年に「二万四千円余」、一四年に「一万二千五百円余」の印税を納めていた。新潮社の『坊っちやん』も大正一三年から一五年にかけて、「毎年八千部平均売つて居た」と述べていた。定価は第一三四版（大14・4・30刊）が五五銭なので、単純に計算すると、この本だけで新潮社から年平均一三二〇円の印税を得ていたことになる。

松岡の数字を検証するために、〈表7〉（二一六〜二一七頁）、〈表8〉（二一八〜二一九頁）を作成した。〈表3〉（五八〜五九頁）と同じく、『日本紳士録』記載の所得税額を整理したものである。まず、著作権を継承した夏目純一の所得税額を見ていこう。第二九版が二七〇六円、第三〇版が二一一一円であるのは、第三回全集のためだろう。普及版全集及び円本によって、税額が伸びているのは、第三三版の四七〇三円、第三四版の一万五八二二円、第三五版の一万六六一八円だろう。決定版全集の影響と思われるのは、第四二版の九八二五円だと思われる。ただし、所得税の課税方法が変更されるので、単純に税額が伸びているわけではない。

表には比較するために、漱石の義弟にあたる鈴木禎次、奥村鹿太郎と妻の所得税額を記載した。義弟たちを取りあげたのは、文学関係者ではない人物の例とするためであるが、同時に彼らは鏡子にとって、身近なライバルになったと思われるからだ。鈴木の安定した税額に比較すれば、奥村は恐慌や不景気によって浮き沈みが激しくなっている。しかし、好調期には菊池寛に匹敵する税額を納めている。

義弟たちの次に〈表7〉では、明治期から活動していた文学者・小説家、大正期に活動を始めた小説家、最後に野間清治などの新興出版社の社長の所得税額を記載した。〈表8〉では、大正期に活動を始めた作家のあとに、昭和戦前期の文壇の中心的な小説家、通俗小説・大衆小説・探偵小説の作家、最後に出版社社長の所得税額を記載した。

出版社社長を追跡したのは、ビジネスとしての出版の状況を確認するためである。一見して気がつくのは、講談社の野間清治の所得税額の圧倒的な多さである。文化的に対抗していたはずの岩波茂雄ははるかに金額が少ない。もちろん、岩波の税額は安定して四桁を維持しており、第四二版以降五桁に達している。野間の税額が市場の占有率を反映しているとすれば、講談社に対抗できるような出版社は存在していなかったことになる。

改造社の山本実彦は、第三三版など、円本で成功したはずの時期でも税額は多いとはいえない。改造社の経営の不安定さを暗示しているのかもしれない。新潮社の佐藤義亮は、文学関係の単行本中心だったために第二六版までの税額は少ない。しかし、第二七版以降、税額は上昇している。これはビジネスが好調になったことを意味している。そして円本「世界文学全集」の成功によって、野間清治の税額に近づいている。しかし、第三七版から四二版まで低額になっているのは、大衆雑誌「日の出」の不調のためだろう。第四三版以降は、日中戦争の本格化とともに、戦争記事によって「日の出」が好調となったこと、昭和一四年以降、文学書の売れ行きが好調になったことを反映していると考えられる。(6)

一方、文学者の方はどうだろうか。森鷗外・巌谷小波・内田魯庵など、定職をもった文学者はともかくとして、専業作家たちは所得税額が基準に満たないために、記載されること自体がほとんどなかった。島崎藤村・徳田秋声らは、円本からの巨額な印税収入によって、所得税額が記載

（単位は円。×は記載なし。△は所得税額の記載なし。―は死後の発行のため記載なし。太字は営業税、営業収益税。版数の下段は刊行年月）

26版 大10・12	27版 大11・12	28版 大13・12	29版 大14・12	30版 大15・11	31版 昭2・9	32版 昭3・7
×	×	145	75	53	×	×
171	490	244	2706	2111	134	317
57	115	339	996	1375	1374	1496
22851 **5153**	17371 **5010**	4412	△	1286	1452	6599
×	×	×	×	47	×	×
258	―	―	―	―	―	―
65	236	167	415	462	618	519
144	171	242	171	171	170	171
196	196	76	63	48	229	268
×	85	242	130	120	110	156
121	121	121	121	71	183	229
×	×	△	41	△	×	56
×	×	131	120	147	172	171
410	1115	―	―	―	―	―
×	×	×	×	×	×	65
×	×	×	×	×	161	137
61	91	226	231	196	220	262
×	×	304	165	271	4388	4635
×	121	236	324	△	×	×
×	187	73	99	90	―	―
×	31	71	71	121	300	301
×	×	×	×	×	105	×

2308 **42**	△	26290	41075 **67**	41075	81700	81691 **431**
123 **123**	2046 **205**	7578 **599**	14997 **879**	13896	1254	14684
610 **71**	×	3991 **117**	7589 **169**	7589 **169**	4382	1032 **420**
×	×	×	×	541	544	△

＊ 28版・29版は、「名士」及び、所得税41円以上を納入した者、または営業税61円以上を納入した者。
＊ 30版・31版は、「名士」及び、所得税47円以上を納入した者。
＊ 32版は、「名士」及び、所得税50円以上を納入した者、または営業収益税70円以上を納入した者。

〈表7〉『日本紳士録』による所得税額（21版～32版）

	21版 大5・12	22版 大7・1	23版 大8・3	24版 大8・12	25版 大9・12
夏目鏡子	×	×	×	×	×
夏目純一	×	×	×	×	×
鈴木禎次	53	53	66	66	106
奥村鹿太郎	×	87	732 **749**	732 **749**	6842 **2362**
奥村ウメ	×	×	×	×	×
森鷗外	168	137	308	354	354
坪内逍遥	61	60	57	75	75
巖谷小波	82	28	70	70	173
内田魯庵	37	37	44	×	×
永井荷風	×	×	×	×	×
田山花袋	×	×	×	×	×
島崎藤村	×	×	×	×	×
徳田秋声	×	×	×	×	×
有島武郎	×	123	×	671	671
武者小路実篤	×	×	×	×	×
谷崎潤一郎	×	21	×	×	×
長田幹彦	×	×	×	38	38
菊池寛	×	×	×	×	△
久米正雄	×	×	×	×	×
芥川龍之介	×	×	×	×	×
三上於菟吉	×	×	×	×	×
吉川英治	×	×	×	×	×

〔出版社社長〕

野間清治	×	136 **98**	1009	2161	2161
佐藤義亮	36 **62**	41 **62**	48 **81**	48 **98**	48 **98**
岩波茂雄	×	×	×	265 **71**	265 **71**
山本実彦	△	×	×	×	×

＊ 夏目漱石は、21版は×。それ以降は、「—」。
＊ 21版・22版は、所得税21円以上を納入した者、または営業税61円以上を納入した者。
＊ 23版は、「名士」及び、所得税21円以上を納入した者、または営業税61円以上を納入した者。
＊ 24版から27版までは、「名士」及び、所得税31円以上を納入した者、または営業税71円以上を納入した者。

（単位は円。×は記載なし。△は所得税額の記載なし。—は死後の発行のため記載なし。

太字は営業収益税。版数の下段は刊行年月）

40版 昭11・4	41版 昭12・4	42版 昭13・4	43版 昭14・4	44版 昭15・5	45版 昭16・8	46版 昭17・11	47版 昭19・5
138	905	9825	3282	1173	1017	2314	5590
×	×	1540	×	×	643	—	—
5901 **828**	12268 **1088**	42589 **2388**	59710 **2596**	25843 **1036**	36482	51043	×
△	×	×	×	×	×	×	×
120	120	379	507	709	3220	2240	—
71	85	△	149	142	△	25	△
136	169	320	784	823	730	1333	1761
145	151	108	148	495	49	△	930
264	△	△	△	△	△	△	△
685	540	625	918	750	457	758	△
1709	6339	17785	33876	30130	36674	40248	50334
1748	1657	2285	1534	2924	4162	2502	3609
△	△	230	270	919	614	2526	570
78	△	162	513	570	320	3932	5006
△	235	300	1708	2688	2500	1500	2482
△	△	△	534	1549	2500	2764	△
△	85	91	158	331	40	△	△
△	70	177	364	615	900	840	1725
×	×	△	244	615	900	3150	4740
2215	3165	1421	912	△	△	×	—
1799	2215	2401	5959	9602	11798	15222	20328
1566	1566	2611	1622	2266	2104	836	1477
1345	1955	4168	4741	3784	5450	5540	16612
307	235	318	884	836	1159	593	420

158450 **3131**	179488 **3339**	337821 **2693**	—	—	—	—	—
528	528	784	50480 **2596**	10440 **167**	123879	198963	416988
7576 **1556**	5573 **1244**	10990 **1557**	26855 **2596**	34444 **3116**	69951	160654	358159
△	△	1547	1786 **126**	4001 **256**	3750	31612	212577

＊42版は、「名士」及び、第三種所得税80円以上、または営業収益税70円以上を納入した者。
＊43版は、「名士」及び、第三種所得税100円以上、または営業収益税80円以上を納入した者。
＊44版は、「名士」及び、第三種所得税120円以上、または営業収益税100円以上を納入した者。
＊45版は、「名士」及び、分類所得税300円以上、または綜合所得税を納入した者。
＊46版は、「名士」及び、綜合所得税を納入した者。
＊47版は、「名士」及び、昭和17年度綜合所得税360円以上を納入した者。

〈表 8〉『日本紳士録』による所得税額(33 版〜 47 版)

	33版 昭4・6	34版 昭5・5	35版 昭6・5	36版 昭7・6	37版 昭8・4	38版 昭9・2	39版 昭10・2
夏目純一	4703	15822	16618	235	99	135	132
鈴木禎次	1543	1829	1313	1133	520	366	444
奥村鹿太郎	4192	4847	4499	4294 **95**	4457 **516**	8062 **880**	6765 **698**
奥村ウメ	×	×	326	253	△	159	173
島崎藤村	1314	461	495	170	140	197	196
徳田秋声	171	301	123	121	70	50	59
永井荷風	2421	290	138	88	63	61	96
武者小路実篤	2475	540	△	287	300	261	120
谷崎潤一郎	926	1308	388	855	148	154	136
長田幹彦	298	1702	379	394	303	383	733
菊池寛	4412	3627	2876	4143	5349	4140	4832
久米正雄	×	△	△	521	739	830	934
川端康成	×	×	50	50	50	52	52
横光利一	×	×	×	△	△	△	50
片岡鉄兵	×	50	×	×	×	×	×
林芙美子	×	×	△	×	×	×	×
宇野千代	×	×	×	×	△	△	△
尾崎士郎	×	×	×	×	×	×	100
丹羽文雄	×	×	×	×	×	×	×
三上於菟吉	1916	2865	2866	2215	2215	2215	2215
吉川英治	1332	731	1015	978	1125	2215	2190
大仏次郎	×	△	△	1566	1566	1567	1566
吉屋信子	×	×	146	268	420	441	1016
江戸川乱歩	692	80	156	324	1255	468	186

〔出版社社長〕

野間清治	101379 **182**	72310 **280**	72310 **2262**	125891 **1525**	120206 **1581**	115542	126778
佐藤義亮	32471 **5444**	27673 **5040**	17570 **7840**	5421 **2016**	424	451	468
岩波茂雄	2449 **985**	2258 **672**	2617 **784**	2227 **697**	2225 **646**	2225 **646**	3626 **906**
山本実彦	12305 **5320**	553 **1400**	858 **1400**	919 **1117**	254 **776**	229 **776**	198

＊33版から35版までは、「名士」及び、所得税50円以上、または営業収益税70円以上を納入した者。
＊36版から41版までは、「名士」及び、第三種所得税50円以上、または営業収益税70円以上を納入した者。

されるが、夏目純一の半額程度で、税額はすぐに一桁少なくなっている。円本による収入増は短期間で終ったと考えられる。

流行作家にしても、大正期では、長田幹彦・三上於菟吉・久米正雄でも純一に及ばない年の方が多い。さすがに、菊池寛は、第三一版、三二版でははるかに多額の税額を払っているが、純一に全集の印税がある第三三版は四四一二円、第三四版は三六二七円、第三五版は二八七六円にすぎなかった。第三三版は純一とほぼ同等の数値だが、他は一桁少ない税額となっている。時代の寵児ともいうべき流行作家たち——三上於菟吉・吉川英治・大仏次郎・吉屋信子・江戸川乱歩らも同様に、純一に全集の印税がある年にははるかに少ない税額である。もちろん、文藝春秋社の活動が拡大するようになれば、漱石の印税しかない純一は菊池寛の敵ではなくなってしまう。ただし、菊池の税額は第四五版以降、佐藤義亮や岩波茂雄に遠く及ばなくなっている。文藝春秋社のビジネスに何らかの問題があったのかもしれない。

こう見てくると、際立つのは、いわゆる純文学系の小説家の所得税額の低さである。横光利一や川端康成ら、文壇の中心的な小説家であっても、所得税額が基準に満たない年が多い。純一は全集の印税が入らなかった時期でも三桁の所得税を支払っていた。なお、すでに言及したように、昭和一四年以降、文学書が大変に売れるようになって、純文学系の小説家も経済的に豊かになる。片岡鉄兵・林芙美子をはじめ、横光利一・川端康成・丹羽文雄も四桁の所得税額を払うようになるが、純一は全集がなくてもコンスタントに四桁の所得税を支払っている。

大正中期から昭和戦前・戦中期にかけて、夏目家の印税収入がいかに突出したものであったのかがわかってくる。ここで、気になってくるのは出版社の利益である。夏目家に有利な印税率は出版社にとっては不利な条件である。夏目家と出版社は、いわゆるウィンウィン関係を構築できたのだろうか。例えば、岩波書店はどうだったのだろうか。

4　岩波書店の収支計算

岩波書店は古書販売から出版ビジネスに進出した新興出版社である。初刊本『心』によって本格的に出版ビジネスに進出した時には、夏目家からの出資に基づいた自費出版だった。漱石への最初の支払は、二〇円ですんでいた。しかし、死後、通常の印税の支払となったので、金額は急上昇したはずである。

縮刷本『心』の場合、清水康次によれば、年平均三〇〇〇部の増刷があったが（前掲文）、例えば、大正七年の定価を一円一〇銭とすれば、九九〇円、大正一〇年は一円五〇銭に値上げされているので、一三五〇円の印税を支払っていたはずである。

〈表6〉（二〇二～二〇七頁）を見れば明らかだが、大正六年から関東大震災までの、六年八ヶ月の間に、初刊本『明暗』（大6・1・26刊、定価2円50銭）は、縮刷本（大7・4・20刊、定価1円70銭ただし、大9・10・1刊の第38版以降は2円30銭）と合計して、三万四二四部発行された。清水によれば、そのうち、大正六年は初刊本のみで六二〇〇部、縮刷本は年平均約四〇〇〇部増刷されている。したがって、岩波書店は縮刷本の印税として、二〇四〇円、あるいは二七六〇円を毎年支払っていたことになる。

初刊本『道草』（大4・10・10刊、定価1円50銭）は、縮刷本（大6・6・1刊、定価1円、ただし、大7・10・30刊の第12版以降1円20銭、大9・11・1刊の第31版以降1円50銭）と合計して一万九六〇〇部発行されていた。清水によれば、大正七年以降は縮刷本のみの部数で、毎年平均約三〇〇〇部の増刷があった。岩波書店は、一〇八〇円、あるいは一三五〇円の印税を払っていたことになる。

岩波書店は単行本とは別に、大正期は三度出版された全集の印税を支払っていた。総計三八万円に及んでいたはずである。当然、岩波書店の利益も大きいと考えがちだが、ここで忘れてならないのは高率の印税である。松岡は第一回、第二回全集ともに「二割五分」であることを明かしている。漱石の場合、単行本の印税率が初版一五パーセント、二版・三版が二〇パーセント、四版以降が三〇パーセントの高さだったことからすれば、当然の条件だったろう。だが、出版社は果して儲かるのだろうか。見解は分かれている。

矢口進也は「ずいぶん高い印税率だが、直接購読制をとり、中間マージンのない出版形式では、この高率でも成り立ったようだ。」（「最初の漱石全集——大正六年版と八年版」『漱石全集物語』青英舎、昭60・9刊）と述べている。一方、松岡は単行本に関してだが、出版社が高い印税率で出版していたのは、「とにかく絶えず版を重ねる事と、仮令《たとい》それによる直接の利益は少くても、彼の著者が店の看板になるので文句は言へなかつたものだろう。」(前掲文)と、悲観的な見解を述べている。

正しいのは松岡の方だろう。小林勇の「過去三回の漱石全集の出版は、読者の信頼を得たし、いろいろな意味で取次店および小売店に対して岩波書店の権威を認めさせる有力な武器となった。」(「昭和三年」『惜櫟荘主人――一つの岩波茂雄伝――』岩波書店、昭38・3刊)という冷静な指摘が論拠となるだろう。安倍能成は「岩波が夏目漱石の知遇を得て、漱石との共同出版なる『こゝろ』を刊行した縁から、日本最大のポピュラーな作家の死後、『漱石全集』を岩波生前五回に亙《わた》つて刊行したこと、漱石の諸作品を文庫その他で刊行したことが、岩波書店に幸したことはいふまでもな」(「書店後記」『岩波茂雄伝』岩波書店、昭32・12刊)いと述べていたが、「幸いした」のは経済的な利益とは限らないだろう。

つまり、岩波書店にとって、商品としての漱石は「信頼」と「権威」の証しとして機能することで、岩波書店というブランドを確立するのに有効だったということである。

したがって、岩波書店のビジネスが拡大するためには漱石以外にヒット商品がなければならなかった。例えば、倉田百三の『出家とその弟子』(大6・6刊、定価1円)、『愛と認識との出発』(大10・3刊、2円)、鳩山秀夫の『日本債権法(総論)』(大5・9刊、定価1円80銭)、河上肇の『近世経済思想史論』(大9・4刊、1円50銭)、西田幾多郎の『善の研究』(大10・3刊、定価1円80銭)などがあげられる。安倍能成によれば、『出家とその弟子』は「岩波文庫に入れるまでに十五万近く売れた」し、『日本債権法』は「昭和十六年までに九万三千冊売れた」（「創業時代」前掲書）という。また、『近世経済思想史論』は著者が絶版とするまで増版が四六版（大12・7刊）に及んでいた。

なかでも、大正期の岩波書店にとって重要だったのは、「哲学叢書」全一二巻（大4・10〜6・8）の成功だった。安倍はこの叢書の意義を、「岩波書店に哲学書肆としての名を肆《ほしいまま》にさせたのも、元はこの叢書であり、又関東大震災以後、昭和初頭の不況、不景気に堪へる力を提供したのも、この叢書の売行が与《あず》かつて力があつた。」（同前）と説明している。その売れ行きについては「全十二冊の為に用意しておいた紙が二、三冊分でなくなるという勢であり、恐らく二十数年に亙って広く読まれ、何百版を重ねるものが、その大半を占めるといふ有様であつた。中でも最も多く売れたのは、速水滉の『論理学』であつて、大正末までに七万五千冊、それから昭和十六年までには九万冊、岩波の生存中に十八万冊に及んで居る」（同前）と述べている。

岩波書店は、漱石全集を含めて、多くのヒット商品を握っていたために、取次業者に対して一種の特権を獲得することになった。小林勇によれば、岩波が「支払いも全部月末にするのだからといって取次店とたたかって月末に全部集金することに成功した。しかし返品は期限付で受付けることになっていた。発行から六ヵ月間が有効で、それから一日でも過ぎると絶対に受付けなかった。（中略）岩波書店はまだ小規模の出版社であるが、取次業者からは特別扱いをされていたのだ」（「大正十一年」前掲書）。

また、岩波書店が経済的に好調であることは、著者も経済的に潤うことを意味していた。阿部次郎の大正八、九年の日記（『阿部次郎全集』第14巻、角川書店、昭37・11刊）には、岩波書店から出版された『倫理学の根本問題』（哲学叢書6、大5・7・16刊、定価1円20銭）、『美学』（哲学叢書9、大6・4・15刊、定価1円20銭）、『合本三太郎の日記』（大7・6・5刊、定価1円80銭）が頻繁に増刷されたことが記されている。(7)

阿部は昭和五年九月三〇日の日記にこう回想している。

（前略）学校を出る前後にはひどく金に困つてゐた。併しその当時は月末の勘定が合へば余裕の有無は（小遣の有無さへ）問題にならなかつた。家を持つてもこの無頓着は継続した。必要な金策以上に金の苦労を知らずに貧に処して来た。そのうち本が売れ出して必要以上に金がはひつて来た。別に贅沢したくもなかつたから予算なしに使ひたいだけ使つても残つた金が次第にたまつて行つた。今の家、土地、骨董等はそのたまつた金で出来た。この苦労を知らぬ時期がほゞ去年の秋まで続いた。（後略）（同前）

なお、日記（同前）には、具体的な数字として、大正八年に関して、「年に千円の収入は」「既刊の書の印税だけでも上つて来る」（大正九年の日記「六月の分」）とある。また、大正一〇年に「所得税申告二千二百六十六円十銭」（4・19）を提出したところ、税務署の所得決定書は「昨年の総収入を超過」した「四千二百余円」（9・11）だったので驚いている。阿部も漱石ほどではないにしろ、「印税成金」となったのは否めないだろう。

漱石の作品は夏目家にとってまさに印刷すれば換金できる究極の商品となっていた。一方、岩波書店にとっては、ブランドの確立、取引上の地位の向上などといったことに貢献していたと見るべきだろう。その意味で、経済的には不安定な要素のある、ウィンウィン関係が成立していたことになる。

もちろん、夏目家は漱石と作品を商品として見ていただけではなかった。弟子たちとともに、漱石を顕彰して、文化資産としての価値を高めようとしていた。

5　漱石の顕彰運動

大正九年一月一一日「読売新聞」朝刊の記事が顕彰運動の例としては最適だろう。「今年漱石の氏の三周年で／其の書斎を開放／来る五月から＝その儘に／蔵書二千＝追て図書館に」という見出しの記事である。鏡子と松岡譲が「公開は多分五月頃にならうと思ひます。（中略）蔵書は僅か二千冊位ですが、行々は別に加へて図書館のやうなものも作りたいと思つてゐます。公開するにしても何ういふ方法にするか、それはまだ後の事になりませう。」と語っていた。

漱石山房をどうするのかは、漱石の死の直後から、遺族と弟子たちにとって、重要な課題となっていた。家の新築を契機として考えられたのが、文豪の足跡を訪ねる観光ツーリズムに終ってしまう可能性はあるものの、図書館設立への第一歩としての書斎公開ということになるのだろう。実際に実施されたのかは確認できていないが、次に紹介する漱石の遺墨展は開催されている。
同年九月一二日「読売新聞」朝刊は「夏目家が主催で漱石の／遺墨展覧会を来月開く／八大長編小説の原稿も並ぶ／会場は日本橋倶楽部と決定」という見出しでこう報じている。

　文豪夏目漱石先生の遺墨を一堂に蒐めて見せると共に『漱石遺墨集』を編して後世に伝へやうとの内相談は小宮豊隆氏等に依つて唱へられたのであつたが、過日来、漱石未亡人鏡子刀自の名で故人の書画幅の代表的なものを愛蔵する各方面の知己に対して借用状を発してゐるが、昨夜の「九日会」で「夏目漱石遺墨展覧会」の会期は来る十月八日の午後を招待に、九、十日両日を公開し、会場は日本橋倶楽部と決定した。同展覧会は東京ばかりではなく、その儘京都へ持運んで同地に在る西川一草亭氏（津田青楓氏の令兄）が世話人で開催される筈である。故人自らが上出来と許した画幅の多くは夏目家に秘蔵されてゐるが、門下の小宮豊隆、野上臼川の両氏、滝田樗陰氏、津田青楓氏、故水落露石氏を始め、其他三都ばかりか、越後、遠くは大連に迄蔵幅家が散つてゐるのでこれを蒐めるのは大抵なことではなからう。（後略）

夏目家や弟子たちは文豪として、文化遺産として漱石を顕彰しようとしているのであるが、問題はそれを受け入れる土壌がどのようなものだったのかということである。というのも、一般的には漱石は『吾輩は猫である』や『坊っちゃん』の作家、明るいユーモア作家であり、深刻な現実に迫っていかない「低徊趣味」の作家だったからだ。

例えば、田山花袋は『彼岸過迄』を読んでいないにも拘わらず、漱石には「矢張軽い皮肉と不愉快な見方とがある。氏一流の解決が到る所に下してある。」と断定して、「生きた人間よりも、作者の好き嫌ひの加つた人間が氏の作中の人物に多い。だから漱石一流の見方を喜ぶ人には、氏の作物は面白いが、それを喜ばない人には、多くの場合反感を起させることが多いのは止むを得ない」、「氏の作物には、作中人物の行動とか運命とかよりも、氏の言つてゐることに興味を惹かれるやうなところがある。単に文章に引つけられるやうなところもある。氏の世界は吾々が見てゐる実際の世界には余程離れて居るやうにも思はれる。」(「近頃読んだ小説についての感想」「文章世界」明45・5)と述べていた。

徳田秋声は『彼岸過迄』を読み、『行人』も「途切れ〳〵に読んだ」うえで、こう述べている。「元来私の作物は、暗い、冷たい、而して穢らしいものだが、それに引換へ、漱石氏の作物の、如何にも明るくて、人生に突込んで行かうとしては忽ち離れて了ふ、あの機智に富んだ描写が、無性に面白く感じられた。別に筋も何もない『彼岸過ぎ《ママ》迄』に興味を持つた私は、より以上の努力の表れて居る『行人』を、是非もう一度悠然《ゆつくり》と読返して見たいと思うては居るが、現在の私にはそれほどの余裕がない。私は斯う云ふ境遇を悲しむ」(「本年の文壇　創作界を顧みて」「時事新報」

大２・12・13）。

彼らが漱石に対して抱いている固定観念は強烈だった。彼らは、漱石が〈現実〉と安全な距離を保ちながら、「機智」と「明る」さに彩られた文章によって作品世界を構築していると見ていた。彼らは『吾輩は猫である』や『草枕』の作家のイメージ、余裕派あるいは「低徊趣味」の作家としてしか、認識していなかったのである。徳田秋声が、『行人』の長野一郎の、「死ぬか、気が違ふか、夫《それ》でなければ宗教に入《い》るか。僕の前途には此三つのものしかない」（「塵労」三十九）という痛切な発言を読んでいて、「如何にも明る」いと述べていたのか、大変気になるところである。

ただし、彼らが漱石と対立的な関係にある自然主義文学系の作家だから、作品世界を意図的に曲解しているわけではなかった。弟子の小宮豊隆も同様な視点から評価をしている。小宮は「漱石先生の『心』を読んで」（「アルス」大４・７）で、「興味の深い主題《テーマ》」の扱い方に関する不満を述べている。「例へて云へば主題の頭と尻尾とを書いて肝心の胴中を抜かしてゐると云ふ気を起させるやうな、罪を犯すに至る迄の経過と罪を犯して後の十幾年に出来上つた態度とのみが書かれてゐて、罪の重みに悩みつゝ一つの態度から段々他の一つの態度へと移つて行く『先生』の内面の経過が、殆んど示されてゐない」。つまり、『心』はもっとも力を入れて書くべきこと、Kの死後に生じたはずの先生の罪悪感や心理的な葛藤を描いていないという批判である。

小宮は「自分の志す処へ早く連れて行つて貰へぬ辿しさ」を感じたとして、「書かれむとした根本問題の直接性が其為め（読者の感受から云つて）非常な損害を受ける。」と指摘した。「中　両親と私」は余分だといわんばかりにこう批判している。

（前略）縦令《たと》ひ其処には父と子との思想の相違が如実に描き出されてゐるとは云つても、又縦令ひ夫《それ》は主人公と『先生』との交渉に対照させるために主人公と両親との交渉が書かれてゐるのではあると云つても、私には漱石先生のRealismに対する要求とRealismに対する愛情とが、茲処《ここかしこ》《ママ》に低徊を強ひて、然かも読者にも低徊を余儀なくするものであるとしか考へられない。

小宮の批判のポイントも「低徊趣味」だった。読者を「主題」に直面させずに回り道をさせたり、傍観者的な立場からながめさせようとする漱石の〈悪癖〉が発揮されていると批判しているのである。小宮と自然主義文学系の作家たちとの見方は共通していた。ただ、見逃せないのは、新しい評価軸が成立しつつあったことである。(8)

恐らく、一高・帝大の学生たちの間から、『行人』を書く漱石は『吾輩は猫である』を書いた漱石ではない、『行人』は「先生自身の思想上に新らしき一時期を画すべき大なる記念碑である」（本郷　孤蓬生「●緊要なる問題――漱石先生の演説（九）――」「時事新報」大3・1・18）とする見解が表明されるようになった。そうした見解をもっとも熱烈に述べているのは、芥川らと親しかった江口渙だろう。彼は「大正三年の四月の末の或る夜」、初めて漱石と出会った時の感動をこう描いている。

（前略）「今自分の眼の前にはあの偉きな心の世界に住む人が座つて居る。あの『行人』の手紙の中ではその世界は単に雲間の片鱗として我々に示されて居るに過ぎない。然し事実に於いて先生はその雲霧の奥の全鱗を摑むで居るに違ひない。その世界はシンボリカルな言葉で云へば蒼く静かに澄み切つた深い偉きい魂の世界である。今しも黙つて座つて居る先生の心の上には、その世界の光の波が静かに溢れて居るに違ひない。そして先生のいのちを内部から仄かに穏かに暖め、偉きく深く照して居るに違ひない。その光の余波《なごり》がかうして向ひ合つて座つて居る私の心の上にも及ぼすのださうだ。たしかにさうに違ひない。」

かう考へれば考へるほど、私の心は次第に先生と云ふものに支配されて終つたのである。向き合つて唯黙然と座つて居ながらも、私の瞳は絶えず先生の瞳に注がれた。そしてその澄み切つた光の間から頻りに先生の心の世界を覗かうとした。今その時の事を書くに際して、私は隠さずほんとうの事を云ひ度い。事実その時の私は先生の心の世界の或る片鱗を、或る断片を、幾分なりとも覗く事が出来たやうな心持がしたのである。その夜胃の工合が悪い為め、とかく苦しさうに俯向いては沈黙勝ちであつた先生が、時々不図額を反らし眉を揚げて電燈の光を仰ぐ、度々その獅子のやうに輝く眼なざしの奥から偉きな世界の光が向ひ合つた私に見えたやうな気がしたのであつた。そしてその度毎に私の心は異常なシヨツクを受けて異常に慄へた。「さうだ。今しも私の眼の前に居るのは芸術家とか学者とか云ふやうな個々のものを超越して一個の偉大な人なのだ。ほんとうのいのちを摑んで居る人なのだ、ほんとの心の世界に住んでゐる人なのだ」。その度毎の瞬間に私の心は私にかう囁くのであつた。

（「漱石先生私議」「新思潮」大6・3）

ただし、漱石の死後、彼を「偉大な人」と見る、新しい評価軸が文壇や一般読者を支配したわけではなかった。なぜなら、新しい評価軸は作品そのものの評価と連動していなかったのである。江口の「感動」が典型的だが、「感動」の根拠は作品そのものにはなく、漱石本人の、ちょっとした動作にあった。しかも、その場にいた弟子たちが全員、江口のように漱石を解釈したとは思われない。江口は自分の思い込みに「感動」していたと判断すべきだろう。したがって、読者が『行人』そのものから漱石の「偉大」さを読みとることができなければ、「偉大」さに気づくのは漱石と直接対面した人だけということになる。そのうえ、漱石を「低徊趣味」の作家と見る見方は強力だった。

例えば、島為男は『夏目さんの人及び思想』（大同館書店、昭2・10刊）の中で「今日でも単独に『猫』を読んだばかりで、他に余り多く彼の作品を読まない人々の間には、夏目さんが単なる滑稽家と考へられてゐるらしい。ばかりでなく、さうした意味に於て夏目さんの人格を了解してゐる人がまた少くないと思ふ。」（「夏目さんの表現と人とについて」）と、一般的な読者の傾向を指摘した。島自身は、漱石が『彼岸過迄』以降、「イゴイズムの剔抉解剖」を中心に「則天去私」をめざして文学活動を展開してきたと解釈している（「夏目さんの人格の中心的なるものについて」）が、島は少数派だったはずだ。

昭和一〇年一一月号の「思想」は「特輯漱石記念号」だった。決定版漱石全集の宣伝のための特集のはずであるが、評価には大きな幅があった。例えば、大熊信行は「漱石はもう過去の作家」であり、「あと三四十年」で「少数篤志の文学愛好者や専門の研究者が漱石をいぢくるだけの時代」（「新聞小説家としての夏目漱石——覚書二三——」）がやってくると予言している。あるいは、「後期の作品を読む時も」「頗るデリケートの江戸ッ子感覚を感ずる」のは長谷川如是閑だった（「漱石と江戸ッ子文学」）。如是閑によれば、「漱石の作品に感じられる江戸ッ子的感覚は、芸術的に昇華せしめられたそれではなく、生活的の、常識的の、江戸ッ子感覚である」。

両者の見解は偏ったもののように思われるが、若手の文芸評論家たちも島のように考えているわけではなかった。河上徹太郎は『吾輩は猫である』と『行人』に共通するのは「楽天的な感受性の報告する心理風景」（「漱石一面」）であると指摘する。中村光夫は「低徊趣味」が漱石の「思索の根本形式」（「漱石私感——『それから』について——」）であることを前提に議論を進めている。そして森山啓はこう結論している。

（前略）この日本的な巨匠を、明治以来の日本の、経済とイデオロギー諸領域における急燥な発展、進歩と保守の激突、階級的諸矛盾、等には情熱的に関与することなく、西洋の近代的文物に対する知識をもちながら精神において封建的な東洋社会のイデオロギーの伝統に親しんだことによつて、社会の土台にも精神的な諸産物にも前資本主義的なものを残したまゝ発展した近代の日本を、消極的に文人風に代表した大家であつた、と云ふことは出来るのである。

（「漱石についての小感」）

人選に問題があったように感じてしまうが、昭和一〇年代の若手文学者の漱石評価は高くなかった。中村武羅夫の「森鷗外と夏目漱石（下ノ二）」（『明治大正の文学者』留女書店、昭24・6刊。ただし、初出は「新潮」昭17・11）によれば、「このごろ若い文学者の間に於いて、漱石の文学について云々してゐるのを見るのは、ほとんど稀れである」。そこで武羅夫は「機会ある毎に、よく若い世代の文学者たちに質問するのであるが、ほとんど大抵の人々が――十人の中の八九人までは鷗外の文学を称揚して、漱石の文学をつまらないと答へるのが常で」、「漱石文学の偉大を説」いても「私の説に同感してくれるのは十人中の一人に過ぎない。漱石文学の真価といふものは、遂ひに若い世代に理解されないのであらうか。」と嘆息している。

「則天去私」の神話は「若い世代の文学者」にとって魅力のないものだったのだろうか。それとも、神話そのものが定着していなかったことを示唆しているのだろうか。いずれにせよ、鏡子たちは大変困難な課題に挑戦していたことになるだろう。こうした状況を予言するエピソードとして見逃せないのは、大正六年六月一日「読売新聞」朝刊の婦人欄に掲載された出来事だろう。

□お茶請け　帝国文学会と翫古彫刻会とが主催で開いた婦人風俗展覧会では、閉会迄に陳列作品の即売となつたものと言つては、たゞ夏目漱石氏の像一点だけであつたと申します。その買手といふのは、誰あらう漱石夫人鏡子さんなのでした。鏡子さんは最終日の午後二時頃に来られた。会の方では、六月九日即ち命日までに、ブロンズに仕上げて差出すことにしてゐるさうです。会の方も、作者中谷氏も、夫人に対して、深甚の謝意を表してゐると洩れ聞きました。

注目されるのは、漱石像を購入したいと思う愛読者がいなかったことだろう。鏡子が申し込まなかったら誰も購入しなかったのである。しかも、ブロンズ像、すなわち複製品であることを考えれば、希望者がいればいくらでも制作することができたはずである。にも拘わらず、希望者が一人もいなかったことは、愛読者でもブロンズ像を手元に置こうと思うほど、漱石の評価が高くなかったことを意味している。

二面しか制作されなかった漱石のデスマスクについても同様なことが考えられるだろう。デスマスクもやはり複製品である。ナポレオンやベートーベンのデスマスクの人気が高かったことが知られている。ベートーベンの場合、江馬修の『受難者』（新潮社、大5・9刊）の主人公日野努や武者小路実篤の『友情』（「大阪毎日新聞」大8・10・16〜12・11、以文社、大9・4刊）の野島は書斎に飾っていた。ベートーベンは芸術家として憧れの存在であり、彼らは自らの創作意欲を高めるために飾っていたのである。[9] もちろん、漱石のデスマスクの場合、入手の問題はあるのだが、[10] 野島からすれば、漱石は肖像を飾るほどの芸術家ではなかったということになる。

鏡子や弟子たちが漱石山房を残そうとしても、漱石の文化資産としての価値は彼らが考えるほど、社会的にも文壇的にも認められていなかったといわざるを得ない。漱石山房を文化遺産として残すためには、一般読者・文壇人や公的機関に頼らず、夏目家が主体となって、多額の印税を投ずるしかなかったのではないだろうか。

大木志門が指摘するように、子規庵保存会が「公的な金銭援助を受けない法人」（「文学の『記憶装置』としての家――前文学館運動として見る子規庵と漱石山房――」「日本文学」平28・11）であったにも拘わらず、正岡子規の子規庵が残ったことや、近代数寄者たちが蒐集した茶道具を中心に美術館を自ら設立したことなどを想起すれば、漱石山房の命運との大きな差異を感ぜずにはいられない。[11]

いずれにせよ、夏目家の資産の主たる投資先は漱石の顕彰運動ではなかった。鏡子は、夏目家の資産を何に使ったのだろうか。

□注

（1）「義務的な掛け金」は月給から毎月四円天引きされていたことをさしているのではないだろうか。漱石は朝日新聞社に一一七ヶ月勤務しているので、単純計算では四六八円である。また、賞与からも同様に天引きされていたとすると、計五四〇円となる。なお、二葉亭四迷は明治三七年三月に月給一〇〇円で大阪朝日新聞社東京出張員となり、四一年六月に露都特派員としてペテルブルグに赴くが、病気の悪化から帰国途中、四二年五月一〇日にベンガル湾上で病死した。朝日新聞社は遺族に「勤続慰労金二百五十円、同割増金百円、弔慰料三百円、特別弔慰料千円」（紅野謙介編「年譜・著作目録」『二葉亭四迷全集』別巻、筑摩書房、平5・9刊）を交付した。総計一六五〇円である。漱石の月給・勤続年数ともに二葉亭の倍にあたるので、朝日新聞社が「九千円近い金」を交付したのも不自然ではないだろう。

（2）鏡子の念頭にあったのは、「惨《なめ》文学者の遺族／△粥を啜って口を糊す」（「読売新聞」明44・12・26朝刊）といった新聞記事だろう。記事は、「一月の支出」「十四五円」もままならぬ、山田美妙の遺族の窮状を伝えていた。「文士遺族の困難は尚ほ此の他にもあ」るとして、二葉亭四迷・国木田独歩の遺族が言及され、「紅葉眉山両氏の遺族だけは全集のお蔭げで此の窮迫から免れてゐるに過ぎない」とあった。といっても、眉山の遺族の場合、「全集の原稿料二千六百円を三菱銀行に預け其利子約百円（一ヶ年）をも生活費に充てゝ居る」（「●文士遺族の消息」(上)「読売新聞」明44・6・8朝刊）といった程度なので、親戚の家に身を寄せていなければ生活は成り立たなかったはずである。独歩の遺族の場合は全集の「印税の四分の一、約二百七十円程は未だ手に入つてゐないから頼りにも出来るが、出版当時懐にした八百円計りの金は最う残つてゐない」（同前）とあった。二葉亭の遺族の「生活費」は友人の「太田黒重五郎氏が保管して居る約三千円計りで之れをボツ〳〵費して」いる状態で、「三千円の大半以上は東京朝日新聞社が遺族扶助料として贈呈したものださう」（同前（中）同前　6・9朝刊）だという。なお、メディアは「文士遺族」に関する記事を継続的に掲載していた。特集記事としては「遺族を訪ねて」（全13回「読売新聞」大14・4・5〜29）などがある。

（3）久米がデモンストレーションの材料として使われたとすれば、恋への同情は切っ掛けさえあればすぐに雲散霧消してしまうはずだ。切っ掛けとなったのは久米の不安定な素行であり、久米よりも扱いやすい松岡譲の登場だった。

（4）文壇の経済的黄金時代の主力商品は、島田清次郎の『地上』シリーズ（新潮社）や賀川豊彦の「死線を越えて」シリーズ（改造社）のような、無名の青年の自伝的な、書き下ろし長編小説だった。『地上』第一部は「昭和二年八月、二百七十版を刊行」、後者は「三巻約六百版、九十万部を売ったといわれ」（『新潮社一〇〇年図書総目録』平8・10刊）ている。

（5）山村三次は「円本成金の成金振り」（「婦人公論」昭3・12）で、「試みに改造社の『現代日本文学全集』を見るに、最初の印税が四万円から三万七八千円を下らず、現在に於てさへ、一万七八千円はある」としている。具体的な金額に言及しているのは、志賀直哉、直木三十五、豊島与志雄である。それぞれ、志賀は「改造社と春陽堂と併せて、約一万二三千円」、直木は「平凡社から入つた約二万円近い金を、二月《ふたつき》か三月で費消した」、豊島は「新潮社からの印税約七万円を、友人が三井信託に保管して置」いたと紹介されている。豊島の金額が突出しているのは、正味五八万人という予約者数、翻訳したユーゴーの『レ・ミゼラブル』が三巻本だったからだろう。

（6）『新潮社一〇〇年図書総目録』によれば、「日の出」は昭和七年八月に「創刊号三十万部を印刷して華々しく発足したが、既成誌の地盤は堅く、約十四万部の返品を見る。佐藤義亮は全社員と共にこの原因を検討し、時局ものや娯楽記事にさまざまな工夫を凝らすも、累積する赤字に苦し」んだ。しかし、「日華事変勃発（十二年七月）の頃から売行きは更に上昇の一途を辿り、国民雑誌と称される基盤を固めるに至」った。また、昭和一四年を境に「時局ものの他文学作品がよく読まれ、特に廉価版・普及版の売行きが盛んとなる。このため出版界では事変前の不況から脱し円本以来の活況を呈する」ことになった。くわしくは拙著『カネと文学　日本近代文学の経済史』第六章「黄金時代、ふたたび」を参照されたい。

（7）ただし、部数は一〇〇部から五〇〇部の間で、一〇〇部単位で変動していた。

（8）くわしくは拙稿「漱石評価転換期の分析——『彼岸過迄』から漱石の死まで——」（『文学者はつくられる』ひつじ書房、平12・12刊）を参照されたい。

（9）『受難者』では、主人公が尊敬する芸術家たちの複製と対面することで執筆のモチベーションを維持しようとしている。「自分は又嵐が余り烈しかつたり、精神に異様な興奮を覚える時は、その前を離れて、妻が笑つて呼んだとほり『室内巡礼』を始める。自分は先づ床の間の前に立つて、腕を組みながらレンブラントの自画像の大きな色刷の複製を注視する。自分は彼の一生を、其幸福と悲哀と苦痛とを涙無しに、或ひは勇気を感ずる事無しに考へることができない。次に自分は柱にかゝつてゐるベヱトオフェンの面《マスク》に歩みを移す。偉大なる受難者。それから狂気するまで運命と格闘した戦士ストリンドベルヒは烈しく自分を叱咤する。さうしてドストエフスキーの肖像に面する時は自分は極つてラスコルニコフがソーニアに向つて云つた言葉を聯想する。まさしく自分は人類の苦痛の前に跪く気持を感ずる」（「エピロオグ」）。

『友情』には「大宮から送つてくれたベートフエンのマスクに顔をあてた。それはベートフエンの肖像を柱に鋲でとめたことを知らした時、少しおくれて大宮から送つて来たので、彼は大宮の友情に感謝して涙ぐんだ。その時の彼に之程ありがたい送りものはないと思へたので。彼は持つべきものは友だと思つた。」（上　三十五、引用は『武者小路實篤全集』第5巻、小学館、昭63・8刊による）とあった。

(10)　夏目鏡子は、弟子たちがデスマスクをほしがったが、「そんなに沢山い、のがとれないといふことで」二面だけ作成して、「他は作らせないといふことにきめ」（「六四　其後の事ども」）たと回想していた。複製品としての特性を損う決定といえるだろう。

(11)　大木は「そもそもなぜ子規が明治の文学者の中で早くから積極的な顕彰の対象となり、居宅保存運動がなされたかといえば、この早世のカリスマを祭り上げ、追悼・顕彰作業の中で自らの存在を誇示しようとした門人たちの党派意識によるものが大きかったはずである。子規庵保存の成功は、まさに党派性の功罪によるものなのだ。」と指摘している。また、熊倉功夫は「戦前の徳川美術館、根津美術館にはじまる、美術館というかたちのコレクションの維持・公開は、数寄者の最大の遺産であった。」（「現代の茶道」『近代茶道史の研究』）と指摘している。徳川美術館は、昭和一〇年に尾張徳川家の徳川義親の寄贈により、根津美術館は、昭和一五年に根津嘉一郎によって創設された。熊倉は「以来、多くの美術館が誕生した。白鶴美術館（嘉納鶴翁）、藤田美術館（藤田香雪）、逸翁美術館（小林逸翁）、畠山記念館（畠山即翁）、松永記念館（松永耳庵）、香雪美術館（村山玄庵）、五島美術館（五島慶太）、滴翠美術館（山口吉郎兵衛）等々、枚挙にいとまがない。」（同前）と述べている。

第六章　夏目鏡子の収支計算書

1　鏡子のライフスタイル

印税成金となった鏡子はどのような生活をしていたのだろうか。まず、注目されるのは、住んでいた土地と建物を購入したことだろう。『漱石の思ひ出』にはこうあった。

大正七年に土地家屋の持主にお願ひしまして、家ぐるみ土地を譲つて戴きました。地坪は三百四十坪ばかり、家は古屋でとても長く住むには堪へないやうに見えましたが、ともかくこゝが終焉の地であつてみれば、さういふ点からでも自分たちのものにしておきたいと存じましたのです。ところが書斎居間の二間を記念の遺室として保存するとすると、あとは殆んど使用に堪へないといつてもいゝ位なぼろ屋で、其上誠に狭いのです。初めは子供たちも小く一部屋に幾人でも居てくれましたが、段々大きくなつてはさうも行かず、そこで意を決しまして、ともかく書斎二間だけを切り離して、書物から飾りつけ迄、生前のまゝの姿で保存することにし、あとは取り壊はして別に私どもの住むところを作ることに致しました。

（「六四　其後の事ども」）

ただし、巨額な印税にまかせて、即金で購入したわけではなかった。家主との交渉にあたった松岡譲によれば、代金は「掛け値なしの正味二万円」ということで「即座に一決した」。「しかしその頃の夏目家には、それだけの遊んでいる貯えはなく、財産株として銀行株だの電燈株だのと多少あるのを処分しようという未亡人をなだめ、岩波茂雄さんに保証人になってもらって、彼の取引銀行から融資をうけた。その手形を六十日目に書き替えに行くのが、当時の私には誠につらかった」（「ああ漱石山房」『ああ漱石山房』朝日新聞社、昭42・5刊）。

万円単位の株を「多少」と表現するのは少々気になるが、印税を一挙に使わない選択をしたのは堅実な判断のように見える。だが、新築した家の方はちがったようだ。松岡は建築費を銀行から借りたとは説明していなかった。こちらは印税を投入したと考えられる。新しい家は、後に紹介する新聞記事によれば「四万円」で建てられた。「旧家屋のほぼ三倍近い」もので、松岡は設計図を見た時に反対したという。「こんな大きな家を行くどうなさるつもりか。順当に行けば、お嬢さんたちは次々に結婚するだろうし、第一、私への新しい書斎は誠に有難いが、ここで一つ屋根の下に住むからこそ、家の畳数に無理がかかる。私たちは近所に分相応な小ぢんまりした世帯を持つ方が、双方にとって遥かによいのだと食い下がり、十年もつかもたないか疑問だと思われるものを建てるのは無謀ではあるまいか、とまで極言した」（同前）。鏡子は松岡の言を聞き入れなかった。

『漱石の思ひ出』の語り口とは異なって、鏡子は思い通りに、印税を使っていたと考えられる。

漱石の孫にあたる、大正一三年生まれの松岡陽子マックレインはこう回想している。

小さい頃の私が覚えている祖母はこんな生活だった。冬はお正月過ぎてから湯河原の天野屋旅館で二カ月ほど避寒し、春は京都の都ホテルに泊まって祇園祭を楽しみ、夏は日光中禅寺湖ホテルで避暑、というような豪勢な生活を送っていた。京都へ行くときはいつも私たちは駅に見送りに行った。その頃では最高級の、東海道線の一等展望車に乗っていた。（後略）

（「祖母鏡子の思い出」『漱石夫妻 愛のかたち』朝日新書、平19・10刊）

久米正雄の『破船』（「主婦之友」大11・1～12）には、夏目家が大正六年八月の避暑を葉山で送った時のエピソードが描かれている。『破船』によれば、八月六日前後に葉山に出発した夫人（モデルは鏡子）から、八月下旬に留守番をしていた小野（モデルは久米）に手紙が届く。「持つて行つた金が、だん〳〵残り少なにもなりかゝつたし、また、もう引上げる時期も十日近くに迫つてゐるから」「銀行から五百円ばかりを受取り、それを為替なり小切手なりにして送つてくれ。もしまた小野が、今都合が悪くないならば、送る途中で間違ひの起つたりする心配がないやうに、自身で葉山まで持参してくれ。どつちともよろしく頼む。と、いふことだつた」（第十三章　引用は新潮社、大14・5刊の『破船』後編18版による）。高等文官試験に合格した高等官の諸手当を含まない大正七年の基本給が七〇円なので、五〇〇円はその七ヶ月分以上である。もし残り一〇日間の費用の目安が五〇〇〇円だったとすれば、いくら一家をあげての避暑だとはいっても、三週間ほどで一〇〇〇〇円近くを使うことになる。鏡子の贅沢な暮らしぶりが浮かびあがってくる。

松岡陽子は、鏡子がこうしたライフスタイルをとった理由について次のように分析している。


（前略）祖母は裕福な家庭に育ったが、結婚後の二十年間は子だくさんで経済的に切り詰めた生活をした。その祖母が、夫の死後印税収入により裕福になったとき、気前よさなのか、浪費性なのか、生来の性格が戻ってきたのも無理はなかったろう。

当時の未亡人は、三十九歳という若さであっても、六人の子持ちの上に著名な作家の未亡人であれば再婚したり、また現代のように、男性との新しい出会いを楽しむなどとは考えられなかった。子供たちを不自由なく育てる以外には、自分の好きなように暮らし、気前よくお金を振りまくことが、祖母に与えられた唯一の楽しみであったことは容易に想像できる。

（「祖母鏡子の思い出」）


だが、鏡子のライフスタイルが弟子たちにいい印象を与えるはずはなかった。寺田寅彦は大正八年七月一六日付の小宮豊隆宛書簡でこう述べていた。「今日夏目夫人がわざ〳〵御来訪被下まして結構な御紋付の羽織を頂戴しました。難有い事は難有いですが、此の御紋付の意味が小生にはよく分りかねます。先生から下さつたのなら格別だし、又先生御存生ならば多分此れは下さるまいと思ひますが、どうでしやう。君だけに一寸不平を洩します、悪しからず」。鏡子が自分たち弟子を、いってみれば、出入りの職人扱いにすることへの困惑が述べられている。
また、大正一二年七月三〇日に、新築後初めて、夏目家を訪問した時の印象も芳しいものではなかった。

朝津田（注：青楓）君をたづねたら留守であつたから思ひついて夏目さんへ行つた、六年目位だと思ふ　新築が出来てからはじめてゞある、奥さんや子供達は軽井沢へ行つて留守で松岡夫妻だけ居た。奥さんや松岡君の絵を見た。立派な普請である、知人の中で此れだけの家に居る人はない。何だか先生に気の毒に感じた。（後略）（「日記」）

寺田のような初期の弟子にとっては、このような鏡子の姿は『吾輩は猫である』の珍野苦沙弥の妻や『道草』に描かれたお住ではなく、金田夫人や『明暗』の吉川夫人のように見えたのではあるまいか。また、白井道也の「金のあるものが高尚な労力をしたとは限らない。換言すれば金があるから人間が高尚だとは云へない。金を目安にして人物の価値をきめる訳には行かない」（「野分」十二）という演説を思い出していたかもしれなかった。
安倍能成は、「改造」に連載中の「漱石の思ひ出」（昭2・10～3・10、12）を読んで鏡子が記憶違いをしていることに気づき、それを訂正する書簡（昭3・6・19付）を鏡子に宛てて出している。

その中に次のような一節があった。

私は奥さんのいゝ処、えらい処は知って居るつもりですが、正直をいへば、私は奥さんの今の様な御生活ぶりを好みません。私は今しばらく奥さんと離れて、奥さんのいゝ処だけを想はせて頂きませう。御幸福の御一家の上にあらんことを祈ります。（磯部彰編『明治・大正期における根岸町子規庵の風景』「東北アジア研究センター叢書」第14号、平15・10刊）

弟子たちとの感情的な齟齬は、鏡子が金を使い果たさなければ、問題にならなかったのかもしれない。しかし、鏡子は漱石の印税を見事に蕩尽してしまった。松岡陽子はこう説明している。

（前略）夫の死後に印税収入が増えてからは、生来の寛大さで、節約など念頭になく、豪快にお金を使った。

だから、莫大な収入があったにもかかわらず、祖母はすぐに使い果たしてしまい、税金を支払う頃は、お金がなくなってしまった。時には、支払い期限が迫り、税務署から派遣された検査官が来て、家中の家具を押収しようと、赤紙を貼っていったそうだ。その光景を思い出して、本当に厭だったと母がよく言っていた。

そういう時は、祖母は出版社から前借りして、税金を支払ったという。（「祖母鏡子の思い出」）

中村是公らの心配が的中したというわけである。しかし、長男純一が大正一五年から足掛け一四年に及ぶ音楽留学をヨーロッパでしていたとはいえ、一人の女性が「豪快にお金を使った」だけで、巨額な印税を蕩尽できたのだろうか。漱石の印税を現代の貨幣価値に換算することは困難であるが、例えば、普及版全集の印税は少なくとも五億円前後にはなっていたはずである。このような大金を蕩尽してしまった理由は何だったのだろうか。

2　夏目家のアキレス腱

我々がすぐに思いつくのは、株取引の失敗ではないだろうか。大正九年三月の恐慌から始まった不況によって、多くの成金たちは破産し没落した(1)。同様な事態が鏡子に訪れたと考えるのは自然な発想である。実際、あとで紹介する新聞記事にあるように、鏡子は炭鉱株を買って大損したと思われる。不景気の中で、株取引で成功することは大変困難だったはずだが、夏目家に深刻な経済的危機をもたらしたのは別件だった。大正九年五月に開業した美久仁真珠株式会社が夏目家のアキレス腱となったのである。

業務内容を新聞記事によって紹介しよう。

◇美久仁真珠開業　本邦主要の装飾品なる真珠の養殖加工販売を目的とせる美久仁真珠株式

会社（資本金一百万円社長松岡譲氏専務村上幸作氏）は愈々五日より開店したり、会社は日英米の特許を得たる魚眼を加工せる、天然真珠と其光沢択ぶ処なき程の物を安価に、又一般真珠宝石品具をも売出す由。

（「読売新聞」大9・5・8朝刊）

なお、大正一〇年の「歳末大売出し」、同一一年のクリスマスの売出しなどの広告が「読売新聞」「東京朝日新聞」に掲載されているので、少なくとも開業から三年間は営業していることがわかる。

我々は真珠といえば、御木本幸吉に代表される養殖真珠をすぐに連想してしまうが、人造真珠も有力な商品として注目されていたのである。杉江重誠は『日本ガラス工業史 昭和二十四年 一九四九年 版』（日本ガラス工業史編集員会、昭25・1刊）で、「外掛模造真珠即ち人造真珠は、無空のガラス珠に太刀魚の魚鱗溶液を塗つて作つたことに始まる。これ即ち外掛真珠の名称が起つた所以である。大正六年頃には、支那産のドブ貝を原玉《げんだま》とし、これに着色液を塗つて作つていたが、大正八年（一九一九年）頃にガラス玉を原玉とし、これに塗布着色する方法が発明されて以来、人造真珠工業は急速に発展」し、「輸出は大正八、九年」頃に「始まり、年を逐うて急激に発展した。」と述べている。美久仁真珠株式会社はこのブームをいち早く捉えて創業したと考えられる。

人造真珠の輸出が盛んになったのは、当然のことながら、天然真珠が世界的に高価だったからである。山田篤美の『真珠の世界史　富と野望の五千年』（中公新書、平25・8刊）によれば、「十九世紀後半から二十世紀はじめ、真珠の価格は上がりつづけていた。その値上がりは尋常でなく、まさに真珠バブルと呼ぶにふさわしいものだった」(「二十世紀はじめの真珠バブル」)。

山田によれば、原因は三つあった。「真珠のライバルのダイヤモンドが供給過剰となった」こと、「アメリカの新興成金《ニュー・リッチ》が真珠に熱狂した」こと、「パリの『真珠王』レオナール・ローゼンタールが真珠の産地を独占することで、真珠の供給量と価格を意図的に操作しはじめた」ことだった。真珠はダイヤモンドよりもレンブラントよりも高価なものになっていたのである(同前)。したがって、尾崎紅葉は『金色夜叉』(「読売新聞」明30・1・1〜35・5・11)で、富豪としての富山唯継を描き損なったことになる。富山は値崩れしたダイヤモンドの指輪ではなく、真珠を見せびらかすべきだった。世界的に見れば、ダイヤモンドでは、似非富豪になってしまうのである。

真珠バブルを背景に創立された美久仁真珠株式会社の経営状態は、東京興信所の『銀行会社要録』で確認することができる。次頁の〈表9〉を参照されたい。会社の設立は大正八年一二月、株数二万、資本金一〇〇万円である。一株は五〇円となる。第二五版(大10刊)に掲載された大正九年一〇月三一日付の決算によれば、資本金払込額は四分の一の二五万円である。大株主の一人として松岡が一〇〇〇株を保有していた。「繰越及当期純益金」は三万二八円、「配当年一割(前期二割)」で一万二五〇〇円とあるので、順調に利益をあげていたように思われる。

しかし、第二七版(大12刊)に掲載された大正一一年一〇月三一日付の決算では、資本金・株数は変わらず、資本金払込額が三九万八二〇〇円に増加している一方、「借入金」が二八万八二一〇

〈表 9〉美久仁真珠株式会社の経営状態

『銀行会社要録』第25版(大10刊　東京興信所)		『銀行会社要録』第27版(大12刊　東京興信所)	
美久仁真珠株式会社		美久仁真珠株式会社	
住所	日本橋区宝町2ノ5	住所	日本橋区宝町2ノ5
設立	大正8年12月 株数20,000	設立	大正8年12月 株数20,000
決算期	4月、10月		
決算	大正9年10月31日	決算	大正11年10月31日
資本金	1,000,000	資本金	1,000,000
内払込額	250,000	内払込金	398,200
諸積立金	3,410	諸積立金	4,600
仕入先	2,683	借入金	288,210
支払手形借入金	177,376	支払手形	10,042
仮受金未払金	57,738	仕入先及仮受金	4,868
		未払金	1,598
権利	120,000	諸権利	109,000
造作及備品	20,644	造作及備品	23,519
商品、付属品、原料	301,114	商品	377,064
金銀諸預ケ金	25,739	得意先及受取手形	31,577
得意先	36,022	仮払金	11,088
受取手形	4,962	諸債権	14,280
仮払仮預ケ金及工場勘定	14,195	仮預金及横濱販売	13,271
繰越及当期純益金	30,028	預金及金銀	21,768
内諸積立金	12,800	繰越損失金	80,716
賞与金	3,500	当期損失金	24,827
配当年一割(前期二割)	12,500		
後期繰越金	1,228		
社長	村上幸作	社長	村上幸作
専務取締役	内ケ崎敬一郎	取締役	市原保 山田猶之助 大谷美智雄 池田庄太郎
取締役	山田猶之助		
監査役	石原雄熊 寺本顕證 那須順三郎	監査役	石原雄熊 那須順三郎 内ケ崎敬一郎
相談役	渡辺理一		
支配人	池田庄太郎		
大株主氏名及持株数	村上幸作　5,980 豊田鉄三郎　1,000 谷口和良　1,000 松岡譲　1,000 井上亨　500		
工場	小石川区小日向 水道町九		
主任	新関泰射		

円、「繰越損失金」が八万七一六円、「当期損失金」が二万四八二七円となっていた。経営状態が悪化していることがうかがえる。なお、資本金払込額は、このあとのどの版でも同じである。

松岡の名前は、経営者としてはどの版にも掲載されていなかった。ただし、大正期に発行された『日本紳士録』で、松岡が唯一掲載された第二七版（大11・12刊）の肩書きは「美久仁真珠（株）取締」だった。

松岡陽子は、「漱石の遠い親戚にあたる阿部一郎氏から聞いた話」として「祖母は多大な印税収入を何かに投資したいと考え、父に真珠のビジネスを始めるように勧めたそうだ。しかしうまくいかずに、大損を出したときいた。／文学にしか興味はなく、ビジネスの才能など少しも持ち合わせなかった人には無理な話ではなかっただろうか。母は何も知らなかったのか、それとも父の失敗談を話題にしたくなかったのか、母の口からは一度も聞いたことがなかった。」（「漱石について聞いたこと、思ったこと」前掲書）と言及している。

鏡子たちは大戦景気の中、無数に誕生した泡沫会社の一つを創立して、濡れ手で粟をつかもうとした。『それから』に描かれていた三千代の真珠の指輪が「紙の指輪」に変換されたような〈錬金術〉を大々的に行おうとしていたといえるだろう。

結局、その試みは失敗した。原因については、新聞記事を見る限りでは特定することは難しい。関東大震災を契機とする事業の失敗と報じられたり、泡沫会社を立ちあげて倒産させる詐欺に引っかかったとも報じられている。夏目家のスキャンダルとして何度もメディアを賑わせているが、管見に入ったかぎりでは、野上弥生子や松岡陽子ぐらいしか、美久仁真珠株式会社に言及していないようだ(2)。

深刻な経済的危機に陥った夏目家を救うのは金銭だが、株の運用で成功する見込がないとすれば、残るのは土地・家屋の売却だった。そのため、弟子たちは否応なしに夏目家の窮境を知ることになった。

3　夏目家の経済危機(1)

鏡子が、最初に弟子たちに窮状を告白したのは、大正一二年一〇月九日に開かれた九日会だと思われる。当日、出席した野上豊一郎の妻弥生子の日記に「父さんは久しぶりに九日会。おくさんからいろ〳〵の打ち明け話があつたよし。あの人も可哀想だけれども、要するに自分の愚と浅薄のむくひを受けたのである。」（10・9）とある。野上弥生子は日記に辛辣な批評を記すことが多い。これもその典型である。もっとも、翌年一月八日に鏡子が野上家を訪れた際には、「純一さんの話や先生の話やその他いろ〳〵。この頃は先よりぱつ〳〵しないだけ感じが悪くない。人間は富貴にゐて人に好感を与える人はもうえらい人だとおもふ。栄子さんの縁談のことをたのまれる。」とトーンダウンしていた。

対応に追われた弟子の一人寺田寅彦は海外留学中の小宮豊隆に宛てた書簡で、「野上君に会つて聞いたが、夏目さんではあの家を売り度いと云つて居るが、例の先生の室の保存が問題になつて居るさうです。何処かでそつくり保存してくれゝばいゝが、大学などではとてもやつてくれさうもない、どうしたらいゝか僕には案が立たない。」（大13・1・16付）と述べている。経済的危機は親子げんかも引き起こしたようだ。寅彦は「純一さんは家出をして先生の兄さんの処に居るさうです。どうも此れも困つた事です。それ程母子の感情が疎隔しては仕様がない。黙つて居てはすまないと思ふし、さうかと云つて僕には手の出しやうがない。君でも帰つたら何とかしてせめて純一さんの淋しさの幾分でも埋めるさうな《ママ》事でも考へ度いと思つて居ます。」（同前）と報告している。

二月一三日付の書簡では「早稲田の家を売るについて、書斉《ママ》の事が問題になり、先週の金曜にあすこに集合して相談がありました、又明後日の金曜に寄る事になつて居る。君が居なくて残念です、いづれ詳しい御報をします」とある。翌一四日付の書簡によれば、「先週の金曜」に集まったのは、安倍能成・和辻哲郎・野上豊一郎・内田百閒・鈴木三重吉・岩波茂雄・松根東洋城・寅彦で、夏目家側は鏡子と松岡だった。また、書簡には「明夜は又早稲田へ寄つて書斎保存の相談をする筈になつて居ます。誰がしやべつたものか此の事が今朝の報知とかに出て居たさうです。」とあって、事態が外部に漏れ始めたことがわかる。

ただし、「報知新聞」の記事（「井の頭へ移る／漱石の室／永遠に記念しようと」大13・2・14付夕刊）は夏目家の経済的な危機を報道するものではなく、漱石山房の保存問題に注目したものだった。

「(漱石が)半生を傾けて、いはば氏の魂の結晶ともいふべき著書やまたは研究に努力をそゝいだこの愛書なんどをどうかして火災等の為め一朝にして灰にしたくない」ということから寅彦をはじめとする弟子たちが「保存計画について協議を凝らして」いて「田園都市の渋沢氏等の奔走で井の頭公園の一角を相して、こゝに移転する事にほゞ決定をみた」。「来る十五日」にも継続して会合が持たれるという報道だった。(3)

土地売却の代替案として漱石全集発行が浮上したことがわかるのは、三月一六日付の小宮宛書簡である。「全集の事では阿倍(注：安倍能成)君から御相談が行つた事と思ひます、何しろ君の留守では妙に工合が悪い』書斎問題も詳しい御報をするつもりで居てまだ申上げません、一寸行悩みの形です、全集さへうまく行けば、さう差しかゝつた事でなくなりましやう」。四月一三日付の書簡では、「電車で岩波(注：茂雄)君に逢つて聞きましたが、今度の全集もどうにかものになりさうという話でした」(同前)とある。予約終了後の六月七日付書簡では「漱石全集が一万何千とか申込があつたさうで、凡ての問題は少くも一時決着しました」と報告している。

すでに確認したように、第三回全集の印税は「二十三万五千円程」(「漱石の印税帖」)に及んでいた。一二月二一日付の安倍能成宛書簡には、「十二月の九日会には久々で出席、あひ鴨の鍋をつゝき合ひました、純一さんが出席されてみんなと話しをしたので何となく愉快でありました。」とあって、経済的危機が去って、鏡子と純一の関係も修復できたことがうかがえる。

ただし、小宮に「一時決着」と伝えていたように、寅彦の不安は解消していなかった。安倍能成宛書簡（6・15付）にも「漱石全集多数の申込で兎も角も家の問題も一時落着はしましたが、御説のやうな感じはないでもありません。」とあり、弟子たちが不安を感じていたことがわかる。

その不安は現実のものとなった。巨額とも思える全集の印税だが、これで危機を完全に解消することはできなかったのである。翌年、夏目家が土地・建物を売却することが報道された。

報道したのは「読売新聞」だった。記事では、鏡子が「家族もだん〳〵少なくなり、それにこんな大きな家に居ては費用もかゝりますから、買ひ手があれば土地家屋共で十五万円位ならば手離すことに致して居ります。漱石山房ですか、あれだけは立ち退くとしても持つて参ります。私一代の間は適当な保存法のない限り自分の手で保管することにして居ります。」（「遺族を訪ねて……（十二）――夏目漱石」大14・4・23朝刊）と語っている。その続報にあたるのは四月二七日朝刊の社会面に掲載された「松岡氏夫妻は京都に去り／『漱石山房』が売物／家族がへつて鏡子未亡人は／◇……十万円以上に売るつもり」である。

牛込早稲田南町の夏目さんの邸宅が土地と共に売られることになつた。邸は漱石氏の没後間もなく全集からの収入で未亡人の手で建てられたもので、今から五六年前四万円位の建築費で出来上つたものである。土地は故人の死後、その書斎「漱石山房」を記念するために二万円ばかりで夏目家に買ひ取られたものである。夏目家も震災当時その影響を受け、門人によつて善後策が講じられつゝあつたが、岩波氏の手で第三回「漱石全集」が刊行され難関は救はれ、そのまゝになつてゐた。然し鏡子未亡人としては同棲してゐた松岡譲氏夫妻は新に京都に一家を構へて去るといふ風で、家族がへるのに広大な家に住むのが不経済なので、最近になつて終に周旋屋の手に出さぬといふ条件で、買ひ手のあり次第売却することに決心したのである。邸宅は震災でも損害もなく木の香も未だ新しい。見掛は料理屋か実業家の住宅といつた建て方のものだけに、売価も十万円以上十五万円までなくばといふことになつてゐる。家を売るに就ては、門下の人々の中にはかなり反動もあつた。それは漱石のかたみたる漱石山房の始末があやぶまれたからである。そこで最初は未亡人から門下の人々に山房を提与するといふことになつたが、それも事情があつてうまく行かず、今では邸が売れ次第、未亡人が持つて立ち退くといふことに決められてゐるが、これも生活上の要求が未亡人をかつてそこに赴かしめたものと見てよからう。

売却の主因である美久仁真珠株式会社についての直接的な言及はないが、「震災当時その影響」、「難関」、「生活上の要求」など、経済的な問題であることは暗示されている。記事を読んで驚くのは、「二万円」の土地と「四万円」の建物を、不景気の中で「十万円以上」に売ろうとしていることである。無謀な価格設定としか思われないが、そうしないと、経済的危機は解消できなかったということだろう。

第三回全集の印税をもってしても解消できなかった経済的な危機の正体は、「読売新聞」の記事

「真珠会社に／破産申請／手形の不払で」（大14・5・16朝刊）で明らかにすることができる。

東京神田豊島町四八美久仁真珠株式会社は為替手形金一千四百五十円不払の為めに日本橋区小網町三番地岡田英三から破産の申請書を東京区裁判所に出した。同社は資本金百万円で人造真珠製造業を営みて相当の成績を挙げて居たものであるが、近来の不景気の為に商売が不振となり、又他の銀行に三十四万円の債務を有し、殊に一昨秋の大震災には丸焼けとなるなどの不運に遭遇して多大の打撃を受けて居るので、審理の結果は破産を免れないだらうとの事である。

この報道が正しいとすると、全集の印税をすべてつぎ込んだとしても、一〇万円は不足していることになる。あるいは、印税をつぎ込んでも、「三十四万円の債務」が残っていたということかもしれなかった。夏目家の無謀な価格設定の理由が見えてくる。

「読売新聞」以上に詳細に報じたのは「東京日日新聞」の「売物に出た『漱石の家』／士族の商法が祟つて／一家を挙げて郊外に侘住ひ／あはれ、未亡人の嘆き」（大14・11・29朝刊）だった。

記事は、次のような前置きから始まっている。

漱石逝いて十年、その間全集を刊行すること三回、五十万の読者を吸引して廿五万円の印税を得、文豪の生前さして豊かでなかつた夏目家が、その後の生活は平和と華やかなものと世間からは想像されてゐた。併しここにも人間の迷執と不安が濃い影を投げてゐた。最近夏目家と親しい者のあひだに、文豪の死後直ぐ未亡人鏡子（五〇）さんの意思で、牛込早稲田南町七の旧宅跡に建てられたこうさうな邸宅が売物に出てゐるといふ噂が立てられたが、それはわびしくも全くの事実であつた。現在夏目純一（漱石氏の嗣子）の名で同邸は十五万円の価格で土地と共に何人でもいゝと無条件の買手を求めてゐるのである。

「朝日新聞」とライバル関係にある新聞だけに、夏目家の〈没落〉を興味本位で報道している感は否めない。また、誤った記述も多い。しかし、真珠会社設立に関する情報は、管見に入った新聞記事の中では最も詳細だった。記事では、「十五万円の価格」で売らねばならぬ事情について、「先づ巨富を／……松岡氏の野心／文壇生活の不遇から／うつかり引ッ掛る」という見出しに続いて、こう報じている。

事は少し昔にさかのぼる。大正八年、最初の全集出版が予想外にあたつて莫大な印税が未亡人の手に入り、それが忽ち立派な屋敷と変じ豪奢な生活となつたとき、未亡人の人物のよさにつけ入つて夏目家を食物にしやうとした一群が現れた。それは真珠や骨とうを売買する牛込の村出幸造、退役陸軍大佐山崎某等五名で、未亡人との知己をたよつて、夏目家の愛婿松岡譲氏をも説き伏せ二十万円の資本金でみくに人造真珠製造株式会社の設立をすすめ、遂に松岡氏を社長に推し千株を、ついで未亡人にも五百株を持たせて、大正十一年から事業を起したが、「真珠」の響きに心を引かれる芸術家の腕にはかゝる無責任な人達の営む事業は素《もと》より適しなかつた。名目ではあつたものゝ、社長といふ責任上、年余を出でずして夏目家からこの会社のためにまづ三万円、相次いで損失の補塡を持込まれた。今更あわて驚いた未亡人は松岡氏をして社長を辞せしめ、自分も株主たることを断つたが、同会社は今なほ夏目家を表看板にして、そのまぼろしの如き存在を丸ビルに留めて、未亡人の心を脅かしてゐる。松岡譲氏が哲学者であり、かゝる営利の事業に携はつたには理由もあつた。氏は文壇における仕事が不遇であり、「法城を護る人々」が不当な批評裡にあるにあきたらず、実業によつて巨富をなし、劇芸術上の仕事を完成する意志を抱いたのと、これを筆子夫人が賛成したによる。未亡人もまた松岡氏の心境に同情して、この計画に敢て反対しなかつた。夏目家としては向ふ五ヶ年間になほ払ひこむべき持株があるが、それはこの十一月中旬から間に弁護士を立てゝかたく断らうとしてゐる。

鏡子の談話もあり、鏡子は「生活の建て直し」がしたいとしてこう語っている。

「いゝ、買手があればこれを売り払つて、もつと質素な生活に入りたいとねがつてゐます。松岡自身がへたをやつて損害を蒙り、私が困つてゐるといふ噂はうそです。事実は悪い人達にだまされてひどい目に逢ひ、多額の金を失つたために生活の建てなほしをやる気持になつた訳です。故人は自分の印税は子供の教育のためにつかつてくれと遺言しましたので、こんな事件でなほこの上金を失つては私としても不明を謝するみちがありません。この邸宅も故人の意思で建てたのではなく、子供も娘達は次々に嫁ぎ、小さな者ばかりとなり、純一も来年暁星を出ればすぐフランスへ行きますから、小人数になり、その点からいつても大きな家が無駄なことになつてゐるのです。書斎のことは皆さんの考へと私の考へとがどうしても一致せず弱つてゐます。…私としてはあの方々が完全に書斎を保管して下さればよいと願つてるのですが、種々の事情で結局やはり夏目家で維持してゆくほかないやうですが、純一が友達などに本を貸してだん〴〵散逸してしまふのではないかとおそれてゐます」

なお、松岡については「会社との紛糾を避け社長の地位を去つて、去秋から京都北山在に移り、『法城を護る人々』の続編に筆を執つ、ある」とあった。

鏡子の談話で示されていた、漱石山房の保存方法に関する、弟子たちとの対立についてもくわしく報道されていた。鏡子が一三年末に東京帝国大学への寄付を提案したところ、弟子の阿部次郎・小宮豊隆・野上豊一郎・森田草平らが「飽くまで書斎は夏目家で管理されたい」と反対した。そこで、鏡子が弟子たちに保存を托そうとすると、「二万円」にも及ぶ維持費の問題からその提案も拒否されてしまう。芥川龍之介などの「若手作家連」は「書斎を南町の今の位置から移すことに対しても絶対反対を唱へ、暗に未亡人の邸宅売却をも阻止せんと試みている」と報じられていた。

記事は「いづれ遠からず夏目家では郊外（恐らく漱石氏の墓所雑司ヶ谷の近く）にさゝやかな住宅を新築して、そこに書斎をも移すことになるであらうが、今後門弟の人々の態度如何によつてはこの事情に種々の変化を生じ、世間の視聴を惹く結果になるかも知れない。」と締めくくっている。

事実関係に誤認が多く、最後の予想もはずれている。この記事をどこまで信用していいのかという問題はあるが、美久仁真珠株式会社が夏目家のアキレス腱となっていたことは間違いないだろう。最初から詐欺目的の会社設立だったのか[4]、あるいは、単に事業を失敗したのかは特定できない。しかし、いずれにしても、大戦景気、バブルに躍らされた失敗だったことは動かないだろう。漱石の印税をもってしても補填することができないほど、バブル期の損失は巨額だったのである。

4　夏目家の経済危機(2)

鏡子は「生活の建てなほし」を口にしていたが、「建てなほし」は成功しなかった。昭和三年四月八日「東京朝日新聞」朝刊に、「故漱石の遺族に／三万円の請求訴訟／譲渡した真珠会社の株券から／とんだ痛い目の災難」という記事が掲載された。ふたたび、夏目家が「世間の視聴を惹」いたのである。

記事によれば、昭和三年四月七日、破産管財人の猪股淇清は鏡子・夏目伸六・松岡らに対する「株式競売不足金三万四千九百六十五円の請求訴訟」を東京地方裁判所に起こした。彼らは大正一五年に会社が破産宣告を受けた後、所持していた「三千余株」を全て譲渡した。しかし、その譲受人が「会社側の第三回目の払込に応ぜず」「遂にその株の権利を失」い、昭和二年九月二三日に東京区裁判所で株が競売にかけられてしまう。しかし、合計して三五円、「一株にあてると金一銭といふ涙金」にしかならず、譲受人に請求するも応じないので、「法律上から支払義務がある」鏡子らが「不足金請求を受ける」ことになったのである。

破産した会社の株が安いのは当然である。にも拘わらず、請求額が高いのは、鏡子たちが一部しか株式の代金を支払っていなかったためである。会社設立時に二五パーセント、後に、四〇パーセント近くまで払い込むが、六〇パーセントは未払いのままである。資本金一〇〇万円の会社を設立したこととの大きなつけが回っていたのである。

記事には鏡子の談話があり、鏡子はこうコメントしている。「さうなるだらうとは存じてゐました。会社があゝなつて株を譲渡することを会社の方へ依頼しておきましたので、譲受人がどんな方か知りませんが、たゞ今私共はそんな金を支払ふ能力がありません。財産は御承知の様に夏目純一の名義になつてしまつてゐますから、まあ飛んだ飛ばつちりが来て災難です」。

夏目家の危機を救ったのは、やはり漱石全集の刊行だった。岩波書店の小林勇の回想にこうあった。「このころしきりに漱石全集の普及版を出せという読者の要求があり、また夏目家には金が必要な事情があったので、とうとう普及版を出すことになった」（『昭和三年』『惜櫟荘主人』）。

しかし、普及版全集の印税でも夏目家の危機は解消されなかった。昭和六年七月一八日の「東京朝日新聞」夕刊は、「大正十五年四月破産となつた銀座の美久仁真珠株式会社破産管財人（法博猪股淇水氏）は同社の財産整理中、故夏目漱石氏の未亡人鏡子ことさよ子さんを相手どつて、十七日東京区裁判所に破産を申請した／美久仁真珠は漱石令嬢栄子《ママ》さんの夫松岡譲氏が一時社長となつた事があり、その関係から鏡子未亡人も同社の株主となつたが、同社破産と共に未払込株金五千余円ある事が発見されて、昭和三年に猪股破産管財人は鏡子さんの衣類を差押さへ競売したが、五十円位しか得られなかつたので、今回未払込株金五千円に基いて破産申請をしたものである」（「漱石未亡人に／破産申請／美久仁真珠のもつれ」）と報道している。日本近代文学の市場規模の小ささを思い知らされる報道である。

この結果ということになるのだろうか、鏡子が早稲田南町を去る時がやってくる。昭和六年一一月一八日「読売新聞」朝刊の記事「秋寂し、『漱石山房』／女あるじ去る／鏡子未亡人、由緒の住居を捨てゝ／さゝやかな隠居所へ」が鏡子の動静を伝えている。記事はこう始まっている。

文豪夏目漱石氏逝いて早や十六年――その命日の十二月九日を間近に控へた早稲田南町漱石山房の一室からは、朝まだき、静かに老後を養ふ鏡子未亡人（五七）の故人を慕ふ読経の声さへ聞こえて、ひと頃の華やかなりし生活ぶりも今は全く過ぎ去つた夢のやう、未亡人の胸中はたゞ〳〵数年前音楽修業のためドイツへ渡つた愛児純一君の帰朝を待ち侘びるに一ぱいである。優しい母性愛に起《た》ちかへつた未亡人の姿はあまりにも殊勝そのものであるが、未亡人はかねてからこのさつぱりと変つた今の気分にふさわしい生活を望んで、ひそかに人を介して山房の理解ある買ひ手を求めると共に、自分は小ぢんまりとした住居にはいつて、今までの贅沢に失した無駄生活から離脱しようと、戸山ケ原脇市外西大久保五八の夏目家の貸家の一角にある百坪余りの場所に新しく隠居所を建てゝ、いよ〳〵今月中に多年住み馴れた懐かしくも由緒ある漱石山房と別れを告げることゝなつた。

次の見出しは「奢朗な生活の清算／今は命日に故人を語るを唯一の慰め……／心境一転の未亡人」だった。

漱石の小説のところ〴〵に出て来る、いたつて迷信家で如何にも貴族的な気前の好い婦人鏡子未亡人は、人も知る故中根貴族院議長の令嬢に生れて大胆な世間見ずだつた。何よりも一か八かの大仕事が好きで、漱石の存生中からしこたま買ひ込んだ株券のことから突如、麹町有楽町東日本炭鉱から株金の支払請求訴訟を提訴されたり、宝町三越前に女婿松岡譲氏を社長とする「美久仁真珠会社」を設立して大失敗をした苦い未亡人の経験は有名な話——

漱石の没後、未亡人は折角野趣豊かな漱石山房を惜しみなく破壊して派手な御殿風に造りかへ、小間使ひ、下女、下男植木屋など七八人の雇人を従へて、当時月に五六百円の奢朗なる生活をはじめて悠々迫らなかつたものだ。或る時には同家に出入する一人の男が九千円から借金したのを気前よく現金でなげ出して助けてやり、一向それを鼻にかけるのでもなく淡々とした。

この気持ちの反映は事毎に未亡人をして家庭人の資格から遠ざからしめてゐた。ところが今や寄る年波には打ち勝てず、竹を割つたやうな未亡人の気性はたちまち一転して、この二三年来といふもの全く昔を忘れた人のやうに、毎月故人の命日である九日に集まる鈴木三重吉、森田草平、小宮豊隆、野上豊一郎、阿部次郎氏等故人の門弟諸氏と共に夜をあかして静かに語ることを唯一の心境とし、また何よりの慰めとするやうになつた。そして逢ふ人ごとに優しい母性愛を見せて「純一が帰朝したらどうかあの子のために大々的なヴアイオリン独奏会を開いて下さい」など、美しい希望に燃えてゐる。

鏡子がどのように金銭を使っていたのか、その一端が見えてくる。真珠会社だけでなく、炭鉱株でも投資に失敗したことが述べられている。この東日本炭礦株式会社は派手な広告で投資を募って、倒産することで儲けようとする詐欺的なものだった。

東日本炭礦株式会社は大正七年八月七日に株式の一般公募が開始されたが、額面五〇円の株を申し込むのに必要な金額は、「申込証拠金」込みで一株「拾貳円五拾銭」というあやしいものだった（「東京朝日新聞」大7・8・7朝刊）。翌々年には、発起人・専務取締役の河野英良について、「日本ペニー、東日本炭礦等を好景気に乗じて一気呵成に成立させたが、何れも成績不良欠損続出で、悩んで居る有様、殊に最近警視庁に召喚されて、取調べを受けたとか云ふので、噂は噂を生む結果となつたのであらう。」（「不景気渦中の泡沫会社製造屋」「日本一」大9・9）という記事が出ていた。河野は、大正「10年3月24日事業界の不振のため窮地に陥り、14年11月31《ママ》日振出の無効手形で被訴、昭和4年12月24日破産宣告」（小川功「泡沫会社発起の虚構ビジネス・モデルと〝虚業家〟のネット・ワーク——大正バブル期のリスク管理の弛緩を中心として——」「彦根論叢」平19・11）された。

事件の詳細は確認できていないが、美久仁真珠株式会社の場合と同様に、購入した株に対して払い込んだ金額が少なかったための請求だろう。この事件は美久仁真珠株式会社の問題が深刻化する以前に解決している可能性が高い。美久仁真珠株式会社が同様の詐欺だとすると、鏡子は同じ手口にだまされたことになる。救いがあるとすれば、鏡子が貸屋に堅実に投資していたことだろう。

また、「折角野趣豊かな漱石山房を惜しみなく破壊して派手な御殿風に造りか」え、多くの使用人を使って月々の支出が「五六百円」に膨張し、出入りの者に「九千円」を現金で担保も取らずに提供するなど、成金的なお金の使いっぷりを報道するスキャンダラスな記事であるにも拘わらず、鏡子に対するまなざしが厳しいわけではなかった。鏡子が漱石山房を去る理由は「心境」の変化からくる「母性愛」の復活のためなのである。一種の美談として処理されていた。この記事の最後で、弟子の森田草平が鏡子の「心境」の変化を解説している。

「私なぞは実に未亡人のお世話になつた厄介者の一人です。毎月九日会の集ひには出来るだけ出席して未亡人を中心に語り合ふのですが、さすがは未亡人も女であるといふことを私が何時も感ずることは、例へば私が鎌倉にゐて一寸感冒を引いたゞけでも早速見舞つて下さる、あの親切なことには誰でも未亡人に感謝せぬ人はないでせう。

○

松岡氏の小説には未亡人のことを姉御などと表現してゐますが、いはゆる世間でいふ姉御では決してありません。山房を売りたいといふことはもう暫く前から未亡人が希望してゐたことですが、不景気の折から好い買ひ手もなく、目下小人数なのに家がダダツ広いので費用が嵩むばかりだといふので、未亡人も意を決して今までの貸家を建て直し、思ひ出ある山房を立ち去ることになつた次第で、かくなつた未亡人の嬉しい心掛けには私ども感服してゐます。

○

移転するについて問題なのは故漱石先生の書斎ですが、あの書斎は今でも先生の在りし日のままに残され、猫をはじめ数々の名作が生れ出た唯一の記念として一時或る田園都市の公園に寄付して呉れと切望されたのでしたが、何かもつと有意義な保存方法があるだらうと、まだそのまゝになつてゐます。従つて今後九日会の集まりなどはもちろん漱石山房で今まで通り行はれる筈で、その他はまだ未定です。」

草平のコメントは、鏡子を擁護して、「姉御」のイメージ――この場合は太っ腹で大胆に金銭を使って、自分の思い通りに人を動かしていく女性というところだろうか――から「母性愛」に満ちた女性への変化を跡づけようとしている。

はたして、鏡子はライフスタイルを変えることに成功したのであろうか。

5　ライフスタイルはどう変わったのか？

先に引用した松岡陽子の回想に描かれた鏡子が〈豪遊〉していた時期だが、松岡陽子が大正一三年生れであることを考慮すると、美久仁真珠株式会社によって、夏目家が経済的な危機に陥っていた時期と重なっているはずだ。昭和五年の時点で陽子は満六歳なので、場合によっては、鏡子が漱石山房を去ったあとの記憶が混入している可能性すらあるだろう。おそらく、鏡子は経済的な危機の中でも〈豪遊〉を続けていたと思われる。

〈豪遊〉の一端を明らかにしてくれるのは、野上弥生子の日記である。日記には、断片的ではあるが、鏡子と夏目家の動静を記述した箇所が散見される。例えば、鏡子は若い男性を漱石の弟子たちが出席するような会合にも連れてゆくことを好んでいたらしい(5)。大正一四年七月七日の能の会を思い出して記述した箇所にはこうあった。「となりに夏目さんの奥さんが来てゐた。例のヘナチヨコの法学士をお伴に連れて来てゐた。あれが好きな人なら仕方がないが、格別に好きでもなくてあゝやつて連れて歩りくなら──たゞ便利だけの意味で──奥さんも損な事をしてゐるとおもつた。見たところ決していゝ気のしない見ものだ。」(7・28)。「たゞ便利だけの意味」とある以上、〈恋愛〉沙汰ではなく、「法学士」を使って自分の身の回りの世話をさせることで自分の〈権威〉を示そうとしていることになるだろう。「法学士」が鏡子に従っている理由があるとしたら、彼女の経済力ということになりそうだ。

鏡子は、九日会にもこの「法学士」を連れて出席したことがあった。昭和四年一二月九日の漱石の祥月命日に、岩波茂雄主催で築地の偕楽園で開かれた、普及版全集完結記念の九日会だった。当然、弟子は反発した。鈴木三重吉は「ありや何んだ、えおいと咎めた。いゝぢやないか打つちやつておけと制すると、三重吉曰くさうだなあ、猫が一匹ゐるとおもへばいゝやあ。」(12・9)という「毒舌」を吐いている。

森田草平も「先生の写真の前」で涙を流しながら、鏡子に皮肉たっぷりの演説をしたという。

（前略）自分は白状すると先生が亡くなられるまで先生が怖かつた。どんなに打ちとけ親切にして貰つてゐる時でも、一面先生は怖い人であつた。今の世の中に接近すれば接近するほど、しんに頭が下つて怖い気がすると云ふ人がどこにあるか。先生の小説は自分たちの批評眼には今では全部肯定は出来ない。しかしその人格の力は年を加へると共にます〳〵強く自分たちを打つ。この先生に自分たちが親しく教へられ接近を許されてゐたことは何んと云ふ幸福であつたらうとおもふ。同時に今の先生の妻であり同棲者であつた奥さんには、自分たちが感ずるやうな怖さを最後まで感じなかつたのではないであらうか。ねえ奥さん、どうです。――もし奥さんがこの怖さを感じられたならば、『思ひ出』はもつと深いものになるだらう云ゝ。（後略）

豊一郎からこの日の九日会の様子を聞いた弥生子は「奥さんには終にこれが酔いの饒舌以上には感じえなかつたであらう。要するに先生は不幸な方であつた。」と批評している。弟子たちが鏡子を批判的に見てしまうのは致し方なかったろう。

弥生子の日記には厳しい鏡子評が散見される。昭和三年六月二二日のこととして、「夏目の栄子さんのことなぞこの頃よく話題にのぼる。この間も一高の英語の教師をしてゐる人を森田さんがすゝめたところ、高等学校の教師ではといふやうなことでサタやみとなりし由、あの母親は実際こんな点では愚人である。」（6・25）と、鏡子の俗物性をやり玉にあげている。

あるいは、留学中の純一に関して、昭和一一年一月一日の日記にはこうあった。

夏目の純ちやんに岩波さんがベルリンで逢つた話はひどくショッキングなものである。純一ちやんはドイツに行つてはじめて自分の天分の乏しさを自覚した。向ふの寄席や安バアにつとめてゐるヴァイオリン弾きでも自分たちよりは数十倍りつぱに弾く。到底追つつけるものではないと云ふ幻滅を感じて仕舞つてゐるらしいのである。岩波さんが十ポンドお小使を渡したら、有りがたうと云つてお礼を云つて取つたと云ふのもまへの純ちやんとは殆んど別人のかんじがする。それでとにかく帰朝する事をすゝめておいた由で、父さんは今日それを奥さんに話し、日本に帰らせる事をすゝめると、奥さんは世俗的なみえで成功しないでどの面をさげて帰られるか、と書いてやつたと云ふ。――これは純一ちやんには自殺をさせるやうなものではあるまいか。今まで使つた金も純一ちやんにほんとうの世間を見せた月謝とおもへば決して高いものではない。

弥生子の、俗物性を嫌い知性を重んずる辛辣な批評は、ある意味で平等にどんな人間にも向けられていて、その矛先は夫や息子にも及んでいる。(6) 鏡子だけに厳しいというわけではない。しかし、尊敬する師漱石の文化遺産から生まれる印税を湯水のように使い尽したことへの反感が働いてしまうのは無理からぬことだろう。昭和七年一月一日の日記にこうあった。「父さんは学校の名刺交換会におひる頃から出掛け、夜は夏目さんに廻りて帰宅。夏目さんはこの間から南町の家を引き払ひ、大久保のもと貸家にしてあつた家に入つてゐる。今のまゝでは遠からず生活費の心配をしなければならない情態になつてゐる由、すべての印税が六十万円も入つたと云ふのに、無計算に使つたものである」。

「六十万円」を漱石死後の印税とすると、[7] 大正六年から一五年間に渡っているので、現在の貨幣価値に換算するのは困難だ。しかし、十億円台、一〇桁の金額になっていると見ていいだろう。それを使い果たしてしまったのである。また、「六十万円」は美久仁真珠株式会社の資本金の六〇パーセントでしかない。鏡子は身の程知らずのことをしたといわざるを得ない。

しかし、巨額な印税収入とバブル期における株式運用の〈成功〉から必然的に生まれた全能感が鏡子を衝き動かしていたとすれば、彼女の行動を一方的に批判することはできないだろう。それにしても鏡子の徹底した蕩尽ぶりは驚嘆するしかない。

そして、ある意味で当然といってもいいのかもしれないが、鏡子は漱石山房退去後も従来のライフスタイルを維持していた。弥生子は、昭和七年五月二日に、鏡子の新居を訪問して、こんな感想を述べている。

（前略）南町の邸に比べると見すぼらしい位の外観であるが、女中が三人もゐてやつぱり贅沢をしてゐるらしい。つぎたしと云ふ二階の応接間の趣味は、金ピカで、奥さんの成金趣味を表はしてゐる。赤地キンランの卓掛、同じく赤地に金糸を織り込んだ窓掛、こんな豪華な装飾物は、建物を一さう安つぽく見せる。先生の肖像の額、純一ちやんの伯林から来たのだと云ふ提琴を手にした写真。日本人には珍しい立派なかほ。（中略）便所をかりたら、すつかり借家の便所であつた。二階の卓掛や窓掛との激しいコントラスト。

弥生子はこの後に訪問した美濃部達吉邸の応接間の趣味の良さと比較して、「夏目さんのところのインチキな趣味を一さうひどく感じ」ている。こうした弥生子の辛辣なまなざしは、漱石の子どもたちにも及んでいた。例えば、筆子を「平凡人のかんじ。かほの美しく立派なのが光らない」（昭2・6・26）と評している。栄子や愛子については、鏡子の「打ち明け話」として「彼らは同じく夏目家らしいモガ娘らしい。」（昭6・6・18）とあり、伸六については、続けて「カフェをはじめるために、下谷の某カフェーに見習らひに住み込むことになつた由。」と記していた。どう見ても、『漱石の思ひ出』に述べられたこととは違って、〈貧乏文士〉以上に迷惑をかけている。大正教養主義を作り出した大きな源流に漱石の存在があったとしたら、子どもたちは異なったライフスタイルで成長したことになる。

夏目家のライフスタイルに批判的なまなざしを向けていたのは、弟子たちだけではなかった。昭和一二年一月二九日「東京朝日新聞」夕刊の記事「漱石とその遺族／記念の山房に思ひを寄せて……／世をしのぶ侘住居」を執筆した記者は一言いわずにはいられなかった。記事は鏡子と伸六が漱石の肖像を背景に撮影された写真とともに掲載されており、「日本の文壇に巨大な足跡を残して文豪夏目漱石が逝つてから二十二年」とか、伸六が「もう三十だといふから」というように、月日の経過の早さを強調していた。記事の中心は伸六の談話だった。

今のところ漫然たる生活、さういつた方が適切です。親爺の九日会は時々あります。森田草平さん、それに欠さず石原健生さんの顔が見えます。〝山房〟もそのまゝで毎週一回位は手を入れてゐます。時々地方から団体が来て案内をしますが、書籍名や親爺の書いた文学などをきかれるには閉口しますよ。「遺族だから読めるだらう」といふ向ふのカンがこちらには苦手極まるものなので……。仕事？〝モダンガイド〟といふ行楽案内のパンフレットを昨年の夏からやつてゐますが、もう少ししつかりしたものにして誰かに委せたいと思ひます。食道楽の方などでいちいち歩いてみたりして胃をこはしてゐても困るし……。それに小説が書きたい。それかといつて現在の五つ六つの材料ぢや心細くて仕方がありません。芸術論みたいなものにも食指が動くのですが、あせつたつて仕方がない。四十までが準備時代です。

伸六は無為徒食を気にする様子もなく、漱石文学を十分理解しているわけではないことを認め、あと一〇年、モラトリアムをするつもりだと放言している。この能天気といってもよい発言に対して、記者は「至極あつさりした」「江戸弁の坊ちゃんである」と述べている、これは「三十」になった伸六への皮肉以外の何ものでもないだろう。そして、記者は記事の最後をこう締めくくっている。

俺だつて苦労をしてゐるよ……この言葉を明るく考へながら壁に飾られた文豪漱石の画像に別れを告げた。ふと何のことなしに

鏡中人已老　嘔血骨猶存　病起期何日　夕陽復一村

と漱石の作を考へながら……

漢詩は修善寺の大患後、回復期にあった漱石が「日記七D（十月八日―十二月三十一日）」の冒頭に記したもので、定稿となった「思ひ出す事など」二十五とは異同がある。(8) 初句を西大久保の夏目邸の応接間に掲げられた「文豪漱石の画像」と対応させるために、日記の方をわざわざ引用したと思われる。この記者は漱石をよく読んでいたのである。

ただし、記者は知らなかったろうが、伸六は小説家になろうと努力をしていた。野上弥生子に習作を見てもらっていたのである。弥生子は昭和八年一二月五日の日記にこう記している。

（前略）自叙伝の長いもので、私たちに一度よんで見てくれと十月山にゐる時からたのまれてゐたもの。――処女作のもつ幼稚さや、余計なもの、混入はもとよりあるが、純な、寂しい

少年のたましゐの唸めきと、まつすぐに生き抜かうとする若〻しい熱情にあふれたものである。ことに暁星の学校生活を描いた章はもつともすぐれてゐる。要するにこれしも「坊ちやん」である。先生の坊ちやんと違ふところは、一九三三年の坊ちやんだと云ふ点である。しかしあ丶云ふ偉大な親をもつ事は伸六さんの場合にはむしろその社会的出立を助けるよりは邪魔するであらう。なにをしても書いても、つねに父の名にむすびつけられ、比較されるから。夜それについて夏目の奥さんに手紙をかく。（後略）

弥生子は一二月一二日に、「遊びから病気」（12・7）をもらって、本所の同愛病院に入院中の伸六を訪ねて、「彼自身のよさは少しも失つてゐない。立つた後すがたなどは先生にそつくり。頭の形も。例の小説は学校生活だけきり放して書く事をす丶め」ている。弥生子は伸六のことは認めているようだ。

しかし、メディアの基本的な関心は印税成金夏目家の没落の姿にある。「漱石逝きて」何年という記念行事としての全集発行や九日会開催よりも、(9) ニュースバリューがあったのは売立て会や漱石山房の行方だった。

例えば、昭和九年九月一八日「読売新聞」朝刊の記事の見出しは「悲運の夏目家／漱石の遺品売立／名作『虞美人草』の原稿も」である。『東京美術市場史』によれば、漱石筆の「青緑山水」が「共箱」で一〇五〇円だったことが判明するが、後藤墨泉の遺愛品の入札もまざっているために、夏目家がいくら得たのかは確認できない。ただ、同書によれば、漱石の書の値段は「第二次大戦後、着実に上昇し」ていったので、大正一五年から昭和一六年にかけては、一六五円から六一三円ぐらいで取り引きされていたという。したがって、夏目家にはそれほどの収入があったとは思われない。(10)

昭和一二年七月一一日「東京朝日新聞」朝刊は「漱石山房を公園に／文豪の息吹きを民衆に伝へる／門下生をあげて計画」とあった。小宮豊隆と森田草平が協議して、土地を「適当な機関に委譲し、二間の漱石山房をそのまゝ保存し、増築の部分は取壊して小さな記念図書館でも建て」て「漱石山房記念公園」を作ろうという計画だった。「決定版漱石全集完成の今秋」をめどに具体的な活動が始まるはずだったが、この計画が実現することはなかった。この計画が形を変えて実現するのは平成二九年である。

メディアが一貫して注目するのは、土地・建物の売却である。昭和一四年五月一七日「読売新聞」朝刊は、「こゝに浮世の〝明暗〟／漱石の家売物に／逝いて廿四年、数々の傑作生れた／遺愛の書斎はどうなる」と報じた。今回は純一が四月にヨーロッパから帰朝したことをきっかけに「負債整理が家族会議でまとま」ったという。純一は「まだ買ひ手がきまつたわけではありません、が当家としても書斎（漱石山房）だけは皆さまの御意見を伺つて適当に保存したいと考へてゐます、邸は私たちが住むには勿体ないと思ひますから、御引受け下さる方があればと思つてゐるわけです。」と、「淋しく語つた」。漱石山房の保存については、松岡譲が第一高等学校への寄贈を示唆していた。

日中戦争が本格化し軍需景気によって、日本経済が好調となった時期ではあるが、結局、売却はできず、漱石山房の保存方法も見出すことはできなかった。新聞記事で目を引くのは、漱石山房の戦時下ならではの転用だろう。

昭和一六年一月七日「読売新聞」朝刊は、「漱石の家で隣組新年会」が開かれたことを伝えている。また、昭和一八年一〇月八日「東京朝日新聞」朝刊は「漱石山房の応召／陸軍将校の宿舎に」なったことを報じた。ただし、蔵書については、東北帝国大学教授の小宮豊隆の力で、「東北帝大の図書館の一室に納まることになつた」とも報じている。この処置がなければ、昭和二〇年五月の空襲で焼失した漱石山房とともに蔵書も失われていたはずだった。(11)

それにしても、漱石山房はその保存方法について、漱石の死の直後から議論が始まったといってもよいにも拘わらず、結局、具体化することはなかったのである。その原因は何だったのだろうか。一つには、夏目家が、取得した土地を売却せねばならないほどの経済的危機に見舞われことである。夏目家の経済力が維持されていれば、自主的に管理する可能性が残っていたはずである。第五章で指摘したように、夏目家主導でなければ、漱石山房の保存は不可能だったのではないだろうか。田園都市株式会社の渋沢秀雄の申し出のあとは、夏目家が保存を画策しても、結局、漱石山房を引き取る富豪や官民両方の機関が出て来なかったことがその証しである。もちろん、夏目家の負債が巨額で、引き受けきれなかったということは見逃せないが、同時に、漱石の文化資産としての価値がそのマイナス面を補って余りあるほど高くなかったことを示唆している。

すでに確認したように、明るいユーモア作家、「低徊趣味」の作家が日本近代の文化や文学を代表する偉大な作家として国民全体に評価され認知されていたとは思われない。遺族や漱石の弟子たちの前に立ちはだかっていた壁は相当に高かったはずである。

□注

(1) 財産を失った実業家たちの悲惨な姿が連日報道されていた。例えば、「大阪毎日新聞」には、鴻池銀行の前京都支店長の自殺が「財界変調の影響が生める／剃刀自殺の悲劇」、「事業の失敗と株に手を焼いた結果」（大9・4・29夕刊）と報ぜられたり、「奈良県郡部選出の／森岡代議士自刃す／東大出身の法学士で森岡銀行の頭取／財界動揺の影響を受け」（6・28朝刊）とあったり、「綿糸思惑」（6・30夕刊）で「約四百万円」を損失し「父が一代に築き上げた／資産も殆ど全滅」させたために「我身を滅多に突刺」（6・29朝刊）して自殺した貿易商の事件が伝えられている。「四千万長者」と謳われた茂木惣兵衛は「宏大な邸宅《やしき》を投出して／裸一貫となつた長者茂木／家族は東京赤阪の実弟に預け惣兵衛氏は同じ横浜で僅か七間の家に移る」（6・15朝刊）とあった。

(2) 野上弥生子は「もうふた昔まえ、先生の印税がだぶついていた頃に、魚眼真珠なんとかいう会社に出資したのも、誰かにそそのかされたのだとの噂であった。」（「夏目夫人とのこと」岩波書店『漱石全集』第11巻「月報11」昭41・10）と述べていた。なお、夏目家に関するスキャンダル報道の始まりは、いうまでもなく、「破船」事件である。第一報は「東京日日新聞」の「◇婿君は……漱石氏の愛嬢／好事魔多しと……久米君／◇先輩の門弟諸君が／◇敦圉《いきまき》荒きおつとり刀」（大6・12・9朝刊）である。夏目家はメディアにスキャンダルを提供し続けて、文壇の枠を越えたニュースバリューを獲得していたのである。

(3) 松岡譲の「ああ漱石山房」にあるエピソードと符合しているように思われる。鈴木三重吉を通して「田園都市の経営をやっていた渋沢秀雄」からの申し出があり、松岡は鏡子・三重吉とともに「洗足池畔の海舟文庫のある辺りと、田園調布の公園」を下見したと回想している。しかし、「その年の十一月下旬頃」に「九日会の主だったメンバー十人程」に「九日会の皆様に無条件で差上げるから、快くこれを貰って頂き、例えば財団法人のようなものを作って保存し、後々まで伝えるように運営して欲しい」と提案したところ、メンバーからは「消極的な発言ばかり」が続いた。そして「十二月の第一か第二日曜日」に行なわれた二度目の会合で、議論の「収拾がつかなく」なってしまう。その有様に鏡子が怒ったために「あたらチャンスを永久につぶしてしまった」という。この文章で松岡は夏目家が直面していた経済的危機について全く言及していない。それどころか、夏目家は「今は先ず先ずだが、いつか窮迫の時がやって」くるかもしれないので、それに備えた措置として、九日会に提案したと説明している。松岡は実際に起こった出来事を無視して説明しているといわざるを得ないだろう。

(4) 大戦景気を背景としたビジネスについては、小川功の研究がくわしい。『虚構ビジネス・モデル　観光・鉱業・金融の大正バブル史』(日本経済評論社、平21・3刊)などを参照されたい。

(5) 野上弥生子はこの男を連れた鏡子と、金春流の能の会でよく出会ったらしい。昭和三年六月三日のこととして「夏目のおくさんが例の男の供を連れてとなりに来てゐた」(6・7)とあり、昭和五年一〇月五日にも出会っていた。

(6) 例えば、敗戦後、イタリアから帰国した長男素一――「S」に久しぶりに再会したあとの感想は「Sはよい意味にもわるい意味にも、少しも変化してゐない。ローマで逢つた時とみぢんも変つてゐない。

これは仕合せなことで、また不幸な事である。」（昭21・1・2）だった。

（7）野上弥生子は昭和一一年六月一二日の日記によれば、知人に「夏目先生の印税すべてを合すると百万以上あるかもしれぬ」と語っていた。

（8）『思い出す事など』では、「傷心秋已到／嘔血骨猶存／病起期何日／夕陽還一村」（二十五）である。なお、記者が読んでいたのが決定版『漱石全集』だとすれば、第一五巻「日記及断片」（昭11・7刊）所収の「日記（明治四十三年八月六日より明治四十四年一月二十一日まで）」の「十月七日〔金〕」からの引用ということになる。

（9）スキャンダル報道がある一方で、漱石死後の節目の年には全集の出版や九日会の動向が報道されていた。例えば、決定版全集は死後二〇年の記念イベントでもあった。「東京朝日新聞」は「生前の知友や門下の人々が何か記念の仕事をしたいと十四日夜赤阪山王の星ヶ丘茶寮に集まつて相談の会を開い」て、全集・伝記の出版、漱石山房の保存方法を相談し、「その他の催しや記念事業も計画されて居り、十二月九日の命日を有意義に迎へたいといつてゐる」（「漱石逝きて既に二十年」昭10・8・15朝刊）と報じている。「漱石逝いて廿五年」（「朝日新聞」昭15・12・10朝刊）は、「命日の九日夜に故人を偲ぶ遺族と門弟のさゝやかな集ひが日本橋の偕楽園で催された」という。出席者は鏡子・純一・小宮豊隆・安倍能成・野上豊一郎・真鍋嘉一郎・津田青楓・岩波茂雄・坂崎担・松岡譲・松浦嘉一だった。記事は、「漱石の死後何年」で始まっていることが多かった。漱石はカウントアップとともに話題となる作家だったのである。

（10）この売立て会を差配したのは松岡譲だった。彼は「三重吉挿話」（『漱石の印税帖』）で、『虞美人草』の原稿を出展したのが鈴木三重吉だったことを明らかにしている。しかし、三重吉は直前になって売ることができなくなってしまう。松岡は「二千七百五十余円」の値がついた『虞美人草』を「親引」――売り主が買い主から売った品物を買い戻すこと――にしてしまった。「三人の札元」は「美術クラブ始まつて以来の原稿の相場だといつて祝福した」が、人気のある『虞美人草』の原稿でも茶道具のような高値はつかなかったのである。

(11) 東北大学が漱石文庫を所蔵するにいたる過程等については、木戸浦豊和の「漱石文庫について」(『文豪・夏目漱石　そのこころとまなざし』朝日新聞社、平19・9刊)・「東北大学附属図書館『漱石文庫』について」(『日本近代文学』平20・5)がくわしいので、参照されたい。なお、原田隆吉によれば、当時、「法文学部の1ケ年の図書費は約5～6万円」で、「殆んど毎年半ばを占めた洋書が購入できず、予算が残っていた」(「東北大学附属図書館『漱石文庫』の成立」「図書館学研究報告」昭51・12)らしい。したがって、夏目家は二束三文で漱石の蔵書を売却したわけではなかった。また、「朝日新聞」記事「〝ネコの墓石〟も解体／都営住宅が建つ漱石山房跡」(昭27・5・25朝刊)によれば、山房そのものは空襲で焼けて、「戦後地主が国に物納したのを東京都が都有地として払下げを受け」た。ただし、「読売新聞」には「山房あとは夏目家の財政上の問題から都に売られ」(「漱石の猫塚山房に蘇る」昭27・9・25朝刊)たとあった。一部に都営住宅が建設され、一部が新宿区立漱石公園となった。現在、新宿区立漱石山房記念館が設立されている。

第七章　夏目家と岩波書店

1 高まる緊張

巨額な負債を抱える夏目家にとって、頼みの綱は漱石の著作からの印税だった。特に、全集の刊行は重要だった。だが、日本経済の不調、それと連動する出版ビジネスの不景気のただ中にある昭和初年代において、全集の出版がたびたびできるわけでなかった。したがって、チャンスが訪れれば、夏目家が岩波書店を無視して飛びつくことも起こり得た。昭和五年の改造社の企画がその好例である(1)。

寺田寅彦は、仙台にいる小宮豊隆に事態をこう告げていた（昭5・11・1付書簡）。「今日岩波君が来て、漱石全集を改造社で計画中の『全集の全集』へ攫《さら》はれる事につき相談がありました。成程岩波では随分迷惑と思はれるが、どうも現在の世態では、つまり山本氏に先を越されたといふ事になるのが落らしい。それにしても、夏目家との間に公正証書が出来て居るさうだから、充分抗議を申立て、然るべきであらうと思ひます。結局は矢張貴兄でも調停にはいつておやりになるのが一番い丶のではないかと思はれる。改造社の仕事は打ちこはせないだらうし、出来るとすれば漱石先生がぬけるといふ事は不都合であらうし、矢張適当な条件で妥協するのが穏当であらうかと少生は考へます」。

寺田の書簡によれば、改造社は、夏目家から全集出版の出版占有権を与えられていた岩波書店を無視して、全集を発行しようとしていたことになる。いうまでもなく、夏目家が許可しなければ、漱石全集は出版できない。二度の大きな経済的な危機を救ってもらっていたにも拘わらず、夏目家は目前の印税のためには、岩波書店との信頼関係を危うくすることも辞さなかったのである。

幸か不幸か、寅彦の予想とは異なって、改造社から漱石全集は刊行されなかった。寺田の書簡には、「明後日の夜、末初で岩波の『全集問題』の相談会を開くから出席しろとの事であります。大分六かしい問題だらうと思はれます。兎に角出席するだけはしやうと思つて居ります。」（昭5・12・4付、小宮豊隆宛）とあるぐらいで、事態がどう進行したのかは不明である。いずれにせよ、岩波の主張が全面的に認められたわけだが、岩波の感情を害したことは間違いないだろう。そのうえ、岩波の主張が通ったことは、夏目家の経済的な危機の持続を意味していた。岩波は更なる金銭的な援助をせざるを得なくなったはずである。

野上弥生子の昭和一五年二月一六日の日記に、鏡子からの「内輪話」として「やつと高利の金を岩波さんに肩代りして貰」ったことが記されている。「高利の金」の「肩代り」とある以上、岩波書店から入る印税では処理できないほどの多額の借金を、岩波茂雄に個人的に保証してもらったということになるのではないだろうか。

また、昭和一四年ごろから好調になった出版ビジネスのおかげで、夏目家にも印税は「十分に入るやうにな」っていた。しかし、夏目家の経済が立て直されたわけではなかった。「純一さんが三百円も小使を使」い、「愛子さんの入院で五百円から要る」とあるように、相変らず、夏目家は支出を抑えることはできなかった。弥生子は「奥さんのやり方のよくなかつたのは別としても、あの年になつていろ〳〵苦労をしてゐるのは気の毒である。」と同情している。しかし、鏡子は経済的な危機に陥れば、岩波茂雄をすぐに頼ったはずである。

昭和一〇年代後半、岩波茂雄に経済的に依存するしかない夏目家と、事業の草創期からの有力な出資者兼コンテンツ提供者であった夏目漱石の遺族を見捨てるわけにはいかない岩波書店＝岩波茂雄との関係は膠着状態にあったと見ていいだろう。両者の関係が動き出すのは、久米正雄の策動がきっかけだった。

久米の「山房余談」（『風と月と』鎌倉文庫、昭22・4刊）によれば、「破船」事件で、いわば、夏目家を出入り差し止めとなっていた久米は、「太平洋戦争がまだ、さう苛烈でない頃」に松岡譲と再会して和解する。「(日本）文学報国会の、事務局長」をしていた時期ともあるので、昭和一七年五月から一九年三月にかけてのことである。久米は「漱石山房のある早稲田南町の家」が「或る銀行の抵当に入つて」いることを知らされる。松岡は「夏目家のために、戻してやりたいが、それよりも大切な事は、今の儘にして置いて、あれが無理解な人手にでも渡ると、あの由緒ある山房が、どうなるか分らないから、今の中に何とか成るものなら、二人が縁の下の力持になつて、それを公的にでも買ひ取るやうな、工夫は無いものだらうか」と、久米に相談をもちかけたのだった。

事情をよく知らない久米は、漱石門下の高弟たちの動静をたずねる。松岡は「相応に考へてゐて呉れてゐる。……ゐるやうだ。が、此頃はお弟子さん達も、何となく本家へ近づかなくなつて、それ程の事は、心配して呉れなくなつてゐるんだ。尤も、あの家屋敷を買ひ取るとなると、大事業だからね。只、例に依つて、小宮さんだけは、相変らず少しは心配して呉れて、せめてあの先生の本ね。あの蔵書だけでも、散逸して了ふのは惜しい、と云ふんで、実は小宮さんが今居る、仙台の東北大学に、買はせようとして居るんだがね。かう云ふ時勢に、外ではなかなか買つて呉れないらしいと云ふんでね。――だが、僕には、その蔵書を、仙台へ持つて行かれると云ふ事も、何だか残り惜しいやうな気がするし、又中央にゐる吾々の、恥辱のやうにも感ぜられてね。出来れば、何とか東京へ、置きたいんだよ。」と説明する。松岡に小宮への対抗意識があるのは明らかだろう。松岡は日本文学報国会の事業としての久米を利用しようとしたのである。

一方、久米は日本文学報国会の常任理事兼事務局長として「国内の文学的遺蹟」の顕彰を企画中だった。漱石山房も候補にあがっていたのだが、資金不足で企画が立消えになっていた。松岡の提案は渡りに舟だった。久米は「夏目漱石顕彰会」を「一般に呼びかけて作つて」「其会で基金を集め」たらどうかと提案する。ただし、そのためには、「先輩のお弟子さん達の、全面的な諒解と支持」が必要であると述べて、こう述べた。「先づ小当りに、先づ、何と云つても金持だから、何かにつけて根本になりさうな、先づ岩波の主人にでも当つて見よう。あの人なら、色々事情もあり、六ケ敷い理屈も云ふだらうが、何しろ多少とも先生のお蔭で、今日の大をなしたと、云へば云へる人だからね。あれだけの人物なら、又いい智恵もあるかも知れない」。

久米はすぐに岩波茂雄に面会する。岩波は小宮豊隆に相談しろと述べた後で、こう告げた。「只、僕ん所で、そのお話を聞いても、尠なからず当惑するのは、当然そこへ話は落ちて行くでせうが、その基金を寄付する点ですがね。其点に就ては、今迄、対夏目家の問題で大分苦労してゐる、支配人が居ますのでね。今、それを呼びますから、その支配人から、よく夏目家の経済事情も聞き、此方のそれに対して、執つた実績なぞも聞いて下すつて、それから改めて、お答えしたいと思ひますよ」。現れた支配人は「もう夏目家に対しては尽すべき事を尽したから、これ以上は金の件だつたら何とも致し兼ねる、と云ふ事務的な返事」をしたのである。

この冷たい対応に「失望落胆」した久米は企画を遂行する気持ちを失ってしまう。小宮から「企画の全貌」を確認する手紙をもらうが、「すつかり気落ちし」ていた久米は「事業の容易でないのを予見して、たじろいで了つてゐたので」、小宮には返事をださなかった。久米は「弱気」にならずに、岩波個人をもっと「押して見るべきだつた」と反省している。久米がそう反省するのは、岩波の「底意」は支配人とは異なって、夏目家の救済にあったはずだと見ているからだ。

しかし、久米の見方は正しいのだろうか。夏目家の「高利の金」の「肩代わり」までしていることを考えれば、支配人の「もう夏目家に対しては尽すべき事を尽した」という発言は説得力がある。そのうえ、改造社の一件のように、夏目家が岩波茂雄の神経を逆なでするようなことを、一度ならず、引き起こしていた可能性があることを考慮すれば、万単位に及ぶかも知れない出資は御免だと思っていたとしても不思議はない。岩波茂雄は昭和二一年四月二五日に死亡するが、その追悼文で安倍能成は夏目家をこう批判している。

岩波書店の大をなした重要な素因としては「漱石全集」の刊行が挙げられるであらう。漱石によつて岩波の得た利益は莫大であらうが、併し岩波が漱石遺族に捧げた利益、謀つた親切には及びがたいものがある。「漱石全集」を岩波から出すのに多少の無理と曲折もあつたが、岩波の漱石先生に対する尊敬は、自分くらゐ誠意を以て立派な全集を出す者、自分くらゐ夏目家の為に誠意を尽す者はないとの信念に充ちて、そこに利害の動機のなかつたことは私の疑はぬ所である。漱石先生の文学は偏に遺族を湿してこれをスポイルするまでになつたが、遺族が岩波を単なる出入の商人視して、岩波に対する感恩の念の薄いのは、私の遺憾とするところである。

（「岩波と私」「世界」昭21・6）

安倍は、岩波の「親切」・「尊敬」・「誠意」に対する夏目家の「感恩の念の薄い」ことを非難して、岩波茂雄と夏目家の間に感情的な齟齬があったことを暴露している。これは如何にも漱石の弟子らしい、経済的な関係を軽視する論理だろう。両者を結びつけていたのが、漱石の著作がもたらす「利益」だったことを無視するわけにはいかないはずだ。何といっても、「遺族」を「スポイル」したのは、「漱石先生の文学」ではなく、そこからあがる「利益」だったからだ。ただし、岩波書店にとっての漱石の商品としての価値は、昭和戦前・戦中期には相対的に低下していたことを考慮する必要がある。もし、漱石が高い印税率を物ともせずに、岩波書店に巨額な利益をもたらしていたら、久米に対する岩波の対応は異なっていただろう。

2　ビジネスとしての漱石

まず、岩波の生前、昭和戦前・戦中期に発行された漱石全集を確認しておこう。最初は昭和三年三月から刊行された円本の普及版全集（～昭4・10刊、全20巻）である。すでに指摘したように、財政危機に陥った夏目家の要請があったことが出版の大きな要因となっていた。ただし、全集の宣伝を担当していた小林勇によれば、岩波は「たくさん出た円本には反感をもっていたが、このころしきりに漱石全集の普及版を出せという読者の要求」（『昭和三年』『惜櫟荘主人』）があったことも相俟って、出版を決断したようだ。また、小林は「この円本漱石全集は慌しい仕事」で、「一月に相談をはじめ、二月のはじめに決定し、第一巻『吾輩は猫である』の原稿をたちまち印刷所へ入れた。」（同前）と回想している。

松岡は部数について、「結局十万部となつて、しばらくの間十万の線を保持して居たが、やがて少しづつ落ちた。それでも最後二十巻目頃になつても七万二三千出たのだから、これは名前の如く実によく普及されたものと見てよからう。のべ総数百六十万から百七十万部の間であつたものらしい。」（「漱石の印税帖」）と推計している。印税率は「二割」で、少なめに見積もって夏目家が

「二十二万円」の印税を得たことはすでに述べたところである。

　これは出版社にとっても成功といえる数字なのだろうか。小林勇が「約十万人の読者」は「他の円本の何十万にくらべると多いとはいえない」（前掲文）というように、予約者二五万人といわれる『現代日本文学全集』の半分以下である。また、予約者五八万人という新潮社の『世界文学全集』の約一七パーセントでしかない。当初の目標は二〇万人だったらしく、小林は二〇万部刷った第一回配本の『吾輩は猫である』が長い間倉庫に積んであったと回想している。

　したがって、この程度の成功では、夏目家と同様、岩波書店の経済的な苦境を解消することはできなかった。小林は昭和三年の岩波書店について、「去年勢よく発足した岩波文庫は今年になって漸く返品が多くなって来た。その数は約二十万冊であって、倉庫はこの返品で一杯になった。また芥川竜之《ママ》介全集は結局赤字となり、岩波講座『世界思潮』も損失になった。岩波書店のこの年の赤字は五万一千円を越した。」（同前）と述べていた。これは、岩波書店が一〇万部程度の漱石全集の出版で窮地を救われるほど、小さな出版社ではなくなっていることを意味していた。岩波書店の規模は急速に拡大していたのである。そのことは普及版全集の予約者を募集している最中の昭和三年三月に起こった労働争議によって確認することができる。

　この労働争議の焦点は、小林によれば、「書店が小規模な経営から、中くらいの規模に移ってゆく過程」（「昭和四年」）で生じた問題にあった。つまり、文庫・講座・普及版全集の発行により急速に拡大したビジネスのために、「小店員を除いては、ほとんどが学校出」という、八〇人以上にふくれあがった「やかましい選考もなく入って来た雑然とした急造部隊」（「昭和三年」）は、岩波の気心を知っている者には平気な丁稚制度・安い給料・サービス残業などには耐えられなかったのである。

昭和三年三月一四日「東京朝日新聞」朝刊によれば、三月一二日に「八十名が突然店主岩波茂雄氏の自宅を訪《と》うて、待遇改善その他封建的雇用法の改善十二項をあげて歎願書をだし、一蹴されるや、直《ただち》にこれを『要求』に変へて、怠業状態にはいつたもので、十三日はつひに開店不能に陥」った。「要求項目」として報道されたのは、「臨時雇用制の廃止」、「給料即時増給」、「寄宿舎の衛生設備改善」、「時間外勤務の手当支給」、「退職手当並に解雇手当の制定」などだった。

従来の、〈家族〉的な就業スタイルでは大量生産大量消費型のビジネス――例えば、一〇〇ページ二〇銭の文庫は一万部売れて、ようやく利益が二〇〇円出る（「昭和二年」）――に対応できなくなっていた。岩波書店は変貌せざるを得なかったのである。

岩波書店が大きく変貌していく中で、刊行された決定版全集（昭10・10〜昭12・10刊、全19巻、定価1円50銭）はビジネス的にはどのような意味をもつことになったのだろうか。この全集の予約者数は、松岡によれば、「初め二万部位あつたやうな話を聞いたと思ふが、それが最後まで続いたわけではなささうだ。一万部は切れなかつたと思ふ」（「漱石の印税帖」）という程度である。経営者として見れば、多くの企画の中の一事業でしかなかった。漱石の比重は軽くなっていたはずだ。その証拠に、岩波は昭和一〇年五月から一二月にかけて欧米視察に出かけていた。小宮豊隆を信頼してのことだろうが、漱石全集の刊行の準備期間、予約募集期間、配本が開始される時期であるにも拘わらず、外遊していたのである。大正期と比べれば、岩波の漱石全集にかける意気込みは低下していたと考えられる。

ここで昭和に入ってからの岩波書店のビジネスを、小林勇の『惜櫟荘主人』に基づいて確認しておくことにしよう。

昭和二年は「約百万冊」を出版したという岩波文庫によって、「年間の売上は七十二万余円」となり、「二、三年続いた赤字はここで一応消えて二万三千円の黒字となった」（「昭和二年」）。しかし、この黒字が翌年には赤字になってしまう。不景気はこの後も続く。昭和四年は改造社をはじめ、多くの出版社が文庫本を出版し始めたので、岩波文庫の売上げも不調となった。その結果、「唯一の取引銀行である第一銀行に五万余円の預金しか無く借金は三十一万余円となった」（「昭和四年」）。昭和六年の上半期の売上げは好調だったが、下半期は岩波文庫も単行本も売れ行きは不調となって、銀行からの借入金は「三十万円を越してしまった」（「昭和六年」）。売れ行き不振から脱することができたのは、昭和九年になってからである。

小林は販売戦略の工夫などによって、他の文庫との競争に岩波文庫が勝ち始めたことで、売上げが向上し、「銀行からの借金も十万円程度に減少した」（「昭和九年」）と説明している。この指摘以外に重要なのは、一二月に発行した中等教科書『国語』全一〇巻だろう。安倍能成によれば、新聞広告による販売という、新しい販売方法が大きな反響を呼び、昭和一二年までに一〇巻合計で

「三十一万五千、ずっと後まで通算すると三百九十三万五千に及ぶといふ盛況」（「昭和四年から日支事変まで」『岩波茂雄伝』）だったという。「全国語教科書中第2位の発行部数を示すに至った」（『岩波書店八十年』岩波書店、平8・12刊）のである。

この後も、岩波書店の好調さは続いた。小林によれば、日中戦争が本格化する昭和一二年には、「借金を返し預金が五十万円近く出来た」（「昭和十二年」）。一四年は、物資が欠乏し、出版資材が高騰するようになるが、軍需景気のために、「本はどんどん売れるようになった。倉庫にねむっていたものまで捌け、売上げ高は増して来た。本が足りなくなったので返品はほとんどなくなった。（中略）売行がのびて、借金は無くなり預金が七十万円以上になった。創業以来始めての好況であった」（「昭和十四年」）。翌年はますます好調になり、「岩波書店はじまって以来の売行を挙げた」。「半期の売上額が三百万円」（「昭和十五年」）に到達した。

岩波書店の売上げの好調さを支えたのは何だったのだろうか。まず、昭和一四年から一八年にかけて、軍需景気・購買力の上昇・購読者層の拡大などによって、出版ビジネス全体が好景気となった。昭和一四年を振り返った『出版年鑑』（東京堂、昭15・8刊）では、「出版物はあらゆる社会層に浸潤し、書物は『出しさへすれば売れる』と言はれる程の盛況を呈した」（「出版界一年史（昭和十四年度）出版界概観」）と、翌年の『出版年鑑』（同前、昭16・8刊）では、「有力雑誌は一冊の返品すら無いといふ有様であった」（「出版界一年史（昭和十五年度）雑誌界」）とまで述べていた。返品四〇パーセントになろうとする現在からすれば、まさに、夢のような時期だったのである。

この時期の主力商品は文学書だった。東京堂の増山新一は昭和一四年を、「最も多く新刊されたものは文学書であり、又、よく売れたものも文学書である」とし、「最近の出版界は文学書の氾濫といふ点に尽きる。工学書類がよく売れるとか、哲学書類が売れるとか云つても（実際よく売れるが）文学書類の前には物の数ではない。その上単行本ばかりでなく『文庫』の大部分が文学ものであるから、全出版物の三割近くを文学書類が占めることになる。」（「昭和十四年出版界顧望」「出版警察資料」昭15・1）と総括していた

したがって、新潮社などの文学書を中心とする出版社の躍進ぶりは容易に想像される。〈表8〉（二一八～二一九頁）の佐藤義亮の所得税額の上昇からも確認することができる。だが、文学書にそれほど重点をおいていない岩波書店の場合、好調の鍵を握っていたのは何だったのだろうか。

安倍能成は時局的な関心に答える「中国、日本に関する文献」と、「精神的栄養に渇する青年インテリ」が求めた「哲学教養等の書物」（「日支事変から太平洋戦争まで」『岩波茂雄伝』）としている。「哲学書肆」岩波書店らしい、もっともな指摘だが、これでは岩波書店の一側面しか見ていないことになる。小林はこう分析した。「言論統制は日毎にひどくなり、時勢に逆らうものの存在を許さなくなったが、一方においては自然科学書、殊に工科関係のものは軍需生産に従事する連中、またその方面にゆく学生が増えたために需要が急に多くなった。岩波書店の出版物には自然科学のものも多かったので売上げは減ることがなかった」（「昭和十五年」）。つまり、岩波書店は〈哲学〉と〈科学〉という、文学に次ぐ売れ行きの二つの商品で稼いでいたのである。

小林の指摘は、岩波書店が〈哲学〉だけでなく〈科学〉も経営の柱としていた事実を明らかにしていて、興味深い。また、この指摘は岩波茂雄が創立三〇周年の感謝晩餐会で行ったスピーチの謎を解く鍵にもなっていた。スピーチでは、寺田寅彦が師の漱石と同格、あるいはそれ以上に扱われていたのである。

岩波書店創立三〇周年の感謝晩餐会は昭和一七年一一月三日に大東亜会館（東京会館）で行われた。このとき、岩波はスピーチをしたのだが、漱石には二度言及しただけだった。「大正三年夏目先生の『こゝろ』を処女出版として、出版の方面にも力を致すやうになりました。」と、「既に故人となられました夏目先生の知遇と、寺田寅彦先生の御懇情とは、この際特に忘れ難いものに存じます。」（「回顧三十年感謝晩餐会の挨拶」「図書」昭17・12、引用は、植田康夫他編『岩波茂雄文集』3、岩波書店、平29・3刊による）である。気になるのは、漱石に関して「知遇」とだけ述べているのに対して、寅彦に対しては「御懇情」としていることだ。師よりも弟子の方に思い入れがあるように感じられてしまう。

また、漱石以上に感謝しているとしか思われない「先生」もいた。「私が不敏の身であり乍らも、高遠なる理想の方向に一歩なりとも近寄りたいと希ひ、及ばず乍ら自ら駑馬に鞭うち、今日まで一筋の途を歩み続けて来ることができましたことに就いては、至誠一貫道義の尊きを教へて戴いた杉浦重剛先生、人間としての高き境地を御教へ下さつたケーベル先生、永遠の事業の何ものなるかを御教へ下さつた内村鑑三先生、独立自尊の町人道を教へられた福沢諭吉先生、また公益の精神を以て全生涯を貫かれた青淵渋沢翁に、負ふところ多大であるのでございます」。

　この晩餐会は、創立二五周年の際の記念会を、「支那事変」勃発で諦めた岩波が「時勢のよくなるのを待っていた日には、そういう会は永久にすることが出来ないだろう。今度はどうしてもやるのだ。」という「断乎たる態度」（小林勇「昭和十七年」前掲書）で開催したものだった。岩波にとって、一世一代の晴れ舞台だったはずだ。その挨拶で、漱石の扱いが軽いうえに、弟子の寅彦を杉浦重剛・ケーベル・内村鑑三・福沢諭吉・渋沢栄一と同等に扱っているのは、不自然といえるだろう。(2) しかし、岩波の寅彦に対する評価は本心からのものだった。小林によれば、岩波は「故人となった自分が尊敬している先生たちの肖像を、額に入れて掛けて」（「昭和十三年」）いたが、寅彦も、ケーベル・漱石・杉浦重剛・孫文とともに掛けられていた。岩波の中で、寅彦は重要な存在だったのである。

　なぜ、岩波は寅彦をこれほどまでに重要視していたのだろうか。

　我々は、寅彦といえば随筆を連想しがちだが、岩波にとって、寅彦は〈科学書肆〉岩波書店の中心的なアドバイザーだったのである。寅彦は大正一〇年一二月から刊行された「科学叢書」・「通俗科学叢書」の編集を皮切りに、岩波書店の科学書出版を助けることになる。寅彦の助力は岩波の、「科学知識の欠乏」が日本人の「著しい弱点」であり、「我国の文化を真に深く高く築くためには、科学知識愛求の念を強めることは、刻下の急務であり、また永遠の策」（「〈科学叢書刊行の趣旨〉」大11・1、『岩波茂雄文集』1、岩波書店、平29・1刊）であるという信念を現実化するためには必要不可欠だった。そのうえ、科学書は、昭和期に入ってからのビジネスの不調を脱し、躍進させる重要な商品ともなった。岩波の挨拶に寅彦が登場するのも当然だったのである。

岩波は「常に私の仕事を御援助下さつた寺田寅彦先生の御人格が忘れ難いものとして思ひ出される。先生は科学者にして芸術家であり、才能豊に哲学を解し、文学を愛し、それのみならず非常に僕らの事業にも熱心な関心を寄せられ懇切な御指導を賜つたのである。」(「回顧三十年② 創業時代」「日本読書新聞」昭21・4・1、引用は『岩波茂雄文集』3による)と回想している。

岩波が寅彦と漱石を同格にしたのは、大正期と昭和期の恩人への謝意と理解するべきなのだろう。とはいうものの、漱石に対する言及の少なさは、岩波書店のビジネスに占める、漱石の著作の重要性、商品としての価値の低下を暗示していたのである。

そして、混乱する戦後期に、夏目家が決定的な事件を引き起して、岩波書店との関係は修復困難な状態になってしまった。

3 全集問題の勃発

昭和二一年四月一三日の「読売報知」朝刊に「夏目漱石全集」出版広告が掲載される。出版社は、岩波書店ではなく、新興出版社の桜菊書院だった。全二五巻、B6版、定価二五円、「前金払込者に限り優先配本す」とあるので、予約出版の形式をとったもので、第一回の配本は『それから』だった。一方、岩波書店は、「決定版に基づく豪華版全二十八巻」と、「文庫に依る普及版全三十二巻」の二本立てで「漱石全集」を出版すると発表した。前者の第一回配本は『心』で定価三五円、後者は『道草』で、定価は一〇円だった。ただし、桜菊書院とは異なって、「予約募集に非ず。各冊定価不同。直接扱ひせず。御注文は総て最寄りの書店へ。」（「読売新聞」昭21・6・10朝刊）とあった。「漱石全集」が同時期に二つの出版社から刊行されるという異常な事態が発生したのである。

夏目家が引き起こした事態については、矢口進也の「桜菊書院の登場――昭和二十一年――二十五年」（『漱石全集物語』）がくわしい。矢口によれば、桜菊書院の前身は、戦時中、軍部に便乗して、「伊勢神宮など神社仏閣の参拝団を編成して送り出す旅行会社」のようなことをしていた明治天皇奉讃桜菊会だった。「多少の出版物（皇室関係のものだという）や機関誌を出していた関係で豊富な用紙割当をうけ終戦時には」「厖大な用紙を保有していた」。そこで、出版ビジネスに参入しようとしたのである。

『新潮社一〇〇年図書総目録』によれば、昭和二〇年末には、「出版社数約二千社に激増し、雑誌は九百三十二点刊行され、出版資材難にもかかわらず出版界は未曾有の活況を呈し、この傾向は二十三年頃まで続く」とある。翌年には「出版社数は四千社を越え、雑誌数は二千九百四種に達するという盛況」となり、二三年には「出版社数は四千五百八十社を越え史上最高を記録」した。二四年は一転して、「出版用紙難は次第に緩和されるが、秋から不況は深刻となり一般の購買力が低下。戦後新興出版社の休業・倒産が相次ぎ、雑誌の休廃刊が続出」した。桜菊会の理事長だった森本光男は戦後の出版ブームに乗ろうとしていたのである。

森本は久米正雄を訪ねて、久米から漱石全集の出版を勧められる。久米の仲介で夏目家の同意を得て、企画は急速に具体化した。久米が夏目家を紹介したのは、昭和二一年一二月末に漱石の著作権が消滅することが関係しているかもしれない。矢口は夏目家の「焦り」を指摘している。桜菊側には編集経験者がいないため、文藝春秋社での経験がある夏目伸六が桜菊書院に入社して、昭和二一年三月に創刊された「小説と読物」の編集に携わることになった。そのうえ、伸六は、岩波書店、岩波茂雄に対して「事後承諾を求め」ただけだった。岩波の制止を無視して、桜菊書院からの出版を進めたのである。また、同年四月二五日に岩波が病死したことも事態を悪化させた可能性がある。安倍能成の追悼文の夏目家に対する厳しい批判はこうした状況を反映していると考えてよいだろう。

全集問題を整理した記事に「日本読書新聞」の「眠る著作権法に活／〝漱石紛争〟解決す」（昭21・7・10）がある。大正六年六月一一日付公正証書によって、岩波書店は夏目純一との間に、漱石全集に関して「印税二割五分、出版占有権を与へる」という出版契約を結んでいた。しかし、昭和二一年二月二〇日に、夏目家は桜菊書院との間に、「印税一割五分」、「印税五百万円」で、「昭和二十一年から昭和廿四年四月まで」「出版占有権を与へるといふ出版契約を結んで了つた」。

この「二重契約」状態は「互に平等で優先することのない債権的出版契約」であるために、相手の出版を差し止めることができなかった。そこで、桜菊書院は「著作権者純一氏に働きかけ六月八日出版権設定に関する付帯契約を結び同十四日著作権者と共同の形式で内務省に登録申請を行つた」。これを知った岩波書店は「単独申請」が可能であることを利用して、「大正六年契約を以て十四日の日付で十五日申請を完了し」た。「互に異議の申立てを行」う泥仕合の様相を呈するかと思われたところ、一転して、岩波書店側が折れてきた。桜菊書院の方が、「一日優先してゐることと著作権者と共同して申請するといふ原則的な方法の上に明《あきらか》に出版権設定行為を内容とする書面を添へてゐる」点からいって、岩波書店には「歩がな」かったのである。

六月二一日に、内務省次官の仲裁のもと、夏目家・桜菊書院・岩波書店の会談が行われて、五項目の申し合わせが成立した。

一、岩波版漱石全集は製本が出来てゐるものも決定版、文庫版ともに本年一杯は発売を停止し二十二年一月以降行ふこと
二、夏目家は出版権存続中両書店以外の第三者と契約を為さないこと
三、岩波書店が蒐集〔二字不明〕した「日記及断片」「書簡集」「詩歌俳句および初期の文章」「評論雑篇」「別冊」をそのまゝあるひは改刪選抄して桜菊版漱石全集に収録できること
四、夏目家および桜菊書院は岩波書店にたいして漱石没後初刊されたもので二十二年一月においで著作権の消滅しないものについては出版権の設定を承認すること

五、岩波側登録申請は取下げ、桜菊側申請は前項に抵触しないやうに出版権設定範囲を明にしてなすこと

この申し合わせは実行され、岩波書店は全集の刊行を昭和二二年一月に延期すると発表せざるを得なくなった。夏目家・桜菊書院が〈勝利〉した、といっていいのだろう。それにしても、道義的には問題がある夏目家・桜菊書院に圧倒的に有利な裁定である。著作権法の正式な手続きに則って法的な優位を確立した者が強かったのである。

記事では、彼らが〈勝利〉したのは、「夏目家が『岩波と漱石』といふ三十年に亘る恩愛の絆を出し抜」き、「出版権の設定登録といふ近代的な法の城塞」を構築したからだとしている。そして「わが国の著作権、出版権を続る『封建的なものから近代的なものへ』」という問題が浮上し、「余りに封建的に停滞してゐた出版社会が明るみに放り出された形となつた」と総括した。また、「出版社会の民主化が単に戦争責任の追及を以て足りるのではない」実例にあたるとも言及していた。戦時中の軍部の暴走を許した原因を、日本が近代化や民主化に失敗して封建遺制が強く残存したことに求めようとする、当時の言説に忠実な解釈となっている。

〈リベラル〉な出版物を出版していたはずの岩波書店は、夏目家・桜菊書院との紛争では、一転、「恩愛の絆」を重んずる「封建的なもの」の代表となった(3)。この事件の結果、少なくとも、岩波書店の夏目家に対する態度は「近代的なもの」へ、ドライなものへと一変した。記事には、今後の

印税について、「岩波側は『心ざし』として贈与すれば格別、必ずしも支払義務はないとして明年一月発行予定の岩波版漱石全集の印税支払義務を否定してゐる」とある。この記事どおり、岩波書店は、著作権の切れたものについては印税を夏目家に支払わなくなったと思われる。(4)

野田宇太郎の『六人の作家未亡人』(5)（新潮社、昭31・10刊）には、「ほとんど無収入の状態」となった鏡子の嘆きがこう記されている。

「こんな年になって生活に不自由するとは思いませんでしたね。今では相当につらいですよ。毎月その心配で、こんな時は人情が身に沁むもので、いつだったか小宮さんがお見えになって、これは先生のことを書いた本の印税の一部だとかいって、わざわざ金を届けて下さったことがありました。それでも河出書房とか新潮社とか角川書店とかは、何かが出版されると、いくらか持ってきて下さる。岩波も茂雄さんが元気だったら、と思いますよ」

（「荊の冠をもてあます　夏目漱石未亡人鏡子さん」）

鏡子が窮状に陥ることを見通せなかったのは、ある意味で仕方のないことかもしれない。しかし、「三十年に亘る恩愛の絆」を断ち切ってまで、得体の知れない新興出版社と結託したのは拙速の誹りを免れない。矢口が指摘するように、夏目家を駆り立てたのは、著作権の消滅する前に巨額な印税を入手しておきたいという焦りだろう。

桜菊書院が約束した「五百万円」は大金である。昭和二三年の作家の高額所得者番付一位の吉川英治が二五〇万円だった。矢口は「印税契約を果たすために最低でも六万部、少なくとも第一回配本では一〇万部ぐらいは売るつもりではなかったか。」と推測している。

しかし、戦後の急激なインフレーションによって「五百万円」の価値は急速に低下していったはずである。例えば、東京の精米一〇キログラムの小売価格は、昭和二一年が二〇円一一銭四厘だが、二三年には二二二円九六銭になっている。約一一倍の値上りである。もちろん、ヤミ米は配給米よりも高く、二三年七月の時点で七倍だった（『明治・大正・昭和・平成　物価の文化史事典』展望社、平20・7刊）。また、文芸誌「群像」の四百字一枚の原稿料でいえば、二一年八月に正宗白鳥は一〇〇円、新人の三島由紀夫は二〇円だったが、二三年一〇月に白鳥は八〇〇円、三島は一一月に五〇〇円となっている（大久保房男「インフレと原稿料」『文士と文壇』講談社、昭45・5刊）。白鳥は八倍、三島は二五倍である。

出版のタイミングが悪かったとしかいいようがない。しかも、桜菊書院は岩波書店とは違って、定価を固定した予約出版であったために、インフレによって上昇する経費に柔軟に対応することができなかった。(6) 桜菊書院は昭和二四年に倒産してしまい、漱石全集も中絶することになった。夏目家が当初の思惑通りに印税を入手できたとは到底思われない。

こうした状況の中で夏目家は〈近代化〉の最先端ともいうべき第二の矢を放った。

4　商標となった漱石(1)

夏目家は、いわゆる、漱石商標登録事件を引き起こした。この事件についても、矢口の前掲書がくわしいが、矢口はやはり著作権消滅に対する夏目家の焦りから生じたものと考えている。夏目家は商標登録をすることで、著作権を失う代わりに、作者名・作品名などを使用した者に商標使用料を支払わせようとしたのである。

昭和二二年八月二三日「朝日新聞」朝刊は、夏目家が「漱石の全著作」を商標登録したとして、「文豪夏目漱石の名前が遺族の手でハミガキや〔一字不明〕やしょう油なみに、二十八種からの商標となつて特許局に出願され、漱石死後三十年を経て今年一月から著作権が消滅したかわりに〝商標権〟を要求、〝漱石もの〟の自由出版に対する新手が打たれ、出版界に大きな問題となつている」(「夏目家で商標登録／漱石の全著作に／反文化的と出版界わく」)と報じた。

登録されたのは、「夏目漱石小説集」「同作品集」「漱石全集」「同小品集」など「二十八種」で、六月二七日に商標出願手続きを完了した。ただし、翌日の報道では、「三十三種」となり、「漱石」「夏目金之助」なども出願されていることになっていた(7)。

二三日の記事では、商標登録出願を知った岩波書店と日本出版協会が「著作権の失くなつた故人の遺作を個人的に独占しようとすることは、わが国の普遍的文化財を私せんとする反文化的態度である」として「公告期限が切れる二十七日までに異議申立てを行う一方、世論に訴えても商標出願を取消そうと意気込んでいる。」と報じていた。

仲六が夏目家の代表として、こう説明している。「オヤジの著作権も今年一月から失くなるので、私が〝商標権をとっておいたら幾らか生活の足しになるだろう〟と出した訳で、著作権の代りにこれから商標権を出版社からもらうわけです、いま『夏目漱石全集』を出している桜菊書院に一手に任せるというつもりは別にありません。あくまで生活上の問題です」。

「生活上の問題」に限定する仲六の説明は、漱石という商品の市場効率を徹底的に高めようという意図を述べたものになっていた。親子関係すらも金銭に換算しなければならない市場の論理が臆面もなく主張されている。漱石のもっとも嫌悪することを、子が実行しようとしたとも、漱石の〈経済人〉としての一面を子が突出させたと見ることもできる。

これも〈近代化〉の一環といっていいだろうが、さすがに全集の時とは異なって、「反文化的」と強烈に批判されることになった。仲六の説明はメディアをコントロールする点では失敗だった。子どもなのに、親を、いわば、〈金づる〉としか見ていないといっているようなものだからだ。翌日の「朝日新聞」は「各方面」からの「非難の声」を集めている。

直接、ビジネスに支障を来す出版協会会長石井満が反対するのは当然としても、小宮豊隆、新進評論家の中島健蔵も批判的である。小宮は「死後三十年は遺族をうるおすが、あとは人類共有の文化遺産とするという考え方から見れば、道義と常識の問題になつて、今度のやり方は非常識だといえる。僕は不賛成である。」と、中島は「漱石の商標は法律的に成立つかも知れないが、商標登録を思いついた遺族の常識を疑いたくなる。」と述べている。その中でも、安倍能成の批判は大変厳しいものだった。

わたしは漱石先生は尊敬しているが、その家族は尊敬していない。漱石の門下と言われることはいゝが、遺族の人々から弟子あつかいにされる間柄ではない。遺族の人達は三十年にわたつて、漱石先生の労作によつて非常に富有なぜいたくな生活とも思われる生活をして来た。岩波書店からは出版書店という関係以上に随分厚意を受けていた。だから岩波を置いて桜菊書院に許したことは徳義的ではないと思う。

漱石全集が岩波で編纂されたとき、小宮豊隆などの手により小品、書簡集、日記、断片などが新たに集められたので、それは著者死亡以後に設定された著作権として、こんど岩波から出る全集でも、相当の冊数ならびに高い歩合の印税が払われているわけである。しかしそういう法律的解釈は別にしても、遺族の人達は三十年間漱石先生の労作によりひたいに汗せずしてぜいたくな生活を送つてこられたのだ。もうこれ以上は先生の労作を国民の前に解放していゝのである。

良書として残すためなど、言つているようだが、本当はやはりいつまでも漱石先生の力にしがみついていたいと思う情けないこゝろの現れであろう。それも老い先の短い未亡人が要求するなら、ともかく、これから自分の力で生活を開拓すべき純一、伸六君などがこんどのような処置に出たことは実に遺憾である。漱石先生の作品を商品なみに商標登録を受けることよりも、漱石を愛せずして漱石を食い物にする遺族の人々の心事をわたしは悲しむものである。

最後に一般的な意見を言えば、著者の死後三十年もたつて、なお、その遺族がその作品を独占することは、公有物をわたくしするもので、そういうことは望ましくない。

しかし遺族が非常に困つていて、本屋が盛んにもうけているという場合などは、遺族にたいする道義的好意として、また文化的恩人にたいする感謝として、いくらかの印税を書店から進んでおくることが望ましい。

（「〝食いものにするな〟／安倍氏　遺族をなじる」「朝日新聞」昭22・8・24朝刊）

安倍はこれまでの鏡子のライフスタイルに対する積年の不満を表明しているように思われる。そうでなければ、夏目家から弟子呼ばわりされることや「非常に富有なぜいたくな生活」への嫌悪感を述べたりしないだろう。安倍が問題としているのは、「徳義」であり、純一や伸六の「経済的主体」の確立であり、「食い物」としての漱石の商品性よりも「愛」を優先することである。さすがに、弟子だけあって、これまで確認してきた市場原理を嫌悪した漱石の考えにそった批判をしているといっていいだろう。

小宮豊隆も昭和二二年九月八日の「読売新聞」朝刊の時評欄に掲載された「著作権と出版権」で、夏目家の商業主義を厳しく批判している。小宮は冒頭で「漱石先生の作品が商品化されそうになつて問題を惹き起した。ある見方からすれば、作品は商品であるには違いない」が、「それだけでは片づかない。また片づけてはならない問題である。良識のある人間なら、その事はだれでも心得ている。」と、夏目家の〈非常識性〉を批判している。そして、「著作権と出版権との問題」について論じていくが、小宮も著作権は三〇年で十分と考えている。著作権消滅後は、遺族は「一人で食うがいい」のであり、「どの作家の作品も、没後三十年でいわば国の文化財となるときめて置くのが、一番妥当」なのである。小宮ですら、夏目家に対して厳しい態度を示している。

小宮は出版権の確立されていない出版社を弁護する論を展開している。

金が儲かりさえすれば、どんな事でもするというのが、封建時代の商人根性である。芸術作品のような文化財を、純粋の金儲けの道具、すなわち商品として見ようとする見方も、その源はこの商人根性から発している。そうしてこの根性が明治以来、著者と本屋との関係を、一種の主従関係のようなものにしてしまつた。（中略）少くとも、法律に現われた所だけを見ても、そこに著作権があつて出版権がないという事は、著者と本屋との間の一種の主従関係を、雄弁に証明するものであると思う。こういう封建時代の残滓を清算し、著者と本屋との関係を相互に敬意と愛情とをもつて結びつく紳士と紳士との関係に改善する第一歩として、出

版権の確立はどうしても必要である。（後略）

小宮の考察に従えば、夏目家は「芸術作品のような文化財を、純粋の金儲けの道具、すなわち商品として見ようとする」「封建時代の商人根性」を発揮しているのである。また、出版社に「敬意と愛情」を示さない振る舞いは「清算」されるべき「主従関係」、「封建時代の残滓」ということになるだろう。安倍能成が「岩波を単なる出入の商人視して」（「岩波と私」）いると、早くから非難していたが、桜菊書院版全集の時とは、夏目家の立場が逆転しているのである。

5　商標となった漱石(2)

この逆転をよんだのは「生活上の問題」をあくまで優先するという伸六の発言にあるのは間違いない。伸六は、思わず、本音を吐露してしまったように思われる。伸六はこんな告白をすでにしていた。

私は時折、私の友達やら色々の知人から、私の父に就いての感想を聞かれる事があるが、私はそんな時、よく妙に淋しい気のする事が屢々ある。それは恐らく、私が父に対して殆ど愛情らしい愛情も抱いて居なかつた——今も同様依然として抱いて居ない——さうした気持か

ら来る感情かも知れない。（後略）（「夏目漱石Ａ　父の映像⑧」「東京日日新聞」昭11・3・4朝刊）(8)

「愛情」が父漱石とのつながりにならなければ、残るつながりは金銭ということになってしまう。もちろん、父への「愛情」がない事情を語っても、商標登録を肯定されることはなかったろうが、世論への対応を誤ったことは確かだった。夏目家は「道義」や「愛」のない、国民の文化的な「公有物」を独占して、徹底した商品化を図る「封建時代の商人根性」の持主として表象されることになってしまった。

こうした「非難」の中で、夏目家を擁護したのは、久米正雄だった。「破船」事件以降、夏目家と絶縁していた久米だが、桜菊書院を仲介し書院の編集顧問となった関係もあって、戦前の役どころとは一変して、夏目家の〈近代化〉路線の擁護者としてメディアに登場することになる。久米は八月二四日の「朝日新聞」でこう述べている。「著作権は三十年では短すぎる。欧米諸国並に五十年に延ばした方がいゝ。遺族が生きている限り著作権を残すというように法制化したらどうだろう。夏目家は桜菊書院とは紳士契約で一割五分の印税報酬を受けているが、法律的に保証されてないため、仲六さんはこの不安を解消するため、この挙に出たものだろう。出版社はむろん進んで夏目家に感謝した方がいゝのではなかろうか」。著作権が七〇年に延長されようとしている現在の状況を考えれば、久米の発言は一理あるといってもよいだろう。しかし、当時の識者からすれば、久米の弁護論は説得力に欠けたものでしかなかったはずだ。

以下、矢口の整理を参照しながら、適宜資料を補足して、事件の経過を明らかにしておくことにしたい。八月二五日に日本出版協会は夏目伸六・久米正雄を招き、協議した結果、夏目家は小説の題号については保留するが、その他のものの登録を撤回する、協会は異議申立てを取下げるという申し合わせが成立した。著作権法の改正に向けて、衆参両院の文化委員会に提訴することも決定して、二九日に具申書が国会に提出されている。

収束するかに見えた問題が新たな展開を見せたのは、三一日だった。夏目純一は大倉書店が出版した『行人』が不法出版であるとして日本著作家組合に提訴する。その際、漱石の著作のうち大半が昭和二一年五月に特許局に申請をして、一一月二〇日付で許可されている、すでに商標登録してあると発言したのである。それは三七種で、「吾輩は猫である」など小説、「満韓ところ〴〵」などの紀行文や小品、「漾虚集」のような単行本の題名にも及ぶ網羅的なものだった。[9] 純一は「出版界を混乱させるのが目的ではない。『行人』をはじめ現に商標を登録してあるものが、しかも著作権もまだ在続《ママ》しているときに、無断出版があつた。こうなるといつ著作権が侵害されるかもわからないし、いろ〳〵不安の種にもなるので最後の切札として〔二字不明〕の処置をとつた」(「朝日新聞」昭22・9・2朝刊)と述べている。

純一が問題とした『行人』は、大倉書店が倉庫に保存してあった一五〇部ほどの本文が盗まれて製本され市場に出回ったものだった。矢口は「わずか一五〇部ほどの商品がたまたま夏目家の眼にとまったのも偶然だ」としているが、「どうやらこの『行人』にからめて、商標権のデモンストレーションを意図したのではないかと考えられる」とも指摘している。

しかし、そうだとしたら、このデモンストレーションは裏目に出た。「日本読書新聞」によれば、松原特許標準局意匠商標課長も出席して、九月八日に開催された日本出版協会第二回特別委員会で、「題名、著作名を商標登録して著作権の保護にあたろうとすることは出来ない」という見解で一致した。記事のタイトル通り「〝登録は意味ない〟／『漱石商標』これでケリ」（昭22・9・17）となった。

松原課長は「ある特定の著者名、著作物名であればそれは普通の名称でそこまで商標権は及ばない」とコメントしている。つまり、夏目漱石著『行人』は漱石の著書『行人』一般を指す「普通の名称」であって、どの出版社が『行人』を出版しても、本文としては同一の出版物が刊行されるだけなので、商品としての差異は生じない。書籍と「ハミガキ」などとの大きな違いがここにあった。特定のメーカーの作った「ハミガキ」は、商品名によって他のメーカーの商品とは違う品質が保証されるが、書籍の場合には品質に差異は生じないのである。『行人』を商標として登録しても「意味ない」のである。

この時点で、夏目家の〈野望〉は潰えることになった。ただし、「読売新聞」の記事「漱石の出版自由に／商標権登録の却下確定」（昭25・2・22朝刊）によれば、完全に決着がついたのは、昭和二四年一二月のことになる。夏目家は、漱石の商標登録出願を拒絶されたことへの不服を申し立てていたが、その抗告審判が登録の拒絶を支持して結審する。夏目家が審判を不服として高裁に上告しなかったことで、「却下確定」したのである。

窮地に立たされた夏目家を擁護する発言をしたのは、例によって、久米正雄だった。記事の末尾にこうある。「商標権が認められないならば致し方はない。今後は出版社が遺族の許可を得たことを作品にうたうか、あるいは作品の解説を遺族に書かせるなどして良心的に出版するように願いたい。例えば鎌倉文庫の『独歩全集』がそういう取扱いをしており、漱石関係の作品の出版にも鎌倉文庫のような道義的な扱いを望む」。

商業主義を優先した夏目家は、一転、出版社側の「良心的」、「道義的」な対応にすがるしかない立場に陥ってしまったのである。矢口は全集刊行をめぐる夏目家と岩波書店の対応の差異についてこう述べている。

（前略）漱石遺族と岩波とでは、漱石に対する考え方に差があって、それが年月を経過するに従ってますます開いてしまったものと思われる。自分も門弟と思い、また小宮豊隆を中心に、漱石の完全な全集を作ろうとした岩波は、漱石を崇拝する姿勢だったが、遺族にとっての漱石は、言葉はよくないが、「金づる」だった。全集を出しさえすれば莫大な印税が入る。その繰り返しが、全集刊行について安易な気持を生んだのではなかったか。そのような両者の利害、いや漱石観が、著作権消滅の直前にいたって正面衝突することになったのである。

（「桜菊書院の登場」）

確かに、「遺族」が「夏目漱石」という固有名までも金銭に換金できる、一種の手形に変えようとしたことを考えれば、[10] この指摘は正鵠を得ているといってよいだろう。市場社会の中でも漱石の〈神聖〉な労力を区別して扱うべきだと主張して、遺族と一線を画そうとした安倍能成や小宮豊隆は弟子らしく漱石の主張を受け継ごうとしたといってよい。興味深いのは、商業主義を優先するはずの出版社の方が〈文化〉を擁護する側で、夏目家が〈反文化的〉な商業主義を徹底して優先する立場にあったことだろう。

一見、鏡子たちの方の分が悪そうだが、商標登録は権利ビジネスの先駆的な試みといえるだろう。弟子たちが、漱石直伝の、貨幣のもたらす〈自由〉を抑制しようとする反動的な主張をしているのに対して、鏡子たち、夏目家は貨幣によって得た自由を維持しようとする闘争を行ったと、あるいは漱石を神格化しようとする弟子たちを、漱石の遺族が〈経済人〉として強烈に反発し批判したと見ることもできる。夏目家の尖鋭的な活動は改めて注目されるべきだろう。

また、夏目家を批判した出版社だったが、商標登録事件が片付けば、著作権が消滅した漱石を夏目家と同様に「食い物」「金づる」として頼ることになった。その点からいえば、両者の立場は同じである。ただ、夏目家の〈正直〉さに比べれば、出版社側は〈裏表のある言葉〉を使っていた。奇しくも「坊っちゃん」対「赤シャツ」という『坊っちゃん』の構図が再現されていたのである。

ただし、この時期に新しい漱石評価が生まれたことは見逃せない。その結果、戦後期に漱石という商品の性格が大きく変化することになった。漱石の作品は「高級」だが、売れる商品へと変貌したのである。漱石が全く想定していなかった事態が現実化した。

6　漱石、売れる「高級」作家となる

すでに確認してきたように、漱石は現実に迫らない「低徊趣味」の作家であり、明るいユーモア作家だった。この見方が強く存在する限り、漱石がいわゆる国民文学であったとしても、「高級」と見なされることはなかったはずだ。例えば、昭和二一年一〇月号の「小説と読物」で桜菊書院は全集販売促進のために夏目漱石賞を創設することを発表する。しかし、「作品募集」の広告には、漱石に関する具体的な言及はなかった。「故文豪の、偉業を益々顕彰して、是を嗣ぐべき次代に、隠れたる雄篇傑作を求める」とあるぐらいで、「偉業」の内容は説明されていない。

また、漱石賞としてどのような作品を求めているかも具体的に説明されてはいなかった。「平和日本の文運、いち早く混沌の中に芽生え、新世代の文化、やうやく一道の光明を見出さんとする時」や「当選すべき作品は、正に新文学の代表たるべく」といった抽象的な表現が散見されるだけだった（広告の文章は矢口前掲書による）。

新興出版社が全集の宣伝のためにでっち上げた文学賞だけあって、賞金一万円で釣ればよいと

いうことなのだろう。だが、息子の伸六も、選者となった弟子の内田百閒・久米正雄・松岡譲も、漱石の名を冠した文学賞を語るにふさわしい宣伝文句が浮ばなかったということも見逃せない事実であるように思われる。

実際に応募された「五九〇篇」も漱石の名にふさわしいものはなかったようだ。

（前略）テーマは全体的にみて戦時下の生活を扱つたものが多いが、戦場の生々しい体験をつづつたものはほとんどない。応募者の約四分の一を占める未来のけい秀作家を夢みる女性は、新時代にふさわしく結婚、貞操、家庭等の問題を取上げている。全般に外国文学のうわつらの模ほうが多く、坂口、織田張りも見られるが、露骨な描写は案外ない。

応募者のうちには同人雑誌畑の苦節十年組や活字になつた経験者も見当るが、大部分はいわば〝小説の素人〟で、たどたどしい筆の運びのなかに、いやに悪達者なのが交つているのも昔かわらぬ傾向。廿一歳の青年、十七歳の少女もいるが、そういうのに限つて年齢をわざわざ記入しているのは、ジャーナリズムの好奇癖に乗じようとの魂胆からか。工場勤め、理科の学生、大学教授も散見する。

〝傑作〟は〝ぜひ当選させて下さい、これはあたしの身命をとした作品です…〟という悲痛な〝女の手紙〟が舞いこんだり、わざわざ出向いて題名を変えたり、文章を書き改めてゆく熱烈どころもある。（後略）

（「とんだ漱石気取り／〝当選させて…〟と女性の手紙」「日本読書新聞」昭22・3・19）

ひいき目に見ても、応募者の多くは賞金目当てということになるだろう。たとえ、漱石をねらった応募作があったとしても、「低徊趣味」の枠組の中にあった。「〝漱石賞〟をどう感違《ママ》いしたか、〝草枕〟を気取つたスタイルに〝非人情〟を散発させたり、京都を舞台に〝甲田さん〟の登場する『虞美人草』張り、さてはネコならぬ〝僕はあひるである〟には地下の文豪も微苦笑するであろう」（同前）。

出版界の〈封建性〉を鋭く突いた桜菊書院と夏目家だったが、漱石の評価の枠組を変えることはできなかった、その必要も感じていなかったのかもしれない。しかし、彼らの視野の外側で、「低徊趣味」を主軸とする古びた枠組を否定して、新しい評価軸が構築されようとしていた。その一例として、新進評論家平田次三郎の文章を紹介しよう。平田は三冊の漱石に関する研究書を書評する「漱石と現代」（「日本読書新聞」昭22・5・21）で次のような漱石観を述べていた。

漱石死後三十余年、漱石の文学はまだ、ますます多く、弘くはげしくよまれている。今日あらたにまた、三種の全集が刊行されている。(11) 三十余年の歳月のあいだ、漱石がわれわれにあたえたもの、われわれがそこからくみとつたもの、それは幅広く、奥深いので、一言でこれを明示することはできない。しかし、いつの世も、そのときどきに易りなく、多くの読者をえていることは、そこにゆう久なものや普へんなものを蔵しているにちがいない。ひとりの人間が書きとどめた文章が、風雪はげしい歳月を易りなく生きつづけるということには、また格別の意味がある。

「芸術の生命」という〔一字不明〕を使うなら、漱石自身の生命が芸術のなかにうまれかわつて生きている、といえるのだ。

漱石の小説は、ひろい意味で人生いかに生くべきか、という命題を考えては試し、試しては敗れ、敗れては苦しみ、そしてまた考える、そうした近代小説のオーソドックスな系統にぞくしている。漱石は小説のなかではしだいに美をば追放して、善と真とを追究した。ひたむきに生の意義を考えた。人生いかに生くべきか、この命題は古くてつねに新しい。漱石は小説形式を用いて、この永遠の人間的命題を追尋した。このことが漱石文学にながい生命をあたえている。

漱石文学の読者の多くは（近代小説の読者といってもよいが）ともかくも教育をうけた市民層であることは疑いない。現代ではともかくも教育をうけた市民でないと読書するということがない。この読書人の一般的性格がまた、漱石文学とふん合する。漱石の小説は知識人の小説だ。小市民的インテリゲンチュアという便利な用語を使うなら、漱石が追究した生の意義は、このインテリゲンチュアの生の意義に他ならなかつた。現代の読者の一般的性格が教育ある小市民なのだから、漱石こそはまさに彼らの師表になる。

しかし漱石と現代の関係で、とくに強調されてよいことは、封建的遺制と近代的革新とが混こうされた明治から大正へかけて、新旧二つの勢力がひとりの人間に作用しあつたそのときに、人間の独立な権威と自由とを確立せんとして苦闘した、そのもつとも人間らしい漱石を、この革命のさなかに生きるわれわれが、読みとるということだ。

平田は、取りあげた二冊の研究書を「内在的、学術的、専門的」であるとして退けてしまう[12]。平田は、片岡良一『有島武郎と夏目漱石』（学友社、定価28円）が「いまなお増大する漱石の読者の要求」に「適なつた部分が多い」とするものの、「読者はよろしく、数冊の研究書をよむよりも『それから』以後『明暗』にいたる小説をくりかえしよむべきだ」と提言して終っている。

平田の言説が、漱石生前からの評価と全く異なったものになっていることは一目瞭然だろう。そもそも、自然主義文学系の作家や評論家は、「低徊趣味」の漱石が「ひろい意味で人生いかに生くべきか、という命題」に取り組んでいるとも、「近代小説のオーソドックスな系統にぞくしている」などとも考えていなかったはずだ。

また、平田は、漱石の文学的な活動が「封建的遺制と近代的革新」とが争った明治から大正期という時代の中で行われたことに注目し、「革命のさなかに生きるわれわれ」は漱石と同様な「苦闘」をすることになっていると考えていた。したがって、漱石の作品は自らを〈近代化〉し〈民主化〉しなければならない「現代の読者」の「師表」として最適なのである。

こうした平田の漱石観は、〈近代化〉や〈民主化〉を達成することを喫緊の課題と考えた論者には共有されていたと考えられる。佐藤泉は、『漱石　片付かない〈近代〉』（ＮＨＫライブラリー、平14・1刊）で、戦後批評の非難のターゲットにされた私小説との対比から漱石評価に関わる言説の再編成のメカニズムを明らかにしている。(13)私小説は、「現実に対して自律的なフィクションの世界を構築することがなく、自分自身の周囲の私的な事実以外に視線を向けようとしない」「日本の作家の『非近代性』を象徴する小説形式」であり、「私小説の弱点を語ることは」「敗戦にいたる日本の『非近代性』という弱点を語ることに等しかった」。「日本の作家の『非近代性』」との対比の中で、「決して私小説を書かなかった漱石の小説意識の近代性が卓越化され」た。漱石は「戦後の理想を託されて」教科書に採用されることになった。佐藤はこう説明している。

社会意識をもつこと、近代的な主体性を確立すること、自律的な個人となること、これは戦後の「精神革命」の課題だった。つまり、戦争中に軍部の暴走を許してしまったのは、国民が個人としての主体性を確立していなかったためだという反省がその動機となっていた。この文脈で、漱石が希有な近代意識の保持者としてシンボライズされたのである。余裕に満ちたユーモアを駆使する言論の卓抜な技術をもち、そして思想的にも「私」を超えた「普遍性」を獲得しえた作家、それが戦後すぐの国語教科書が語ろうとした「漱石」である。こうした漱石のイメージに、戦後社会の理念――民主的な社会や近代的な意識をもった主体という理想――が託されていたのだ。

（「教科書のなかの『漱石』像(1)　漱石、民主化」）

戦後期になって、漱石の作品は「低徊趣味」の枠組から解き放たれて、「戦後社会の理念」を託されるような「高級」な作品となったのである。しかも、「低級」な作品並に、あるいはそれ以上に売れる商品でもあった。漱石の想定していた市場評価のメカニズムを否定する商品に漱石自身の作品が変貌を遂げたのである。その商品性を支えた重要な要因が著作権消滅による利益率の高さであることは見逃せない。しかし、作品そのものの特性も重要だった。佐藤は作品の変化する時代状況に対応する柔軟性に注目している。

近代精神の理想を体現していた戦後すぐの「漱石」は清新なイメージを湛えている。西洋の圧迫による日本の不幸を語る一九五〇年代終わりから、「漱石」は苦悩の表情を見せはじめ、そして醜いエゴイズムを嫌悪する「漱石」は非常に説教じみてきた。各時代はそれぞれの「漱石」を思い描き、そして「漱石」は各時代の要求に対してみごとに適合するように表情を変えてきた。どの「漱石」もたしかに漱石であるにちがいなく、それがこの作家の偉大さだというならば、そのとおりである。

（「教科書のなかの『漱石』像(2)　漱石、保守化」）

こうした対応力が続く限り、漱石の高い商品性も維持されることだろう。しかし、中学教科書から漱石がなくなったことを考えると、漱石の対応力の衰えが感じられてしまう。没後一〇〇年、生誕一五〇年、漱石イヤーを経過した現在、漱石の商品としての真価が改めて問われていることを忘れてはならないだろう。漱石は市場の中でどのような位置を占めることになるのだろうか。

□注

(1)　問題になった改造社の全集は昭和六年二月から刊行が開始された「日本文学大全集」である。作家別に「四六倍判」「八ポイント三段組」で「今日迄発表したる作品全部を収容」(昭6・2・27「読売新聞」朝刊の広告)した、一冊定価二円五〇銭の全集だった。「これぞ全集の全集!!!」、「豪華版の廉価版」というコピーで盛んに宣伝された。確かに、多くとも三冊、大部分の作家が一冊という個人全集のコストパフォーマンスは非常に高いといえるだろう。ただし、「第一回刊行予定表」には、三八人の作家名があげられているが、国立国会図書館には一五人の全集しか所蔵されていない。昭和初年代の経済的な不況の中では、「豪華版の廉価版」でも売れ行きが思わしくなかったということだろう。

(2)　岩波が、漱石の嫌悪する世界を日本近代社会にもたらした張本人といってもいい、福沢諭吉や渋沢栄一を尊敬していたことは大変興味深い。「文化の配達夫」を自任する岩波が同時に、〈経済人〉であることが示唆されている。ちなみに、『漱石全集』の索引は「福沢諭吉」を立項していない。

(3)　岩波書店の社史等には、全集問題や商標事件に関わる記述は大変少ない。例えば、佐藤卓己『物語岩波書店百年史　2「教育」の時代』(岩波書店、平25・10刊)に言及はない。管見では、小林勇の『一本の道』(岩波書店、昭50・6刊)に、全集問題について、「若し岩波が生きていたら如何するだろうかと考え」、恩人である漱石の「遺族と裁判を起す」ことを避けて、漱石全集を出版することにしたとあった。そしてそれを発表したところ、「新しい『夏目漱石全集』を申込んでいた人たちの大部分が解約して、岩波版に換えてしまった。」(「戦後」)と、小林は回想している。

(4) 阿部次郎の、昭和二六年八月七日付角川源義宛書簡によれば、夏目家が角川書店に『漱石の思ひ出』の出版をもちかけ、角川は阿部に出版の可否について相談した。同書は、岩波書店から昭和四年一〇月一五日に発行されていた。阿部はこう返事をしている。「奥さんの言論の自由を束縛する権利は誰にもないのだから、夏目家でそれほど困つてゐるなら出してあげてい丶と思ふ、たゞ君の店も能成や小宮と仕事の上で交際があるのだから、二人のうちの誰か一人にその話を通告して置くことはした方がい丶と思ふ(中略)岩波との金の話は両方に色々云ひ分があるらしい」(『阿部次郎全集』第16巻)。夏目家が経済的な苦境に陥っているのは、桜菊書院の倒産、著作権消滅からくる岩波書店からの印税収入の途絶が原因と考えざるを得ない。ただし、角川書店から出版された『漱石の思ひ出』は角川文庫として前篇・後編で昭和二九年一二月二〇日に発行されていたので、岩波書店との交渉が長引いたと思われる。

(5) ちなみに、取りあげられた他の未亡人は、国木田独歩の妻治子、北原白秋の妻菊子、武田麟太郎の妻留女、太宰治の妻津島美知子、織田作之助の妻輪島昭子だった。

(6) 矢口によれば、桜菊書院版全集の定価は、第七回配本から配本毎に定価が上昇し始め、二五円→四〇円(第7、8回)→五〇円(第9回)となった。そして、第一二回配本の『行人』は二分冊となったうえに各冊八〇円だったので、結果的に大幅値上げをしたことになった。そして最後の配本となった、昭和二四年五月の第二三回配本の『詩歌俳句』は二八〇円だった。また、二三年八月の第一七回配本の『草枕他』では、「これまでほぼ一定していた本文用紙がぐんと悪くなった。表裏の極端に異なるセンカ紙である。自家消費だけなら数年はまかなえるはずだった豊富なストックも、他に転売したりしたため底をつき、このころは別途に調達しなければならなかったらしい」。この後は「毎巻紙質は一定せず、しかも回を重ねて次第に地味な巻が多くなった」。桜菊書院版全集の難航ぶりがうかがえる。

（7）記事によって、数や名称に異同がある。昭和二二年八月二七日「日本読書新聞」が報じたのは次の「題号」だった。「夏目漱石小説集、夏目漱石作品集、夏目漱石遺作集、夏目漱石著作全集、夏目漱石集、夏目漱石全集、漱石完集、漱石文集、漱石叢書、漱石小品集、漱石小品選集、漱石小説選集、漱石作品全集、漱石名作全集、漱石遺作選集、漱石遺作全集、漱石著作集、漱石文学全集、漱石全集、漱石漢詩、漱石作句集、漱石文学論、漱石小品、漱石短片、漱石短片集、漱石、嗽石、夏目金之助、夏目漱石」。なお、昭和二二年八月二四日「朝日新聞」朝刊では以下の「題号」もあげられていた。「夏目漱石選集」「夏目漱石創作集」「吾輩は猫である」。記事では「漱石文集」が重複していた。

（8）この文章は「父夏目漱石」と改題されて、『父・夏目漱石』（文藝春秋新社、昭31・11刊）の巻頭に所収された。所収の際と思われる改訂のため、本文には異同がある。

（9）矢口によれば、登録済みの商標は次の三七種だった。1吾輩は猫である、2それから、3硝子戸の中、4門、5行人、6こころ、7漾虚集、8明暗、9道草、10三四郎、11虞美人草、12坊つちやん、13草枕、14鶉籠、15薤露行、16幻影の盾、17彼岸過迄、18切抜帖より、19永日小品、20琴の空音、21二百十日、22野分、23一夜、24満韓ところ〴〵、25夢十夜、26坑夫、27思ひ出す事など、28趣味の遺伝、29カーライル博物館、30倫敦塔、31自転車日記、32手紙、33変な音、34元日、35文鳥、36京に着ける夕、37初秋の一日。

（10）ただし、夏目鏡子述「漱石をめぐる人々」（「文芸」昭25・6）によれば、鏡子は商標登録に関わっていなかったらしい。

（11）三種の全集とは、桜菊書院版、岩波書店版、春陽堂版である。春陽堂版は、昭和二二年一月から二三年六月にかけて刊行された『漱石小説全集』全一〇巻である。

（12）ちなみに、その二冊の研究書は、岡崎義恵『漱石と微笑』（生活社、定価70円）、栗原信一『漱石の人生観と芸術観』（日本出版株式会社、定価90円）である。

（13）私小説を批判することによってあるべき文学像を描くという言説は、昭和一〇年前後に確立したもので、小林秀雄の「私小説論」（「経済往来」昭10・5〜8）が代表的な評論である。漱石はあるべき〈日本近代文学〉の系譜として、鷗外や芥川とともに位置づけられていた。この問題については、拙稿「文芸復興前後の〈私小説〉言説——嘉村礒多を軸として——」（隔月刊「文学」平15・3）を、また、戦後期に、小林の「私小説論」を軸に言説が再編成されるプロセスについては、拙稿「〈文学的資産〉としての小林秀雄」（隔月刊「文学」平16・11）を参照されたい。

あとがき

本書は次の論文を訂正したうえで、構成を組み替え、大幅に増補して成り立っている。序章、第一章、第二章、第三章は新稿といってよい。

「岩波茂雄と夏目漱石」（「漱石研究」平12・10）

「漱石評価転換期の分析――『彼岸過迄』から漱石の死まで」（拙著『文学者はつくられる』ひつじ書房、平12・12刊）

「漱石の家計簿」（「学習院大学文学部研究年報」平28・3）

「夏目漱石の経済的〈真実〉」（「学習院大学文学部研究年報」平29・3）

本書を書く切っ掛けとなったのは、翰林書房から出版された『漱石辞典』（小森陽一他編、平29・5刊）の「岩波茂雄」「正宗白鳥」「家計」「原稿料、印税」という項目の執筆を依頼されたことだった。

「はじめに」で述べたように、私はこれまで漱石の経済力に関して深く考察したことがなかったので、この依頼は絶好の機会を与えてくれた。いろいろ調べ考えているうちに、依頼された字数では収拾がつかないほどの考察に発展してしまった。そこで、途中経過を整理するつもりでまとめた論文が「漱石の家計簿」だった。

講義をすることで研究を一層発展させようと考えて、平成二八年度の講義をこのテーマで語ることにした。本務校の学習院大学では通年で、非常勤先の早稲田大学教育学部では春学期に、そして秋からは学習院生涯学習センターの七回の講座で、お話しする機会をもてた。試行錯誤の段階の講義を聞いていただいた学生や受講生には感謝するしかない。

ただ、私の勉強不足もあって、当初の目算通りに事は運ばず、紆余曲折することになってしまった。私の迷走を救って下さったのが教育評論社だった。記して感謝したい。

本書は、これまでの漱石研究では十分に論じられてこなかった経済的な視点からの分析に特化したところに最大の特徴がある。しかし、漱石研究の専門家ではない私の限界から生まれた問題点もあるかと思われる。また、日本近代文学研究以外の、諸領域の研究成果を取り入れているが、一知半解の誤解があるかもしれない。ともに責任は私にある。ご批正をお願いしたい。

なお、本書は科学研究費助成事業「一九五〇―七〇年における文化資本・文化産業としての文学に関する総合的研究」（基盤研究C）の成果の一部である。

＊

さて、本書をまとめてみて思うのは、漱石の市場分析は多くの問題点があるが、「本ハ数デコナス者デアル」という指摘はビッグマーケットを前提にする限り、一定の有効性を失うことはないということだ。

現在、日本国内の多くの消費者にとって、文学に関する研究書だけでなく、小説ですら優先順位の低い商品になっている。文学書の売れ行き不振が何よりの証拠である。古いデータとなるが、高額納税者ランキングでいえば、作家は昭和六一年に赤川次郎が八億六一〇〇万円で全国六位に入ったのが最高だった。この時の一位の金額は赤川の約一・八四倍に過ぎなかった。しかし、平成五年になると、作家一位の西村京太郎は一億四八八七万円で、全国一位の金額は西村の約二四・八倍である（拙稿「日本近代文学の経済史」「経済セミナー」平26・2、3）。柳美里の『貧乏の神様　芥川賞作家困窮生活記』（双葉社、平27・4刊）を読めば、荒正人が絶滅を宣言した「食えぬ作家」が復活していることがわかる。

大量生産・大量消費を前提にして成立していた日本の近代・現代小説は、今、〈数ガコナセヌ〉という現実に直面している。こうした状況を挽回するためには、購読者の拡大が急務となる。だとすると、日本語というスモールマーケットから海外のビッグマーケットへ進出することに成功した村上春樹の戦略は正しかったといわざるを得ない。村上の『職業としての小説家』（スイッチ・パブリッシング、平27・9刊）は、書きたい時に書けば必ず出版され、必ず売れるという確信に充ち満ちた驚くべき本だが、村上が早くから「積極的にアメリカのマーケットを開拓しよう」（「海外へ出て行く。新しいフロンティア」）と決意していたことは高く評価されるべきだろう。さすが、〈平成の漱石〉ということになるのだろうか。

もちろん、この戦略は日本の多くの小説家に適用できるわけではない。そうなると、「数デコナス」ためには、別の戦略が必要となってくる。その一つがウェブ小説だろう。飯田一史の『ウェブ小説の衝撃　ネット発ヒットコンテンツのしくみ』（筑摩書房、平28・2刊）によれば、ウェブ小説の投稿・閲覧プラットフォーム「小説家になろう」の作家登録者数は六八万人以上、投稿作品は三六万以上だという。成功しているビジネス・モデルは「ウェブが紙の雑誌の代わりに作家・作品のインキュベーション（育成）機能を担い、人気になった作品が紙の本になる。そこでうまくいった作品が映像化される。また、作品のプロモーションはやはり凋落した紙の雑誌に代わってもっぱらテレビとウェブが担っている。」（「紙の雑誌のオワコン化が文芸の世界にもたらした地殻変動」）というものだ。

平野啓一郎は新聞連載小説「マチネの終わりに」を一〇日遅れで、電子出版関連サービスのウェブプラットフォームに無料公開して、「1日平均4千人程度に読まれ、コメントも書き込まれたという」、同時に「ウェブならではの仕掛けも行った」ところ、単行本発売後約一ヶ月半で、「発行部数は既に3刷2万2千部。3千部程度で止まることも多いといわれる昨今の純文学の中では、好成績」(「ウェブ連動、純文学でも」「日本経済新聞」平28・5・15朝刊)をあげていた。漱石は「2万2千部」という部数をどう見るだろうか。「数」をこなしたと評価するのかどうか気になるところである。

当然のことだが、ネットを「ヒットの発信源」としようとする試みは出版各社も行っている。文藝春秋やKADOKAWAは電子版の文芸誌を立ちあげているし、新潮社はヤフーと連携し「有料雑誌の連載小説を無料でネット配信」して、「スマートフォン(スマホ)で文芸作品に親しんでもらおうという取り組み」を開始している(「定着するか『スマホで文芸』」「日本経済新聞」平29・9・23朝刊)。

成功例といってよさそうなのは、宿野かほるの『ルビンの壺が割れた』(新潮社)だろう。新人作家の書き下ろしデビュー作だが、「インターネット上で2週間だけ全文を無料公開するという奇抜な作戦」の結果、「著名人の目に留まってツイッターで言及され」「サイトのアクセス数は79万を超え、コピーは約6000件が集まった」。「発行部数が、8月の刊行から1カ月半で4万部に達した。全く無名の新人としては異例のヒット」(「ベストセラーの裏側」「日本経済新聞」平29・10・7朝刊)となった。

いずれにせよ、こうした戦略によって、日本文学が——現代文学・近代文学・古典文学も含めた日本文学が「本ハ数デコナス者デアル」という漱石の指摘した文学市場や出版ビジネスの壁を突破できるのかは、今のところ、未知数というしかないだろう。現時点でいえるのは、我々が文学市場の存続に関わる、重要な歴史的転換期に立ち会っていることだろう。我々は利益関係者《ステークホルダー》の立場から、商品としての漱石の運命も含め、市場の推移と帰結を見つめていく必要がありそうだ。

〈著者略歴〉
山本芳明（やまもと・よしあき）
1955年、千葉県生まれ。1986年、東京大学大学院博士課程人文科学研究科単位取得退学。現在、学習院大学文学部教授。著書に『文学者はつくられる』（ひつじ書房）、『カネと文学　日本近代文学の経済史』（新潮選書）、共編に『編年体大正文学全集　別巻 大正文学年表・年鑑』（ゆまに書房）など。

漱石の家計簿
お金で読み解く生活と作品

二〇一八年四月十八日　初版第一刷発行
二〇一九年七月二十六日　初版第三刷発行

著　者　山本芳明
発行者　阿部黄瀬
発行所　株式会社　教育評論社
〒一〇三-〇〇〇一
東京都中央区日本橋小伝馬町1-5
PMO日本橋江戸通
TEL〇三-三六六四-五八五一
FAX〇三-三六六四-五八一六
http://www.kyohyo.co.jp

印刷製本　萩原印刷株式会社

定価はカバーに表示してあります。
落丁本・乱丁本はお取り替え致します。

ISBN 978-4-86624-013-8